AF525638
Säveån
Richtung Nääs
Autobahn
Lerum
Zentrum
Lerum

Maria Engstrand

Code: Elektra

Die Geheimnisbewahrer

Maria Engstrand

Die Geheimnisbewahrer

Aus dem Schwedischen
von Cordula Setsman

Bereits erschienen:
Code: Orestes. Das auserwählte Kind
ISBN: 978-3-95854-153-5

Titel der Originalausgabe: Kod: Elektra

Übersetzung: Cordula Setsman
Covergestaltung: Zero Werbeagentur GmbH
Coverabbildung: FinePic®, München
Layout & Satz: Nadine Clemens
Druck & Bindung: GGP Media GmbH, Pößneck

ISBN: 978-3-95854-157-3

Auch als E-Book erhältlich

Für Jesper,
auf Unterschiede
und Gemeinsamkeiten.

Diese Erzählung spielt in einem Lerum irgendwo zwischen Traum und Wirklichkeit. Sollten einzelne Begebenheiten solchen ähneln, die sich tatsächlich im alltäglichen, gewöhnlichen Lerum ereignet haben, so kann das nur an Erdenströmen und Sternenfeldern liegen.

Das Pendel schwang in Richtung JA.

Mein Herz hämmerte viel zu schnell. Ich versuchte, es langsamer schlagen zu lassen, im Takt mit den mystischen Kräften, den Erdenströmen und Sternenfeldern. Ich hoffte so sehr, dass das Pendel bei JA stehen bleiben würde, dass ich kaum zu atmen wagte. Aber es glitzerte bloß im Schein des Teelichts, drehte sich und näherte sich stattdessen dem Wort NEIN. Ich atmete aus.

Die Worte JA, NEIN und VIELLEICHT standen auf einem großen Bogen Papier, den ich auf meinem Schreibtisch ausgebreitet hatte. Das silberne Pendel hing an seiner Kette von meinem Finger und warf einen langen, scharf umrissenen Schatten, wie es so über dem Papier baumelte. Nur wenn es über einem der Worte zum Stehen kam, war die Beschwörung gelungen. Ich dachte ganz fest an meine Frage: *Bin ich ein Rutenkind?*

Ich versuchte, mich nicht zu bewegen, versuchte, die Kräfte durch mich hindurchströmen und das Pendel steuern zu lassen. Erdenströme. Sternenfelder. Jetzt kommt schon! Antwortet!

Das Pendel wurde langsamer. Bald würde es stehen bleiben … gleich …

Auf einmal knarzte es ganz dicht neben mir! Jemand – oder etwas – war in meinem Zimmer!

Ich sprang vom Stuhl, ließ das Pendel fallen und schrie auf, kniff aber rasch die Lippen zusammen. Meine Eltern dachten nämlich, ich sei schon längst ins Bett gegangen.

Mein Herz hämmerte wie wild in meiner Brust, als ich dem Geräusch hinterherlauschte. Das Knistern des Teelichts, das ich angezündet hatte, um für die Geisterbeschwörung in Stimmung zu kommen, war das einzige Geräusch im Raum. All meine gewohnten Sachen wirkten fremd und mystisch im Kerzenschein. Die Linien und Risse in den Eichenbrettern meines Schreibtischs sahen wie uralte Symbole aus. Der Schatten meines Cellos in der Ecke glich einer zusammengekauerten Gestalt, jemandem, der still dasaß und wartete und lauschte … Genau wie ich. Ich horchte so angestrengt, dass mir die Ohren fast schon wehtaten. Das Knarzen hatte aufgehört, aber da war noch etwas anderes. Ein Schnaufen … Atemzüge! Da musste jemand in meinem Zimmer sein!

Ich knipste die Lampe an und sah mich um. In der Ecke hinter der Tür stand niemand, auch nicht auf dem Balkon … Es konnte doch wohl niemand im Schrank sein?

Das Schnaufen ging in ein kurzes, leises Wispern über. Etwas flatterte auf, nur eine Sekunde lang. Wie ein Schatten oder ein Flügel, der über den Fußboden fegte und dann in der Dunkelheit verschwand … unter dem Bett. Da war es noch mal! Ein Tier, oder …

Auf einmal wurde das Geräusch zu einem glucksenden Lachen. Ich atmete auf. Es gab nur einen Menschen, der so lachte.

»Elektra! Was machst du denn hier?«, flüsterte ich und kniete mich auf den Boden, damit ich unter das Bett lugen konnte. Dort lag sie zusammengekauert neben der Plastikbox mit meinen alten Comicheften. Sie kicherte vergnügt.

»Verstecken!«, rief sie. »Verstecken spielen!«

»Komm da jetzt raus!«, sagte ich.

Elektra streckte den Kopf unter dem Bett hervor. Ihre hellen Locken standen wie immer ziemlich wirr vom Kopf ab, aber jetzt hingen auch noch graue Staubflocken darin. Sie schaute vorsichtig zu mir herauf, als ob sie sehen wollte, ob ich böse auf sie war. Aber dann lachte sie selbstbewusst, kroch hervor und umarmte mich fest. Dabei hielt sie mir die staubige Tatze ihres Teddys, den sie überall mit hinschleppte, genau unter die Nase.

»Malin verstecken!«, forderte sie. Ihre kleinen Hände waren warm und klebrig. Als ich die Arme um sie legte, merkte ich, dass ihr ihre schlabbrige Kuschelhose bis zu den Knien runtergerutscht war.

Elektra ist die kleine Schwester meines Nachbarn Orestes. Sie ist ein ganz besonderes Kind – ein Rutenkind. Das bedeutet, dass sie auserwählt ist, Sternenfelder und Erdenströme zu vereinen und über die mächtigen Kraftkreuze zu herrschen. Sie ist in der Lage, geheime Kräfte zu nutzen, nach denen die Menschheit Hunderte von Jahren gesucht hat!

Aber gleichzeitig ist sie auch einfach nur ein kleines Mädchen, das ständig von zu Hause ausbüxt. Gerade in diesem Moment, wo sie mich so anstrahlte, dass man all ihre Mausezähnchen sehen konnte, und mir ein wenig an den Haaren zog, war es echt schwer, an die Sache mit dem Rutenkind zu glauben.

Ich pustete das Teelicht aus, zog mir einen dicken Pulli an und erwischte Elektras Hand genau in dem Augenblick, in dem sie das Pendel von meinem Schreibtisch schnappen wollte. Natürlich war das kein echtes Pendel, es war bloß meine Halskette, die ich mir über den Finger gehängt und mit der ich versucht hatte, wahrzusagen. Es ist eine ganz gewöhnliche Silberkette mit einem Anhänger, der aus zwei Fischen besteht. Papa hat sie mir geschenkt, weil ich im März Geburtstag habe, im Sternzeichen Fische. Aber ich bin wohl kein Rutenkind, das geheime Kräfte nutzen kann. Das Einzige, zu dem ich auserkoren zu sein scheine, ist, Pausendienst im Speisesaal zu haben, und das auch nur, weil sich alle anderen davor drücken.

»Du musst jetzt nach Hause«, sagte ich zu Elektra und führte sie aus meinem Zimmer.

Ich konnte den Fernseher aus dem Wohnzimmer hören und hoffte, dass Mama und Papa dort auf dem Sofa sitzen bleiben würden, während ich mich mit Elektra auf dem Arm die Treppe runterschlich. Zum Glück standen meine Gummistiefel draußen, sodass ich einfach hineinschlüpfen konnte, ohne Elektra absetzen zu müssen. Sie war nur in Pulli und Kuschelhose zu uns herüber gestreunt gekommen. Ich drückte sie fest an mich und legte meinen Regenmantel so gut es ging um uns beide.

Sobald ich die Klinke der Haustür herunterdrückte, erfasste der Wind sie und riss sie bis zum Anschlag auf. Die Böen waren heftig und unregelmäßig. Ich hatte ständig Haare in den Augen und im Mund, während ich gegen den Sturm ankämpfte und die Haustür nur mit Mühe und Not wieder schließen konnte.

Dann stand ich noch einen kurzen Augenblick auf der Außentreppe. Dunkle Wolken zogen in wirbelnden Fetzen vorüber und gaben kurze Blicke auf den Nachthimmel frei. Ich versuchte, Sterne zu erkennen. Sprachen sie heute Nacht vielleicht zu mir? Aber das einzige Licht, das stark genug war, zwischen den Wolken hindurchzuschimmern, war das des Mondes. Es war abnehmender Mond und er leuchtete wie ein riesiges, glimmerndes silbernes C, das mal sichtbar und mal von den dunklen Wolken verdeckt war.

Es war der letzte Tag im Oktober. Der Vorabend von Allerheiligen. Halloween.

Wir wohnen am Ende einer Sackgasse, nicht mehr als ein kurzer Straßenstummel, mit ein paar Häusern ringsum. Orangefarbene Kürbislaternen leuchteten vor fast jeder Haustür: eine, zwei, drei, vier, fünf Laternen, die es irgendwie schafften, dem Sturm standzuhalten. Das Gesicht unseres Kürbisses ähnelte am ehesten einer wütenden Fratze, aber ich war trotzdem froh, dass Papa sich die Mühe gemacht hatte, ihn zu schnitzen.

Elektra wohnt mit ihrer Familie schräg gegenüber von uns. Zu ihrem Haus führt eine ungewöhnlich lange Zufahrt hinauf, die immer ganz im Dunkeln liegt, weil hohe Büsche sie vom Schein der Straßenlampen abschirmen. Dort gab es auch keine Kürbislaternen. Aber jetzt erkannte ich, dass kleine, flackernde Lichter entlang der Auffahrt standen. Nicht genug, um sie ordentlich zu beleuchten, natürlich, nicht so, dass es richtig hell gewesen wäre. Eher gespenstisch.

Die feuchte Luft verwandelte sich in Tropfen. Kleine, eisige Regennadeln stachen mich im Gesicht. Elektra regte sich nicht, zu einem warmen Bündel in meinem Arm zusammengerollt. Ich zog den Regenmantel fester um sie und ging auf ihr Haus zu.

Der Asphalt war von nassen, rutschigen Blättern bedeckt und meine Füße wollten immer wieder zurückrutschen. Ich umklammerte Elektra fest. Bei den Lichtern entlang der finsteren Auffahrt handelte es sich um kleine Laternen mit Kerzen darin, bemerkte ich jetzt. Manche Kerzen waren umgefallen und vom Wind ausgeblasen worden, aber die meisten brannten noch und warfen einen kugeligen gelben Schein in die Dunkelheit. Je näher wir dem Haus kamen, umso dichter standen die Lichter, und ganz oben auf der Außentreppe standen gleich mehrere. Jede Menge Kerzen, die von unterschiedlichsten Dosen und Flaschen vor dem Regen geschützt waren. Eine Lichterkette mit Hunderten kleinen Lämpchen war um das Schild drapiert, das Elektras Mutter an das alte Rosenspalier genagelt hatte, sodass man deutlich lesen konnte:

HELIONAUTICA
Alternative zu allem.
Heilung durch Gesang, Kristalltherapie,
Aromatherapie, Magnettherapie,
Horoskop, Tarot, Traumdeutung, Numerologie,
Reinkarnationsberatung, spirituelle Anleitung.
Behandlung und Gespräch.
Mensch und Tier.
Früher oder später.

Elektra fing plötzlich an, auf meinem Arm zu zappeln, sodass ich sie absetzen musste. Sie rannte die Außentreppe hinauf und ich bekam eine Gänsehaut, als ich mir vorstellte, wie kalt die nassen Pflastersteine an ihren kleinen, nackten Zehen sein mussten. Noch bevor ich überhaupt an die Tür klopfen konnte, hatte Elektra sie schon geöffnet und war hineingerannt. Ich folgte ihr nur einen Schritt in die Diele hinein und blieb wie erstarrt stehen.

Drinnen war es stockfinster.

Aber neun leuchtende Gesichter schwebten genau mir gegenüber in der Luft.

Ich stand mit pochendem Herzen wie angewurzelt da. Die neun leuchtenden Gesichter schwebten geradeaus weiter Richtung Wohnzimmer. Sie bewegten sich langsam im Kreis, wie bei einem stummen Tanz. Ich konnte nicht sagen, ob sie jung oder alt waren. Ihre Augen wirkten wie schwarze Löcher und ihre Lippen bewegten sich langsam, als ob sie irgendetwas wispern würden. Ich konnte regelrecht spüren, wie mir die Haare im Nacken zu Berge standen!

Dann traf ein gleißendes weißes Licht meine Augen und blendete mich.

Der Schein wurde schwächer, ich blinzelte und erkannte ein bleiches Gesicht mit einer unglaublich ernsten Miene ganz nah vor mir. Dieses Gesicht schwebte nicht im Raum, sondern gehörte zu einem Körper in Anzughose und Hemd und hatte glatt gekämmtes dunkles Haar. Es war irre, wie ordentlich Orestes aussah, selbst wenn ich spätabends noch bei ihm zu Hause hereinplatzte.

Abgesehen davon ist er Elektras großer Bruder und außerdem mein Kumpel. Er geht in meine Klasse und ist ein ziemlich spezieller Charakter. Die Einzige, die ihn in seiner Eigenheit vielleicht noch übertrifft, ist seine Mutter. Nur dass die wiederum auf eine komplett gegenteilige Art speziell ist.

Orestes hatte eine riesige Taschenlampe in der Hand. Diese richtete er jetzt auf meine Füße statt mitten in mein Gesicht. In der anderen Hand hatte er einen großen Eimer, der mit Wasser gefüllt war. Jedenfalls vermutete ich das, konnte es aber in der Dunkelheit nicht so gut sehen.

»Ich musste Mama versprechen, nicht die Deckenlampe einzuschalten«, meinte er nur. Elektra klammerte sich fest an sein Bein und er strich ihr mit der Taschenlampenhand über den Kopf, sodass der Lichtkegel hierhin und dorthin durch den Raum zuckte.

»Du darfst nicht ganz allein rüber zu Malin gehen, Elektra!«, sagte er streng. »Das weißt du doch!«

Eines der Geistergesichter kam plötzlich näher und es stellte sich heraus, dass ein schwarz gekleideter Körper dazugehörte. Dunkler Stoff verbarg den Großteil des Kopfes, war aber nicht lang genug, um das unglaublich lange, helle Haar der Gestalt zu bedecken. Aber ich war erst wirklich sicher, wer sich darunter verbarg, als ich die warme Stimme hörte.

»Hallo, Malin«, sagte Orestes' Mutter. »Wir halten heute Abend eine Séance. Bist du dabei?«

Auf einmal war ich in der Wirklichkeit zurück. Die schwebenden Gesichter schwebten natürlich gar nicht wirklich. In Wahrheit gehörten sie zu einigen dunkel gekleideten Leuten in einem dunklen Raum. Jeder von ihnen hielt ein kleines Windlicht in der Hand. Und das erleuchtete das Gesicht von unten, sodass es gespenstisch aussah, ungefähr so, wie wenn man jemanden mit einer Taschenlampe erschreckt.

Im Windlicht von Orestes' Mutter brannte ein Teelicht mit einer kleinen, kümmerlichen Flamme.

»Normalerweise tragen wir lange Kerzen in den Händen«, erklärte sie, als sie bemerkte, wie ich das Windlicht anstarrte. »Aber das wollte Orestes nicht.«

»Weil letztes Jahr der Feueralarm losgegangen ist!«, rief Orestes aufgebracht.

»Jaja«, gab seine Mutter zurück. »Aber mit diesen kleinen Teelichten ist es nicht annähernd so stimmungsvoll!«

»Es wird ja wohl reichen, dass ihr richtige Kerzen in den Kerzenständern habt!«, meinte Orestes.

»Schon gut ...«, erwiderte seine Mutter. Sie klingt immer so lieb, dass ich gar nicht verstehe, wie Orestes je wütend auf sie sein kann.

»Wofür ... wofür soll das gut sein?«, fragte ich unsicher. Dass Orestes' Mutter – Mona heißt sie übrigens – mysteriöse Sachen macht, ist keine Überraschung. Aber was sie diesmal damit bezwecken wollte, wusste ich wirklich nicht.

»Wir werden mit denen auf der anderen Seite reden«, erklärte Mona. »Mit den Toten. Die, die in der Geisterwelt leben. Die Geister sind uns, wie du sicher weißt, gerade heute Nacht besonders nah! Vielleicht willst du auch mit jemandem auf der anderen Seite sprechen?«

»Äh, nee«, erwiderte ich und schluckte schwer. Zum Glück kenne ich niemanden, der tot ist. »Aber vielleicht kann ich einfach nur zuschauen?«, fragte ich. Mona nickte.

Orestes warf mir einen Blick zu, der bedeutete: »Bist du komplett übergeschnappt?«

Normalerweise verzieht sich Orestes in sein Zimmer und macht die Tür hinter sich zu, wenn seine Mutter ihre Sachen macht. Séancen oder Reinkarnationsyoga, na ja, eben alles, was auf dem Schild steht, und noch ein bisschen mehr. Orestes verabscheut das alles.

Aber jetzt leistete er mir doch Gesellschaft auf dem Sofa im Wohnzimmer, auf das wir uns unter der Bedingung, keinen Mucks zu machen, setzen mussten. Elektra kauerte sich dicht neben Orestes. Ich machte mir eine gemütliche Kuhle zwischen all den weichen Kissen und verkroch mich quasi darin. Orestes stellte den Wassereimer dicht neben sich auf den Boden und knipste die Taschenlampe aus, als seine Mutter ihn darum bat. Es war nun fast ganz finster im Raum.

Die schwarz gekleideten Teilnehmer der Séance setzten sich im Kreis auf den Boden und stellten ihre kleinen Windlichter vor sich ab. Mona ging mit ihrem Teelicht herum und zündete die Kerzen an, die überall aufgestellt waren: auf dem Tisch, in den Regalen und auf den Fensterbrettern. Sie trug einen Vers vor, während sie die Kerzen anzündete:

»Nacht und Tag ...« Sie zündete zwei Stumpenkerzen auf dem Schreibtisch an. »... Sonne und Mond ...« Sie entzündete zwei Kerzen im Fenster, die auf Flaschenhälsen steckten. »... Vogel und Fisch ...« Die Kerzen auf dem Couchtisch, an dem wir saßen. »... Wasser und Berg ... Schwarz und Weiß ... Seid willkommen, die ihr kommen wollt.«

Nachdem eine Kerze nach der anderen angezündet war, warfen sie einen schwachen Schein um sich und machten mehr und mehr vom Raum sichtbar. Monas »unnütze Dinge« traten hervor, schimmerten und warfen seltsam geformte Schatten. »Unnütze Dinge« nenne ich all die merkwürdigen Sachen, die Mona im ganzen Haus aufgestellt hat. Das kann alles sein, Federn oder kleine Zweige, Glasscherben oder Metallstückchen. Kleinkram, den man zu nichts gebrauchen kann. Deswegen glaube ich, dass sie auf irgendeine Art magisch sein müssen, aber ich weiß nicht, wie. Jetzt blitzten im Kerzenschein Statuen von Gottheiten mit jeder Menge Arme auf, er fiel auf seltsame Steine und Bilder und wurde von Prismen und Spiegeln zurückgeworfen. Schatten und Funkeln erwachten überall. Mir lief es eiskalt den Rücken hinunter. Obwohl mir klar war, dass ich in Orestes' Wohnzimmer saß, in einem ganz gewöhnlichen Haus in Lerum, und dass Mona bloß ein paar Kerzen angezündet hatte, war mir so, als ob sich der ganze Raum verändert hatte, sich verschob und an den Rändern verschwamm.

Schließlich setzte sich Mona zu den anderen in den Kreis.

»Die Geister sind uns willkommen«, sang Mona zum Schluss.

Nichts passierte. Niemand rührte sich.

Es war mucksmäuschenstill.

Nach einer ganze Weile sang Mona noch mal: »Die Geister sind uns willkommen.«

Immer noch nichts. Alle saßen still da und starrten in die Mitte des Kreises.

Ich fing schon an, in dem Halbdunkel einzudösen, als plötzlich eine Stimme ertönte:

»Ich bin nun hier.«

Es war Mona. Aber sie sprach nicht mit ihrer normalen, warmen Stimme. Stattdessen klang ihre Stimme monoton, wie von jemandem, der sehr müde war oder versuchte, aus weiter Ferne zu uns zu sprechen. Mir stellten sich die Nackenhaare auf. Konnte es wirklich sein, dass ein Geist durch Mona sprach? Was würde er sagen? Stellt euch mal vor, es wäre wahr, dass man Botschaften von der anderen Seite des Totenreichs empfangen konnte!

Aber wisst ihr was – es war superenttäuschend. Wenn das wirklich eine Botschaft aus dem Jenseits war, die Mona empfangen hatte, kann es dort nicht besonders lustig sein. Oder es musste ein ziemlich verwirrter Geist sein, der da sprach. Alles, was er sagen konnte, wenn er etwas über die andere Seite gefragt wurde, war »Licht« oder »Frieden«. Und als einer der Teilnehmer nach seinem Onkel Arnold fragte, antwortete der Geist nur: »Ich sehe einen Mann mit hellem Haar …«

»Aber Onkel Arnold war glatzköpfig«, erwiderte der, der nach ihm gefragt hatte.

»Die andere Seite ist unergründlich«, gab der Geist nur zurück.

Und so ging es die ganze Zeit weiter.

Wer hätte gedacht, dass ein Geisterbesuch so langweilig sein konnte! Fast noch langweiliger als ein gewöhnlicher Erwachsenenbesuch.

Die Teilnehmer der Séance stellten noch ein paar Fragen, bis die Geisterstimme plötzlich meinte, sie müsse jetzt gehen.

Mona hielt die Augen eine ganze Weile geschlossen. Dann sprach sie wieder mit ihrer normalen Stimme:

»Wir danken den Geistern. Wir danken für diesen Augenblick und bitten um Frieden.« Sie stand auf und nahm ihr Windlicht. Dann ging sie wieder im Zimmer herum und blies alle Kerzen aus. Gleichzeitig standen alle unter Murmeln und Stöhnen wieder aus dem Kreis auf. Bestimmt waren einigen die Beine eingeschlafen, weil sie so lange auf dem Fußboden gesessen hatten. Einen Moment später waren alle wieder auf die Füße gekommen und hielten ihre Windlichter in den Händen. Wieder sah es so aus, als ob ihre Gesichter im Raum schwebten, als alle neun dastanden und sich mit ihren Windlichtern verbeugten. Mona dankte den Geistern noch einmal und alle pusteten ihre Teelichter aus.

Alle bis auf eins. Ein zerfurchtes Gesicht mit schwarzen Augenlöchern war immer noch erleuchtet. Der Mund öffnete sich, bildete einen großen schwarzen Leerraum. Eine Stimme, tief und schauerlich, durchströmte den Raum und erschreckte mich zu Tode.

»Finsternis«, sagte die Stimme. »Finsternis gegen Licht!«

Elektra quiekte und drückte sich gegen meinen Arm. Sie zitterte vor Schreck. Ich hörte Schritte in der Dunkelheit, vermutlich hatten die anderen Séance-Teilnehmer Angst bekommen. Vielleicht sogar genauso viel Angst wie ich. Ich wagte kaum zu atmen.

»Sucht!«, sagte die Stimme. »Nach dem Dunkel und dem Licht! Sucht in der Erde! Sucht unter dem Stein! Unter Silvias Stein! Nach dem Dunkel und dem Licht! Sucht Silvias Stein!«

Dann rumpelte es, das Gesicht verschwand und es wurde finster. Jemand stieß mit jemand anderem zusammen, mehrere Leute schrien und ich hörte ein Klatschen. Als schließlich die Deckenlampe anging, stand Orestes mit dem leeren Wassereimer über einer Person, die der Länge nach auf dem gemusterten Teppich am Boden lag.

Die Person war alt und bucklig. Der schwarze Stoff, den sie auf dem Kopf gehabt hatte, war verrutscht und enthüllte ihre lockige graue Kurzhaarfrisur. Ich erkannte sie wieder. Gerda hieß sie. Sie ist die Uroma von Ante, der mit Orestes und mir in eine Klasse geht. Sie ist schon über neunzig Jahre, und wenn man so alt ist, kennt man sicher eine Menge Leute, die schon tot sind. Sie hustete ein wenig, blinzelte ein paarmal, dann versuchte Mona, ihr aufzuhelfen. Plötzlich fingen alle Séance-Teilnehmer an zu reden und Fragen zu stellen; sie wollten wissen, wie das passiert sei, und ob sie etwas Wasser haben wolle, obwohl sie natürlich nach Orestes' Löschaktion ohnehin völlig durchnässt war.

Ich sah Orestes in die Augen. Er erwiderte den Blick. Seine dunklen Augen, in denen man den Sternenhimmel funkeln zu sehen glaubt, waren ernst wie immer. Ich fragte mich, ob sein Herz genauso heftig pochte wie meins. Von all den Leuten da im Raum waren er und ich die einzigen, die genau wussten, wo sich Silvias Stein befand.

Oder besser: Silvias Grab.

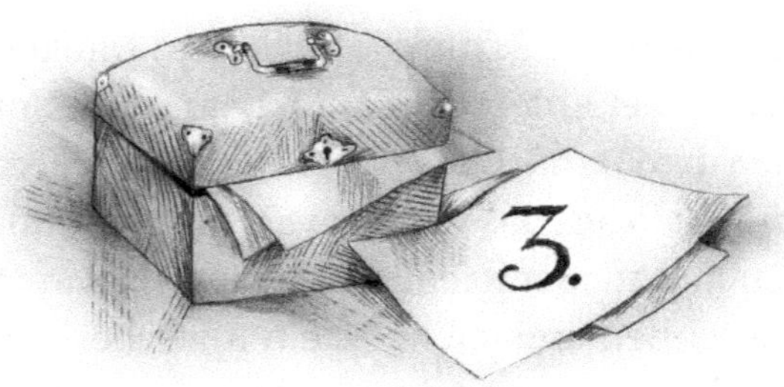

Ich war schon auf dem Weg nach Hause, als die Séance-Teilnehmer noch die schwarzen Umhänge auszogen und in Monas Diele nach ihren Mänteln suchten. Ich traute mich nicht, länger weg zu sein, denn ich wollte nicht, dass Mama mitbekam, dass ich am Abend rausgegangen war, ohne etwas zu sagen. Sie macht sich nämlich ziemlich schnell Sorgen.

Das war nicht das erste Mal, dass Elektra uns besucht hat. Den ganzen Sommer und Herbst über ist sie wie eine immer wiederkehrende Überraschung bei uns aufgetaucht, klein und fröhlich und immer mit ihrem zotteligen Teddy im Arm. Manchmal stand sie einfach plötzlich in der Küche und hat im Brotkasten nach was Leckerem gesucht. Manchmal habe ich sie in einem Liegestuhl im Garten gefunden. Und manchmal in meinem Zimmer. Mama und Papa lieben Elektra, sie fangen immer sofort an, mit ihr Faxen zu machen und sie huckepack durch die Gegend zu tragen, wenn sie bei uns auftaucht. Aber Mama regt sich auch ein bisschen auf, denn sie findet, Elektras Mutter müsse besser auf sie aufpassen. Damit sie nicht abhandenkommt oder ertrinkt oder so was.

Meine Mama und Mona sind ungefähr so gegensätzlich, wie es zwei Menschen nur sein können.

1. Mama liebt Computer. Mona lässt ihren Sohn nicht mal einen Taschenrechner benutzen.
2. Mama glaubt an Ordnung und Struktur, Logik und Beweise. Mona glaubt, was immer sie will, ganz ohne Logik und Beweise.
3. Mama hat ihr einziges Kind, nämlich mich, immer fest im Blick. Ich glaube, ich kann nicht mal ein einzelnes Haar verlieren, ohne dass sie es merkt. Mona hat ... eine etwas entspanntere Einstellung, so viel ist klar.

   Ich könnte die Liste ewig fortsetzen.

Aber wie auch immer, ich liebe es bei Orestes, Elektra und Mona zu Hause, deswegen will ich nicht, dass Mama Mona gegenüber noch skeptischer wird, als sie es ohnehin schon ist. Und deswegen hielt ich es auch für unnötig, ihr zu erzählen, dass Elektra schon wieder ausgebüxt und zu uns gekommen war. Und für noch unnötiger, ihr zu erzählen, dass ich gerade an einer Séance teilgenommen hatte, die damit geendet hatte, dass eine alte Oma in Ohnmacht gefallen war.

Zum Glück war immer noch der Fernseher zu hören, als ich mich in die Diele, die Treppe hinauf und in mein Bett schlich, sodass Mama und Papa nichts mitbekamen. Einschlafen konnte ich selbstverständlich nicht. Alles, an was ich denken konnte, war Silvias Stein.

Jetzt, wo ich euch all das über meine Wahrsageversuche mit dem Pendel und der Sterndeutung erzählt habe, und dass Elektra als Rutenkind auserwählt ist, haltet ihr mich sicher für komplett verrückt. Ihr glaubt, dass ich jemand mit allzu lebhafter Fantasie bin, der es cool findet, so zu tun, als ob die Welt geheimnisvoller wäre, als sie es ist.

Aber da habt ihr wohl nicht mitbekommen, was Orestes und ich im Frühjahr alles erlebt haben. Denn wenn ihr es mitbekommen hättet, dann würdet ihr euch auch fragen, was man glauben kann und was nicht.

Das war nämlich so: Vor fast einem Jahr, Ende Januar, stand ich schon einmal in dieser langen Auffahrt zu Orestes' und Elektras Haus, als ein mir völlig unbekannter Mann mit einer riesigen Pelzmütze aus dem Gebüsch gesprungen kam. Zuerst hat er mich fast zu Tode erschreckt! Aber dann hat er mir einen Brief gegeben und gesagt, der sei für ein auserwähltes Kind, ein »Rutenkind« nannte er es. Er meinte, es sei sehr wichtig. Dass die Zukunft und das Leben davon abhingen! Der Brief war superalt und das meiste davon war mit einem Geheimcode verschlüsselt, den ich nicht lösen konnte.

Als Orestes und seine Familie dann im Mai in ihr Haus einzogen, glaubte ich, Orestes sei das auserwählte Kind, das den Brief bekommen sollte. Aber dann wurde ich total enttäuscht, denn er wollte den Brief nicht mal lesen, geschweige denn den Code entschlüsseln. Es hat lange gedauert, bis ich Orestes davon überzeugt hatte, dass ich ihn nicht verarschen wollte.

Nach und nach gelang es uns, den Code zu knacken, und wir fanden heraus, dass der Brief Ende des 19. Jahrhunderts von jemandem namens Axel geschrieben worden war. Axel war bei mysteriösen Geschehnissen dabei gewesen, als hier in Lerum im Jahr 1857 die allererste Eisenbahnstrecke Schwedens gebaut wurde. Der Brief führte uns zu einem zweiten und dann zu noch einem Brief – wir fanden die Briefe an ganz unterschiedlichen Orten, wie dem Bahnhof und der Kirche, der Amtmannseiche und der Wamme-Brücke, bevor wir zur letzten Fundstelle kamen. Und dort stießen wir auf einen Schatz, ein uraltes Messinstrument, ein Astrolabium. Es wird auch Sternenuhr genannt, was natürlich viel schöner klingt, und man hat es Hunderte von Jahren benutzt, um mithilfe des Sternenhimmels seine eigene Position zu berechnen.

Aber ausgerechnet unsere Sternenuhr war etwas Besonderes. Eine geheimnisvolle Frau namens Silvia hatte Axel erzählt, dass man mit der Sternenuhr auch Erdenströme und Sternenfelder messen könne – starke Kräfte, die die Welt beherrschten. Aber die Sternenuhr dürfe nur von einem auserwählten Menschen benutzt werden, den sie ein »Rutenkind« nannte. Wenn die falsche Person die Sternenuhr anwendete, würde es ein großes Unglück geben! Also stahl Axel die Sternenuhr von jemandem, der Nils Ericson hieß und über den ganzen Eisenbahnbau bestimmte. Dann vergrub er sie in der Erde und hinterließ all diese geheimnisvollen Briefe als Hinweise, damit das auserwählte Kind, von dem Silvia ihm erzählt hatte, die Sternenuhr irgendwann in der Zukunft bekommen sollte ... Das heißt, jetzt!

Silvia hatte auch ein Lied mit einem geheimnisvollen Text gesungen, der in einem von Axels Briefen stand. Das ging so:

Etwas ist gekommen,
Etwas wurd' genommen.
Nun da Bergmanns Macht
Über die Erd' hat gebracht
Getös' ohne Ende, ohn' Unterlass Gebraus,
Menschenwege breiten sich aus.
Wir ersehnen dich, Rutenkind, in Menschengestalt.
Dich, das gewahren soll die vergessene Kraft,
Wenn die Sterne sich treffen in der Mittsommernacht,
Wo sich kreuzen die Wege und die Schiene glänzt kalt.
Vögel folgen deinem Weg über Land,
Sternenuhrs Pfeil weist in deine Hand.
Sternenfelder sich krümmen und Erdenströme schlagen,
Nur du kannst Macht übers Kräftekreuz haben.

Ich war absolut sicher, dass Orestes das Rutenkind sein musste und dass die Sternenuhr in seiner Hand funktionieren würde! Aber selbst das Rutenkind könne die Sternenuhr nur dann benutzen, wenn es sie zu einer bestimmten Zeit an einem bestimmten Ort in der Hand halte, hatte die mysteriöse Silvia zu Axel gesagt.

Silvia hatte Axel sowohl den Namen der Rutenkindes als auch den richtigen Ort verraten, aber Axel nahm es so genau damit, das Geheimnis zu bewahren, dass er alles, was er wusste, in kniffeligen Rätseln und Codes versteckt hatte, die Orestes und ich erst lösen mussten.

Der letzte Code bestand aus den Buchstaben USKKMR, die Axel in einen Baum im Wald eingeritzt hatte. In seinem Brief hat Axel geschrieben, dass der Code nur dann den Ort, an dem die Sternenuhr benutzt werden musste, verraten würde, wenn man den Namen des Rutenkindes als Lösungswort verwendete. Und wenn man Orestes als Lösungswort nahm, kam Göteborg Hauptbahnhof heraus! Die Sache war also klar! Nur genau dort und genau zu dem Zeitpunkt, an dem sich in der Mittsommernacht zwei Planeten am Himmel kreuzten, würde Orestes die Sternenuhr benutzen können. Dachten wir.

Denn unmittelbar vor Mittsommer erpresste mich jemand namens Eigir dazu, ihm die Sternenuhr zu geben.

Dieser Eigir wollte sich die geheimnisvollen Kräfte zunutze machen und entführte Elektra, weil er dachte, *sie* sei das Rutenkind! Orestes und ich hefteten uns natürlich an Eigirs und Elektras Fersen und genau in der Mittsommernacht spürten wir sie an einem Ort auf, der Nääs heißt. Dort, »wo die Wege sich kreuzen und die Schiene glänzt kalt«, genau wie es in dem Lied heißt. Aber Elektra sollte die Sternenuhr dort nie ausprobieren und Orestes auch nicht. Stattdessen bekam ich sie in die Finger, während gleichzeitig ein Gewitter tobte, das genau da, wo wir standen, ein elektrisches Plasma entzündete!

Daher weiß nun niemand sicher, ob Elektra ein Rutenkind ist oder nicht. Und sie ist noch viel zu klein, als dass man sie fragen könnte, ob sie irgendwelche geheimnisvollen Erdenströme oder Sternenfelder oder Kraftkreuze spüren konnte.

Es sind jede Menge mysteriöser Dinge passiert, während wir nach der Sternenuhr gesucht haben. Merkwürdige Zufälle, die darauf beruhen könnten, dass Erdenströme und Sternenfelder tatsächlich darüber bestimmen, was passiert ... Zum Beispiel hat sich herausgestellt, dass mein geliebtes Cello, das Mama mir, lange bevor das alles geschehen ist, geschenkt hat, einmal Silvia gehört hatte! Nur so als Beispiele!

Aber Orestes glaubt kein bisschen an seltsame Zufälle oder Rutenkinder. Er wollte nicht mal versuchen, die Sternenuhr auszuprobieren, sondern hat sie an einem geheimen Ort versteckt. Nicht mal ich darf wissen, wo.

Deswegen versuche ich jetzt, Erdstrahlung und Sternenfelder auf eigene Faust zu untersuchen. Das läuft so lala. Oder eigentlich gar nicht. Um ehrlich zu sein, ist seit dem Sommer nicht eine einzige geheimnisvolle Sache mehr passiert.

Aber jetzt! Silvias Stein – damit muss der Stein mit Silvias Namen drauf gemeint sein, den wir draußen im Wald entdeckt haben. Genau an der Stelle, an der wir auch die Sternenuhr gefunden haben. Wo der Baum mit dem letzten Code steht. Der Stein markiert ein Grab, aber nicht das des geheimnisvollen Fräuleins Silvia. Nein, denn sie verschwand in den 1850er-Jahren einfach spurlos! Axel suchte nach ihr, fand sie aber nie. Stattdessen – jetzt haltet euch fest – hat er seinen *Hund* Silvia genannt. Also quasi zur Erinnerung an sie. Völlig verrückt. Jedenfalls ist es Axels Hund Silvia, der da draußen im Wald begraben liegt.

Wie dem auch sei, es kann nicht bloß ein Zufall sein, dass genau dieser Name – Silvia – jetzt plötzlich wieder auftaucht! Aus dem Mund eines Geistes!

Was, wenn Axel hier herumspukt? Oder Silvia selbst! Auf einmal fühlte es sich so an, als ob mein ganzes Zimmer, mein vertrautes Zimmer mit dem alten Schreibtisch und den Bildern und dem Cello in seiner Ecke, voller Geflüster und fremder Schatten wäre.

Ich rollte mich klein zusammen, wickelte mich fest in die Decke und ließ das Licht die ganze Nacht an.

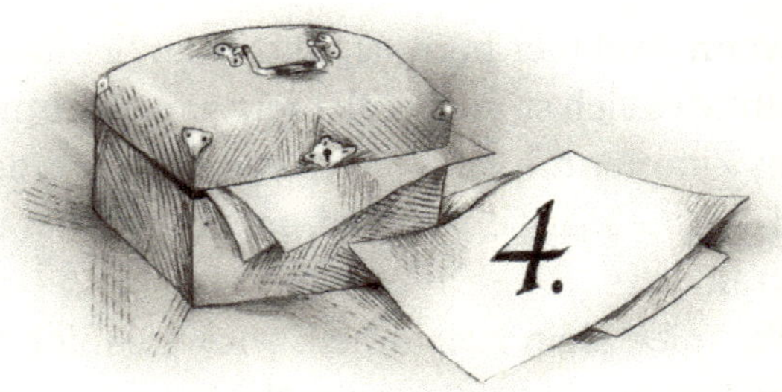

Der Tag darauf war ein Samstag. Ich stand als Letzte auf, logisch. Das mache ich an den Wochenenden natürlich sowieso, und erst recht, wo ich die ganze Nacht wach gelegen und über Geister und Silvias Grab nachgedacht habe.

In der Küche roch es angebrannt aus der Kaffeemaschine, in der ein letzter Schluck Kaffee vergessen in der Kanne stand. Mama und Papa saßen mit je einem leeren Kaffeebecher vor sich am Küchentisch.

»Aber es gibt so was wie Halloween nicht in Schweden! Und ich finde es gar nicht gut, dass sich alle als Monster und Mörder verkleiden. Es heißt Allerheiligen und da soll man seiner Lieben gedenken, die von uns gegangen sind, und es ruhig angehen lassen ... Müssen wir denn unbedingt alles importieren?«

Mama hielt Papa ihre übliche Allerheiligen-Ansprache. Papa und ich wissen beide genau, was sie über »Halloween kontra Allerheiligen« denkt, aber sie muss es eben einfach irgendwem erzählen.

»Ich finde Halloween gut«, murmelte ich, hauptsächlich, um ihr zu widersprechen.

»Ja, ich weiß«, antwortete Mama und wirkte, als schäme sie sich ein bisschen. »Du warst so ein süßer Kürbis, als du klein warst. Ich bin einfach nur ein bisschen altmodisch, vermute ich.« Sie strich mir über den Rücken, als ich auf den Stuhl neben ihr sank und mich nach dem Joghurt streckte.

Meine Mama ist ein klein wenig eigen. Eigen, aber lieb. Sie mag Halloween nicht, will mir aber den Spaß daran trotzdem nicht verderben. Also hörte sie auf, über Allerheiligen zu reden, und goss sich den letzten Rest Kaffee ein. Angebrannter Kaffee hält *meine* Mama nicht ab!

»Nur mit dem Blut kann ich mich nach wie vor nicht anfreunden«, sagte sie schließlich. »Du brauchst hoffentlich kein Blut für deine Verkleidung?«

»Nee, nee«, gab ich zurück. »Blut ist keins geplant.«

Mir wurde ein bisschen flau im Magen. In Wahrheit hatte ich nämlich überhaupt nichts geplant. Heute Abend würde die Halloween-Party meiner Schule stattfinden und ich hatte keine Ahnung, als was ich mich verkleiden sollte. Aber ich hatte Sanna versprochen mitzukommen. Ich saß stumm am Küchentisch, rührte die Cornflakes in meinen Joghurt und grübelte über mein Kostüm nach, als es kurz an der Haustür klopfte. Mir war schon klar, wer das war, noch bevor Mama die Tür geöffnet hatte.

Orestes, mein Klassenkamerad und Codeknacker-Freund, stand in der Diele. Mein Herz schlug einen Purzelbaum, so sehr hoffte ich, dass er Spaten, Landkarte und Kompass dabeihatte und bereit war, in den Wald zu ziehen und Silvias Grab zu suchen. Aber meine Hoffnung sank, als ich bemerkte, dass er sich nicht mal die Mühe gemacht hatte, eine Jacke anzuziehen, um zu mir rüberzukommen.

»Hallo«, sagte er zu Mama. »Ist es in Ordnung, wenn ich mir heute deinen Computer leihe?«

Mama nickte mit einem Lächeln. Sie mag Orestes - vielleicht, weil sie sich in so vieler Hinsicht so ähnlich sind. Orestes zog seine zerschlissenen Turnschuhe aus und stellte sie ordentlich in die Diele. Dann ging er die Kellertreppe runter.

»Hey, Malin«, murmelte er mir im Vorbeigehen zu. Er verlor kein Wort über Séancen oder Geister. Obwohl das vielleicht auch besser war, jetzt wo Mama und Papa dabei waren.

»Hey, Orestes«, erwiderte ich einsilbig. Es wäre so cool gewesen, wenn er was mit mir hätte unternehmen wollen. Egal was. Aber mittlerweile kommt er wohl nur noch rüber, um an einem von Mamas Computern zu arbeiten, für die sie einen Extraraum im Keller hat.

Ich dachte kurz darüber nach, das seiner Mutter zu petzen. Mona ist zwar damit einverstanden, dass er bei uns daheim die Computer benutzt. Aber er hat in Wahrheit keinen Orgonit (das ist ein Stein, der vor elektronischer Strahlung schützen soll) dabei, obwohl er es ihr versprochen hat. Und er nimmt es auch nicht so genau damit, durch das reinigende Labyrinth zu gehen, das sie im Garten aufgebaut hat. Also schleppt er all die negative Computerenergie, von der Mona glaubt, dass es sie bei uns im Haus gibt, mit zu sich nach Hause.

Als ich nach dem Frühstück Jeans und Pulli angezogen hatte, schlich ich mich runter in den Computerraum. Eigentlich ist es nur ein Vorratskeller ohne Fenster. Aber Mama, die als Programmiererin arbeitet, hat darin jede Menge Computer und Server aufgestellt. Die braucht sie, wenn sie von zu Hause aus arbeitet. Das macht sie ziemlich oft. Manchmal, weil sie mitten in der Nacht mit ihren Kollegen in Japan zusammenarbeiten muss. Und manchmal auch, weil sie es so toll findet, dass sie es nicht lassen kann. Sie ist wie gesagt ein bisschen eigen.

Orestes wirkte hochkonzentriert, wie er so im Schein der Leuchtstoffröhren dasaß. Er hatte den üblichen verfilzten braunen Pulli und seine verschlissene Stoffhose an. Aber immerhin sah er vom Bildschirm auf, als ich reinkam.

»Hey«, sagte ich.

»Hey«, sagte er.

»Was machst du?«, wollte ich wissen. Orestes' Miene hellte sich auf und er fing an, so schnell zu sprechen, wie er es nur tut, wenn er etwas richtig spannend findet.

»Dieser Algorithmus hier sollte extrem große Primzahlen berechnen können. Aber er funktioniert noch nicht so richtig ... keine Ahnung, warum ...«, erzählte er über das komplizierte Computerprogramm, das er grade schrieb. Solche Sachen macht er nämlich auf Mamas Computer. Er spielt keine Spiele oder was die meisten in unserem Alter eben gern machen.

»Orestes«, unterbrach ich ihn. »Gestern. Die Séance. Der Geist. Silvias Stein.«

»Jaaa ...«, erwiderte er enttäuscht. Er schaute wieder auf den Bildschirm. »Du weißt aber schon, dass das mit den Séancen nur Unfug ist, oder?«

Für Orestes ist alles, was man nicht beweisen kann, »nur Unfug«.

»Ich meine, es gibt keine Geister – Tatsache!«, fuhr er fort. »Glaub mir, ich war schon bei hundert Séancen! Das sind nur ein paar Irre, die sich irgendwelche Seltsamkeiten ausdenken, um andere Leute glauben zu machen, sie hätten Kontakt mit irgendwas Übernatürlichem – alles nur Einbildung! Die halten ihre eigenen Fantasien für wahr. Wie Mama!« Sein blasses Gesicht schimmerte blaugrün im Licht des Bildschirms.

»Hmm«, machte ich. Genau wie wenn meine Mama wegen irgendwas in Fahrt kommt, ist es auch bei Orestes das Beste, ihn einfach reden zu lassen. Im Frühjahr, als all diese geheimnisvollen Dinge passierten, war Orestes die ganze Zeit davon überzeugt, dass nichts Außergewöhnliches geschehen sei. Alles ließe sich logisch erklären, meinte er. Sogar die unglaublichsten Dinge! Wie zum Beispiel, dass die Sternenuhr, die wir gefunden haben, einen Zeiger hat, der genau wie das Muttermal aussieht, das Orestes am linken Arm hat! Wie ein Pfeil mit einem kleinen Strich durch. Konnte das wirklich nur ein Zufall sein?

Mein Blick fiel genau in dem Augenblick auf dieses Muttermal, knapp unter dem Ärmel von Orestes' T-Shirt, aber er erklärte mir einfach nur immer weiter, warum man an Geister nicht glauben konnte, und dass diejenigen, die bei

Séancen was sagten, einfach nur rieten, was die anderen gerne hören wollten.

»Aber stell dir doch mal vor, wir finden noch neue Hinweise!«, sagte ich, als Orestes einmal Luft holte. »Was, wenn wir beim letzten Mal nicht alles über das Rutenkind herausgefunden haben? Was, wenn wir wirklich rausbekommen könnten, wie man die Sternenuhr benutzt?«

»Wenn ich wegen jedem verrückten Ding, von dem Mamas Freunde und Kunden reden, in den Wald rennen und dort graben würde, hätte ich keine Zeit für etwas anderes mehr«, erwiderte Orestes nur. Und das stimmte natürlich ... Mona beschäftigt sich mit so viel Seltsamem, dass man einfach nicht an alles glauben konnte, selbst wenn man sich Mühe gab.

Aber Orestes kann mich nicht verschaukeln. Er sah nämlich schon ein klein bisschen erfreut aus. Er spulte alle seine Argumente ab, obwohl er genau wusste, dass mich das nicht kümmern würde. Er erklärte mir haarklein, wie unwahrscheinlich es war, dass das Gerede über »Silvias Stein« mit uns zu tun hatte, aber es fühlte sich so an, als täte er es hauptsächlich, weil das seine Rolle war, sozusagen.

Vielleicht, dachte ich, als mir auffiel, dass ihm ein winziges, hauchfeines Lächeln auf den Lippen lag. Vielleicht hat Orestes es auch vermisst, ein Rätsel zu lösen zu haben. Ich wollte gerade anfangen, ihn mit aller Gewalt zu überreden, als wir einen Schrei oben aus der Küche hörten.

Mama! Was war denn nun los?

Ich rannte die Treppe hinauf, aber als ich halb oben war, hörte ich sie schon lachen.

»Elektra! Du kannst doch nicht einfach so dastehen und dir die Nase an der Scheibe platt drücken! Ich dachte, du wärst ein kleines Gespenst!«

Elektra stand mit dem Gesicht gegen die Scheibe gedrückt an einem unserer großen Wohnzimmerfenster.

»Wie hast du mich erschreckt!«, rief Mama. Sie öffnete die Terrassentür und ließ Elektra herein. Die rannte geradewegs zum Frühstückstisch und steckte die Finger in den Honigtopf. Dann schleckte sie sie genüsslich ab.

Mama hätte Elektra sicher ein richtiges Frühstück gemacht, wenn Orestes nicht die Treppe raufgekommen wäre. Er sah ein bisschen verlegen aus und schimpfte wie immer mit Elektra, weil sie ihm nachgelaufen war. Er lehnte dankend ab, als Mama uns belegte Brote anbot, und verschwand mit Elektra nach Hause.

Ich ging rauf in mein Zimmer, um meine Cellostimme für das Weihnachtskonzert zu üben. Ich kann sie eigentlich schon, denn es ist dieselbe wie letztes Jahr. Aber es ist nie zu früh für Weihnachtsstimmung, finde ich.

Es war natürlich sinnlos, Orestes zu fragen, als was ich mich verkleiden sollte. Zum Glück kam Sanna eine gute Stunde vor der Halloween-Party zu mir nach Hause.

Ich war so unglaublich froh, als sie kam. Sie ist das einzige Mädchen aus meiner alten Klasse, das jetzt mit mir in die Siebte geht, und das hat dazu geführt, dass wir Freundinnen geworden sind. Richtige Freundinnen. Nicht nur so, dass wir in der Schule zusammen abhängen, sondern uns manchmal auch nach der Schule treffen. Das klingt jetzt vielleicht nicht so bemerkenswert, aber sie ist meine erste richtige Freundin seit der Vorschule, und damals reichte noch, dass die Eltern zusammen Kaffee trinken wollten, als Grund, dass wir zusammen spielten. Und jetzt hatte ich eine Freundin, die mit mir zur Halloween-Party in der Schule gehen wollte! Manchmal werde ich ganz hibbelig, weil das zu schön ist, um wahr zu sein, und dann bekomme ich Angst, dass sie mich irgendwann satt hat.

Sanna sah absolut fantastisch aus. Sie hatte sich das Gesicht so geschminkt, dass es wie ein Totenkopf aussah, so mit Rissen und allem. Nur quasi ein niedlicher Totenkopf. Dazu trug sie ein Kleid mit rosa Schleifen. Und Knie- und Ellenbogenschützer und einen Helm. Ihre Rollschuhe hatte sie unten in der Diele gelassen.

Ich weiß nicht genau, wie man eine Totenkopf-Figur mit süßem Kleid und Rollschuhen nennt, aber ich war absolut sicher, dass das etwas total Cooles war. Vielleicht aus Japan.

»Als was verkleidest du dich?«, wollte Sanna sofort wissen. Und als ihr aufging, dass ich keine Ahnung hatte, wurde sie auf einmal superhektisch.

Sanna hat sich verändert, seit wir in die Siebte gingen. Vorher war sie immer irgendwie das nette Mädchen, das zwar alle mochten, dem aber niemand groß Beachtung schenkte. Aber neuerdings ist sie das Mädchen, das allen auffällt. Sie verkleidet sich jeden Tag, nicht nur an Halloween. Mal sieht sie aus wie ein trübsinniger, schwarz gekleideter Hardrocker und am nächsten Tag wie ein rosa Flauschbällchen. Sie ist in irgend so einer Instagram-Gruppe, in der man Fotos von sich oder besser gesagt: von seinen Klamotten postet – *jeden Tag*. Das verrückteste Outfit gewinnt, glaube ich. Mir war natürlich klar, dass sie ihr Kostüm Wochen im Voraus geplant hatte.

Sanna riss die Türen zu meinem Kleiderschrank auf.

»Hm«, machte sie und begutachtete die Klamotten, die unordentlich auf den Bügeln hingen, sowie den Inhalt der verbogenen Drahtkörbe im Schrank. »Das wird nicht einfach.«

Sie wühlte sicher eine Viertelstunde im Schrank. Dann hielt sie zwei Teile hoch. Einen roten, langärmeligen Pulli und eine hässliche, kurze grüne Wanderhose, die Papa mir im Schlussverkauf gekauft hat, weil er hofft, dass wir in Zukunft öfter zelten gehen.

Ich verstand nur Bahnhof.

Eine halbe Stunde später hatte Sanna ihr Bestes gegeben, damit meine Haare in alle Richtungen abstanden. Mein Gesicht war weiß geschminkt, mit großen schwarzen Kreisen um die Augen.

»Na also«, meinte Sanna zufrieden, nachdem sie meine Lippen noch mit rotem Lippenstift bemalt hatte.

Als ich mich im Spiegel sah, erschrak ich fast vor mir selbst. Diese dunkel geschminkten Augen wirkten irgendwie gruselig, fremd. Total passend für Halloween. Aber ich hatte keine Ahnung, was ich darstellen sollte.

»Du bist Jessika, ist doch klar, oder!«, meinte Sanna.

»Welche Jessika?« Die einzige Jessika, die ich kannte, ging in unsere Parallelklasse und ich sah ihr nicht im Geringsten ähnlich.

»Na, Jessika aus *Die Gruselschule*! Erinnerst du dich nicht? Die Coole!«

Die Gruselschule war eine Zeichentrickserie, die wir immer angeschaut haben, als wir noch klein waren. Sie handelte von einigen Kindern, die auf eine Schule mit jeder Menge Monster gingen, und der Direktor war ein Vampir und ... Na klar, eins der Mädchen hatte buschiges, krauses Haar und schwarz umrandete Augen.

»Eigentlich müsstest du noch ein Gespenst auf dem Pulli haben«, sagte Sanna. »Aber ich glaube, dafür haben wir nicht die Zeit.«

Stattdessen schnitt sie einen Streifen von einem alten roten Schal ab, den ich im Schrank hatte, und band ihn mir um den Hals.

»So«, stellte sie fest. »Ganz okay.«

»Aber es wird keiner kapieren, wer ich bin!«, protestierte ich. Aber nur ein bisschen. Denn das Mädchen, das mir aus dem Spiegel entgegensah, war trotzdem ... interessant, irgendwie. So gar nicht wie mein gewohntes, normales Ich, sondern jemand Geheimnisvolles, Spannendes. Jemand, der tougher und mutiger ist als ich.

Auf dem Weg zur Party holten wir Orestes ab. Sanna hat ihn quasi adoptiert, in etwa so, wie man sich um einen entlaufenen Hund kümmert. Ich glaube, ihr gefällt, dass er auch immer verkleidet aussieht, selbst wenn er jeden Tag dasselbe trägt. Er hat immer eine Stoffhose an, keine Jeans. Und immer total glatt gebügelte Hemden. Und eine Aktentasche als Schulranzen. Und dann hat er natürlich noch die schwärzesten Augen der Welt, tiefschwarze Haare und die blasseste Haut, die ein lebender Mensch haben kann.

Ich war mir noch nicht so ganz sicher, ob Orestes überhaupt vorgehabt hatte, zur Halloween-Party mitzukommen. Solche großen Partys und Discos und so scheinen nicht so sein Ding zu sein, und er hatte am Mittwoch nur vage genickt, als Sanna vorschlug, dass wir drei zusammen hingehen sollten.

Er war nicht verkleidet, als wir kamen, aber damit hatte Sanna gerechnet. Sie zog ein Vampirgebiss aus Plastik mit langen Reißzähnen aus der Tasche. Orestes' Wangen färbten sich zart rosa und er drehte und wendete das Gebiss ein paarmal in den Händen. Jetzt hatte er keine Ausrede mehr, nicht mitzukommen, wo Sanna doch an alles gedacht hatte. Und das Gebiss passte perfekt!

»Sieht cool aus«, meinte Sanna. »Das solltest du immer tragen.«

Dann machten wir uns auf den Weg.

Orestes und ich wohnen supernah bei der Schule. Das war schon so, als wir noch auf unsere alte Schule gingen. Da mussten wir nur aus dem Garten hinterm Haus hinaus, durch das Eichenwäldchen, über den Radweg und schon war man da. Die weiterführende Schule, auf die wir jetzt gehen, liegt auf der anderen Seite vom Almekärrsväg, runter Richtung Eisenbahn und Schnellstraße, und jetzt ist der Weg zur Schule bestimmt viermal so lang. Und trotzdem ist man in zehn Minuten dort!

Auf der Straße wimmelte es schon vor Mumien und Monstern. Die meisten von ihnen trugen Regenjacken oder Schirme, denn es nieselte natürlich.

Drinnen im Speisesaal drängten sich die Leute. Hauptsächlich Siebt- und Achtklässler, denn die Neuntklässler hielten sich natürlich für zu erwachsen, um mit solchen Kleinkindern wie uns in die Schuldisco zu gehen. Fast alle hatten sich verkleidet. Es gab die üblichen Hexen und Mumien und Leute mit einem Messer im Kopf, das in den Farben der Discolichter schimmerte. Irgendwer legte Musik auf, aber kaum jemand tanzte. Die meisten begnügten sich erst mal damit, Popcorn zu essen.

Ein zotteliger Affe sprang zur Seite und tat so, als ob er sich wahnsinnig erschrocken hätte, als Sanna, Orestes und ich uns in Richtung der Popcornschüsseln drängten.

»Aaaaah, das Geistermädchen!«, rief er.

Und dann rannte er hinter uns her und rief wieder und wieder: »Geistermädchen! Geistermädchen!« Schließlich sprang er mir direkt vor die Nase und machte seltsame, kehlige Geräusche, sodass ich nicht wusste, wo ich hinsollte.

»Was denn? Sei doch nicht gleich eingeschnappt, Malin!«, rief der Affe und da erkannte ich, dass es Ante war. Er geht auch in unsere Klasse.

»Hä? Bist du ein Affe?«, stieß ich hervor. Ich musste an dieses große, zottelige Ding bei Star Wars denken, aber mir fiel nicht ein, wie es hieß.

»Werwolf – sieht man doch«, meinte Ante enttäuscht. »Uaaaaah!« Er machte wieder diese heiseren, kehligen Geräusche und da wurde mir klar, dass er wohl den Mond anheulte. »Aber du hast ja die coolste Verkleidung!«, redete er weiter. »Das Geistermädchen! Wie hast du es geschafft, ihr so ähnlich zu sehen?«

»Sie ist übrigens Jessika aus *Die Geisterschule*«, klärte Sanna ihn auf. »Guck doch!«

Sanna deutete auf meine knielangen grünen Shorts. Der Affe schaute verständnislos. Vielleicht erinnerte sich Ante nicht mehr an ausgerechnet diese Kindersendung.

»Nee, nee«, meinte er und schüttelte seinen zottigen Kopf. »Sie ist das Geistermädchen ... Wisst ihr nicht, wen ich meine? Kommt mit und seht selbst!«

Der Affe ging durch den Speisesaal raus in den Korridor und Sanna, Orestes und ich folgten ihm. In erster Linie, weil wir nichts Besseres zu tun hatten.

Es wurde seltsam still, als wir aus dem Gedränge im Speisesaal raus waren. Die Musik war nur noch ganz leise zu hören. Leere Schulen haben etwas Trostloses. Es fühlt sich so an, als ob alle Leute daraus weggezaubert wären, verschwunden. Als ob seit Hunderten von Jahren keiner mehr dort gewesen wäre.

Ante führte uns eine Treppe hinauf in einen Gebäudeteil, in dem ich vorher noch nie gewesen bin. Dann blieb er plötzlich in einem langen Korridor stehen. Dort war es finster, unheimlich, zumindest bis Ante den Lichtschalter drückte und es fast zu hell wurde. Jetzt sah ich, dass den ganzen Korridor entlang große Rahmen an den Wänden hingen. In jedem Rahmen waren Klassenfotos, die nahezu identisch aussahen. Auf jedem Foto standen Schüler in drei Reihen hintereinander.

Ähnliche Bilder gibt es auch unten am Eingang zum Speisesaal. Dort hängt ein Foto von unserer Klasse und allen anderen Klassen, die momentan an unserer Schule sind. Die, die hier hingen, waren Fotos von früher.

»Guckt mal«, meinte Ante. »Hier sind die ganzen Ehemaligen ... die, die hier vor langer Zeit zur Schule gegangen sind. Seht euch die Frisuren an!«

Er zeigte auf ein Foto, auf dem jeder Schüler einen Seitenscheitel hatte.

»Du wolltest mir doch was zeigen, oder?«, fragte ich. »Waren das die Frisuren?«

»Nee …«, meinte Ante. »Es war das hier. Ich dachte, du hättest dich als die hier verkleidet!«

Ante zeigte mit seiner Werwolfstatze auf eins der Fotos im allerletzten Rahmen. Es war noch ein neueres Foto, denn die Leute darauf hatten ganz normale Klamotten und Frisuren. Bis auf eine.

Es war ein Mädchen in der vordersten Reihe. Sie war ganz in Schwarz gekleidet und trug selbstverständlich keine Shorts, daher hatte das Outfit natürlich nicht so viel Ähnlichkeit mit meinem Kostüm. Aber ich verstand, was Ante meinte, als ich ihre Haare anschaute. Die waren dunkler als meine, aber sie standen auch in alle Richtungen von ihrem Kopf ab. Und sie hatte mit Kajal zwei große schwarze Ringe um ihre Augen gezogen. Das Mädchen blickte mit ernster Miene in die Kamera, mitten in einer Klasse, in der die eine Hälfte gestellt lächelte und die andere Faxen machte.

Ich zuckte mit den Schultern.

»Okay«, meinte ich, »die Haare sind vielleicht ein bisschen ähnlich.«

»Ihr seht euch superähnlich!«, rief Ante.

Ich fand, er übertrieb. Und ich kapierte nicht, was daran so gespenstisch sein sollte, dass jemand, der früher auf diese Schule gegangen war, auch schwarz geschminkte Augen hatte. Man hatte schon Seltsameres gesehen!

»Aber weißt du denn nicht, wer das ist?«, fragte Ante.

Ich schüttelte den Kopf. Woher sollte ich das wissen?

»Na, das ist doch die, die verschwunden ist! Sie ging letztes Jahr in die Neunte und ist im ersten Halbjahr einfach verschwunden! Mesina hieß sie …«

Ich hatte das Gefühl, eine kalte Hand würde sich um mein Herz legen. Ich spürte, wie ich blass wurde.

»Ihre Eltern haben überall nach ihr gesucht. Und die Polizei natürlich auch. Aber sie war einfach weg!«

»Und das ist die?« Orestes war näher herangetreten. Er deutete auf das Foto.

»Ja!«, bestätigte Ante.

»Sicher?«, fragte Orestes laut.

»Ja, sag ich doch!«, gab Ante irritiert zurück. Sein Scherz war ihm ein bisschen zu gut gelungen. Doch anstatt uns um ihn zu kümmern, standen Orestes und ich reglos da und starrten das Foto an.

»Und sie heißt *Mesina*?«, fragte Orestes. Vielleicht gefiel es ihm, dass es außer ihm noch mehr Leute mit ungewöhnlichen Namen gab.

»Mesina Molin. Manche behaupten, sie sei hier in der Schule verschwunden, dass sie irgendwo in einen Schrank eingesperrt wurde … und sie bisher niemand gefunden hat!« Ante erzählte mit einer Stimme, die vermutlich gruselig klingen sollte. »Sie ist gestorben und spukt … hier! Bis sie jemand findet!«

Er war sicher zufrieden damit, dass ich fast in Ohnmacht fiel. Aber ich hatte keine Angst vor irgendwelchen Gespenstern in den Schulkorridoren. Ich hatte Angst, weil ich genau wusste, was mit Mesina Molin passiert war.

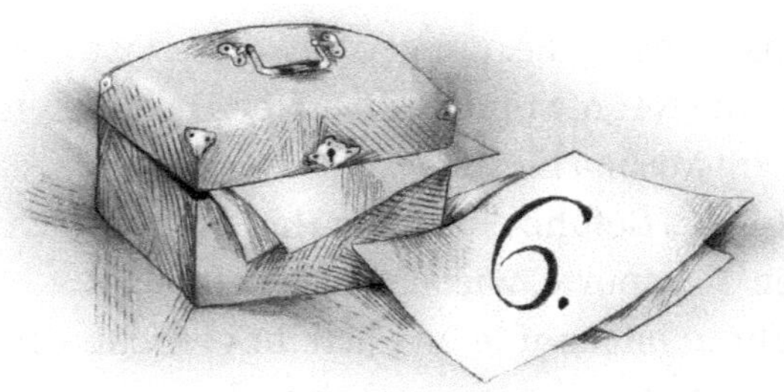

Der letzte Herbst, also noch bevor ich diesen geheimnisvollen Brief bekommen hatte, war nicht gerade ein Höhepunkt in meinem Leben. Damals war mein Papa noch ziemlich krank und meine Mama sehr traurig und ich fühlte mich so allein, dass ich anfing, mit jemandem in Internet zu schreiben, der sich »das Orakel« nannte. Und das war fantastisch. Es war, als hätte ich eine beste Freundin. Das Orakel hatte immer Zeit, mir zuzuhören, es machte sich Gedanken und hatte eine Antwort auf alles. Ich schrieb ihm superviel, erzählte von mir und von allem, was mir durch den Kopf ging, wie es mir ging und was ich machte. Das Orakel meinte die ganze Zeit, ich solle zu ihm kommen. Dass ich von allem abhauen solle, von der Schule und meinen Eltern. Ich hätte eine wichtige Aufgabe zu erfüllen, meinte es. Es brauche mich.

Aber dann stand eines Tages plötzlich die Polizei vor unserer Tür. Und die meinte, das Orakel sei jemand, der andere köderte, und dass ein anderes Mädchen, das nur wenig älter war als ich und auch mit dem Orakel geschrieben hatte, bereits verschwunden war. Das war so gruselig! Ich kam mir so dumm vor. Und Mama erfuhr alles – seitdem macht sie sich solche Sorgen um mich, dass ich nicht mehr ins Internet darf.

Stellt euch mal vor, ich hätte weiter mit dem Orakel geschrieben! Stellt euch mal vor, ich wäre auch verschwunden! Denn jetzt war mir klar, dass dieses Mädchen, das das Orakel geködert hatte, das Mädchen auf dem Foto sein musste – Mesina.

Später stellte sich heraus, dass das Orakel ein komplett irrer Typ namens Eigir war, der auch noch Elektras Vater ist. Dieser Eigir war es auch, der Orestes und mich im Frühjahr gejagt hatte, weil er an Axels Briefe kommen wollte, aber vor allem natürlich an die Sternenuhr und das Rutenkind, also Elektra. Eigir glaubt an alle möglichen Kräfte und Mysterien, die man sich vorstellen kann, genau wie Mona, nur dass er nicht so nett ist wie sie. Eigir will bloß verschiedene Kräfte erlangen, damit die Leute machen, was er will. Er schert sich nicht das kleinste bisschen um andere, meint Orestes. Er verabscheut Eigir und dessen Anhänger noch mehr als Monas Hirngespinste. Aber Eigir liegt im Koma, seit er an Mittsommer versucht hat, die Sternenuhr zu benutzen, und am Ende einen heftigen Stromschlag abbekam. Und trotzdem war Mesina offenbar nicht wieder nach Hause gekommen.

Orestes stellte Fragen über Fragen: Wie alt war Mesina? Wo wohnte sie? Was machten ihre Eltern?

Als ob Ante alles über dieses Mädchen wüsste, nur weil er versucht hatte, uns mit einer lahmen Geistergeschichte zu erschrecken.

»Komm, wir gehen zurück zur Party«, sagte ich und zog Orestes am Arm. Er sträubte sich, aber ich ließ nicht locker, bis er mitkam. Ich wollte nicht länger in diesem Korridor sein, mir wurde ganz flau im Magen, wenn ich Mesinas ernst dreinblickende Augen auf dem Foto sah.

Das hätte auch ich sein können, ging es mir die ganze Zeit durch den Kopf. Genauso gut hätte ich es sein können, die verschwunden war und über die alle in der Schule Schauermärchen erzählten.

Fast hätten wir Sanna da im Korridor vergessen, denn sie fotografierte alles mit ihrem Handy.

»Ja, na ja, coole Klamotten halt!«, meinte sie. Nach den Ferien würde Sanna mit Sicherheit ein paar Wochen rumlaufen, als wäre sie den Fünfzigerjahren entsprungen.

Als wir zurück in der Disco waren, lief sie herum und fotografierte stattdessen alle, die verkleidet waren. Am besten gefiel ihr so ein gruseliger Typ in einer braunen Kutte, der sein Gesicht unter einer riesigen Kapuze versteckt hatte und sich weigerte zu sprechen.

Es goss wie aus Eimern, als wir uns auf den Heimweg machten. Sannas Totenkopfbemalung lief ihr über die Wangen, aber sie hatte Glück und wurde von ihrer Mutter mit dem Auto bei Orestes und mir vor dem Haus aufgesammelt.

»Bis dann!«, rief sie und verschwand im Wagen.

Orestes und ich gingen über den Fußweg zum Wendeplatz, an dem wir wohnen. Mit einem Mal fing Orestes wieder an zu reden.

»Sie muss das Mädchen sein, das spurlos verschwunden ist«, meinte er. »Mesina ... Ich frage mich, wo sie hin ist. Und was Eigir ihr gesagt hat, um sie zu überreden. Vielleicht weißt du ...«

»Hör auf!«, sagte ich scharf. Eigentlich schrie ich schon fast. Orestes blieb wie angewurzelt stehen und starrte mich an. Ich hatte ihn nicht derart abwürgen wollen, aber es stresste mich immer noch total, dass Eigir mich hereingelegt hatte. Ich bekam eine Gänsehaut, wenn ich nur daran dachte. Ich wollte diesen Herbst wirklich einfach nur vergessen, in jeder Hinsicht. Und ich finde es total gruselig, dass Eigir, oder das Orakel, angefangen hatte, mir zu mailen – Monate bevor ich Orestes und Elektra kennenlernte. Warum hatte er ausgerechnet mich kontaktiert? War da etwas Besonderes an mir? Oder an ihr – Mesina?

»Hör auf«, sagte ich noch mal, nur etwas netter. »Ich will einfach nicht darüber reden, ja?« Orestes starrte mich immer noch an. Er sah aus, als ob er etwas sagen wollte, aber er ließ es sein. Ich wollte nicht, dass er dachte, ich sei auf ihn sauer, deswegen versuchte ich, über etwas zu reden, über das *ich* sprechen wollte.

»Du, sag mal, Orestes«, sagte ich, »diese Sache da mit Silvias Stein ...«

»Nichts, was einen interessieren müsste«, meinte er und schüttelte sich. »Wenn du nur wüsstest, was die Leute bei Séancen für Zeug reden. Und die, die das gesagt hat, war ja Antes Uroma Gerda. Die hat doch einen Hund, der Silvia heißt. Wahrscheinlich hat sie an den gedacht.«

»Vermutlich«, gab ich zurück und versuchte, mir nicht anmerken zu lassen, dass mir der Regen in den Kragen hineinlief. »Aber du weißt schon, dass ich morgen zu Silvias Grab gehe, oder? Kommst du mit?«

Orestes wandte sich mir zu. Er grinste so breit, dass man alle seine Vampirzähne sehen konnte.

Als ich wieder zu Hause war, guckte ich mit Mama und Papa fern, solange meine Haare trockneten. Mama hatte ihre weltberühmte Karamelltarte gebacken und ich angelte nach dem Tortenheber.

»Lass mir auch ein bisschen was über!«, rief Papa, obwohl Mama meinte, er hätte schon drei Stück gegessen.

Was, wenn ich auf das Orakel gehört hätte und wie Mesina von zu Hause abgehauen wäre?, überlegte ich, während der Karamell in meinem Mund schmolz. Was, wenn ich von zu Hause abgehauen und verschwunden wäre? Einfach weg wäre. Dann würden Mama und Papa an einem Samstagabend sicher nicht hier auf dem Sofa sitzen und es sich gut gehen lassen. Dann wären sie ganz alleine und würden so lange auf mich warten, bis sie sich zu Tode gewartet hätten. Ich streckte mich auf dem Sofa aus und legte den Kopf auf Mamas Schulter und die Beine über Papas Schoß.

»Holla!«, meinte Papa und strich mir über die Wade. »Krass, was für lange Beine das Kind hier bekommen hat.«

»Ja, das hat sie«, sagte Mama und legte den Arm um mich.

Dann schauten wir weiter irgendein Musikquiz, bei dem die Kandidaten irgendwelche Promis waren, die keiner kannte. Mama nickte die ganze Zeit ein, wachte aber immer wieder auf, wenn Papa das Lied und den Interpreten ausrief, nach denen im Quiz gefragt wurde. Und ich lag den ganzen Abend quer über ihnen, wie eine Brücke zwischen Mama und Papa.

Ante und ich sind so was wie Freunde. Na ja, oder so ähnlich. Seit der Ersten gehen wir in dieselbe Klasse, aber er ist immer irgendwie cool und nervig zugleich gewesen. So einer, den alle im Klassenzimmer nach nur zwei Minuten beachten. Und ich war schon immer … nichts Besonderes, glaube ich. Auf jeden Fall nicht so cool. Aber irgendwie fühlte es sich so an, als wären wir Kumpel, seit er Anfang Juli zu mir nach Hause gekommen war. Eines Tages stand er einfach auf unserer Treppe.

»Tach«, sagte er.

»Hey«, erwiderte ich.

»Wollte nur mal hören, wie es deinem Papa geht … Er ist in Ordnung, oder?«

Es war wirklich seltsam, dass er fragte. Das letzte Mal, dass wir uns gesehen hatten, war an Mittsommer gewesen. Da war Ante bei Orestes, Elektra und Mona neben dem Eisenbahngleis draußen in Nääs geblieben, während ich mit Papa im Rettungswagen ins Krankenhaus gefahren war. Eigir – oder das Orakel –, Elektras Vater, war auch mit im Rettungswagen. Papa und er waren beide bewusstlos, nachdem sie starke Stromschläge von dem elektrischen Plasma bekommen hatten, das entstanden war, als ich die Sternenuhr hielt.

Eigir war selbst schuld – und das sage ich ohne schlechtes Gewissen, denn schließlich war er es, der die Stromleitung runtergerissen und Elektra entführt hatte. Aber Papa hatte nur versucht, mich zu retten.

»Geht ihm gut«, erwiderte ich. Meine Stimme klang ganz komisch, weil ich immer einen Kloß im Hals bekomme, wenn ich daran denke, wie Papa sich gradewegs in einen glühenden Ring aus elektrischem Feuer gestürzt hatte, um mich vor Eigir zu retten. »Er hat einen Stromschlag bekommen, wodurch sein Herzschrittmacher aus dem Takt gekommen ist. Es war wieder gut, als er ins Krankenhaus gekommen ist.« Mein Papa hat einen Herzfehler, deswegen hat man ihm ein kleines Gerät eingepflanzt, das man Herzschrittmacher nennt. Das sorgt dafür, dass sein Herz schlägt, wie es soll. Aber Leute wie er sollten besser keine Stromschläge abbekommen.

»Gut«, meinte Ante. Er wirkte erleichtert. Es ist sicher nicht so lustig, zu jemandem nach Hause zu gehen und zu fragen, ob dessen Elternteil, tja – noch lebt. »Und der andere da? Wer war das? Orestes' Vater, oder?«

»Nee, nicht Orestes' Vater«, antwortete ich. »Nur Elektras Vater. Also, ich meine, der Vater von Orestes' kleiner Schwester.« Obwohl – das wusste ich eigentlich gar nicht, fiel mir ein. Was, wenn Eigir auch Orestes' Vater war? Und Orestes das nur nicht wusste? »Er ... er liegt im Koma. Also, er ist immer noch bewusstlos und die Ärzte wissen nicht, ob er je wieder aufwacht. Oder wann.«

»Oh shit!«, meinte Ante.

»Ach nee, das macht nichts!«, rief ich. »Ich meine …« Es klang ziemlich blöd zu sagen, es machte nichts, dass Eigir im Koma lag. Aber er hatte das wirklich verdient. »Er ist komplett durchgedreht«, erklärte ich. »Er hat versucht, Elektra zu entführen!«

»Aber warum hat er dann die Oberleitung vom Zug runtergerissen? Und was war das für ein komisches glänzendes Ding, das du da in der Hand hattest?«

»Die Sternenuhr …«, sagte ich, ohne darüber nachzudenken, biss mir dann aber auf die Zunge, um still zu sein.

Ich wollte Ante nichts von der Sternenuhr verraten, die Orestes und ich gefunden hatten. Was würde er wohl sagen, wenn ich plötzlich anfing, von einem Instrument zu faseln, mit dem man Himmels- und Erdenkräfte steuern konnte?

»Er ist wirklich komplett durchgeknallt«, sagte ich noch mal, während ich versuchte, mir irgendwas Schlaues auszudenken, das ich Ante erzählen konnte, ohne ihm so ziemlich alles zu verraten. »Er dachte wohl, dieses alte Teil könne man benutzen, um irgendwelche Erdkräfte oder so was zu finden … Und dass Elektra ihm dabei helfen könne. Totaler Irrer!« Ich schüttelte den Kopf und hoffte, er sah mir nicht an, dass ich Eigir insgeheim recht gab.

»Wie jetzt? Was war das?«

»Nur so ein altes Ding, das wir zufällig gefunden haben, Orestes und ich. Nichts Besonderes.«

Ü-ber-haupt nichts Besonders! Nur ein magisches, unschätzbar wertvolles und absolut einzigartiges Messinstrument.

»Kann ich es mal sehen?« Ach ja, Ante stand doch auf so alten Kram! Kaum auszudenken, wenn er all die alten Dinge, die wir gefunden hatten, zu Gesicht bekommen hätte; Gegenstände, die Axel benutzt hatte, um die Hinweise auf die Sternenuhr zu verstecken.

»Ich weiß nicht, wo es abgeblieben ist«, sagte ich. Das stimmte sogar. Orestes hatte ja die Sternenuhr versteckt und weigerte sich, mir zu verraten, wo.

Er hat vor, sie für viel Geld zu verkaufen, damit er von zu Hause ausziehen kann, wenn er volljährig wird.

»Ach so«, meinte Ante schließlich, als ich nichts weiter sagte. »Kommst du mit zum Schwimmen?«

Das war nicht das erste Mal, dass Ante mich fragte, ob ich mitkäme. Als er nämlich geschnallt hatte, dass ich das älteste Handy der Welt habe und ich *nichts* mitbekomme, wenn alle anderen sich verabreden, fing er an, mir SMS zu schreiben, wenn sich unsere alte Klasse zum Schwimmen treffen wollte. Und ich ging mit, ziemlich oft jedenfalls.

Jedes Mal fragte ich auch Orestes, ob er mit an den See kommen wolle, aber er sagte immer Nein. Keine Ahnung, warum.

Stattdessen saß er lieber ganz alleine in Mamas Computerraum im Keller. Er mag Mamas Computer. Und Mama auch, glaube ich. Aber ich bin mir nicht sicher, ob er mich noch mag, jetzt, wo wir kein Rätsel mehr zusammen zu lösen haben. Er kommt eigentlich nur mit, wenn Sanna ihn dazu zwingt.

Aber *jetzt*. Jetzt gab es wieder ein Geheimnis. Hoffte ich jedenfalls.

Was, wenn wir unter Silvias Stein nichts finden würden? Wenn es war, wie Orestes meinte, dass Antes Uroma da zwischen all den Kerzen in der Dunkelheit schwindelig geworden war und sie nur wirr dahergeredet hatte. Es gibt ja tatsächlich keinen einzigen Beweis, dass so etwas wie Erdenströme oder Sternenfelder wirklich existiert.

Axel, der Typ, der die alten Briefe geschrieben hatte, hatte fast sein ganzes Leben lang versucht, sie zu finden. Wir hatten im Frühjahr eine alte Landkarte von Lerum gefunden, auf der er die Linien von Erdkräften eingezeichnet hatte, die er entdeckt hatte. Aber es war ihm nie gelungen, sie sich zu irgendwas zunutze zu machen.

Trotzdem habe ich seit dem Sommer immer und überall eine Kopie dieser Karte dabei. Die Linien schlängeln sich darüber, sie sind nie gerade, sondern winden sich auf eine Art und Weise, die man sich nie hätte ausdenken können. Axel hatte die Linien mit Buchstaben beschriftet, und die Stellen, an denen sich zwei Linien kreuzten, nannte er »Kraftkreuze«. Bei einem solchen Kreuz (so ist zum Beispiel das AB-Kreuz die Stelle, an der sich die Linien A und B auf der Karte überschneiden) sollen die Kräfte angeblich besonders stark sein. Wann immer ich also an eine Stelle mit einem Kraftkreuz komme, versuche ich herauszufinden, ob an diesem Ort etwas Besonderes ist.

Was ich bislang ausprobiert habe:

1. Das Kraftkreuz mit einer Wünschelrute aufzuspüren, also einer Astgabel aus Weidenholz. Das habe ich an den Kreuzen PH, AD und RP versucht.
   Ergebnis: absolut nichts.
2. Erdenströme mithilfe meiner Silberkette als Pendel aufzuspüren. Das habe ich an den Kreuzen GS, MN und MM probiert.
   Ergebnis: Das Pendel dreht sich natürlich hierhin und dorthin. Und jedes Mal denke ich, etwas Magisches oder Besonderes wird passieren. Aber wenn ich ehrlich sein soll, dann ...
   Ergebnis: absolut nichts.
3. Erdenströme aufzuspüren, indem ich die Augen schließe und mich eins mit der Natur fühle. Das habe ich an sonst wie vielen Kreuzen versucht.
   Ergebnis: Die Leute halten mich für verrückt. Ansonsten: absolut nichts.

Aber ich habe noch nicht aufgegeben!

Es schüttete die ganze Nacht. Am Sonntagvormittag, als ich bei Orestes klopfte, hatte der Regen zwar aufgehört, aber es war immer noch alles tropfnass. Der Himmel war grau und selbst Monas »Helionaut«-Schild sah trist aus, wie das Wasser so von ihm tropfte.

»Komm rein«, konnte ich schwach durch die Tür hören und trat in die Diele. Es war seltsamerweise niemand zu sehen. Auf einmal erblickte ich Mona. Sie stand Kopf, im Wohnzimmer an die Wand gelehnt.

»Hallo, Malin.« Sie lächelte mich verkehrt herum an. Ich weiß nicht, wie sie es anstellt, aber wenn man zu Mona kommt, fühlt man sich immer willkommen. Selbst wenn sie kopfsteht. Geschmeidig wie eine Katze stellte sie sich wieder richtig herum hin und kam zu mir. Sie trug einen graugrün gemusterten Kaftan und ein weite, gemusterte Hose. Ihr langes Haar war zu einer Art großem Knoten am Hinterkopf hochgebunden. Obwohl sie gerade auf dem Kopf gestanden hatte, leuchtete ihr Gesicht wie immer und wenn sie lächelte, bekam sie lauter kleine, fröhliche Lachfältchen rund um die Augen.

»Hallo, du …«, sagte sie. Sie strich mir erst vorsichtig über die Schulter, aber dann nahm sie mich am Kinn und sah mich lange an.

Ich hab mich mittlerweile ein bisschen an Mona gewöhnt. Ich werde nicht mehr so stocksteif, wenn sie mich derart eingehend mustert. Mir ist klar geworden, dass sie das eben so macht mit den Leuten, die zu ihr kommen. Sie schaut sie sich supersupergenau an. Und sie hört ihnen lange zu. Dann weiß sie, was sie brauchen, egal ob es nun Tee ist oder Heilkristalle oder Kartenlegen oder irgendwas anderes.

»Es gibt viele Wege, Malin, Kleines …«, wisperte sie diesmal. »Viele Wege für einen kleinen Fisch.«

Und da zuckte ich zusammen, als sie »Fisch« sagte. Ich *bin* ja Fisch, wie gesagt. Ich wurde im März im Sternzeichen Fische geboren. Das weiß Mona natürlich, sie weiß alles über Horoskope und so was. Aber was echt gruselig ist, ist, dass es mir so vorkommt, als tauche das Wort Fisch die ganze Zeit irgendwo auf. Etwas öfter, als es sollte.

Bevor Mona noch irgendwas sagen konnte, kam Orestes aus seinem Zimmer.

»Wir gehen jetzt ein bisschen raus, Mama«, sagte er. Mona nickte. »Elektra schläft in ihrem Bettchen«, fuhr er fort, während er seine Stiefel anzog. »Du passt auf sie auf, ja?«

»Na klar«, sagte seine Mutter lächelnd. »Geht ihr nur.«

Orestes warf ihr einen ernsten Blick zu. Er ist ein bisschen überbesorgt um seine kleine Schwester. Aber das ist vielleicht gar nicht so merkwürdig, wenn man bedenkt, dass Eigir versucht hat, sie zu entführen. Und selbst wenn Eigir jetzt im Krankenhaus liegt, glaubt Orestes, dass es noch andere in seiner Truppe gibt, die an Elektra ran wollen. Welche, die glauben, dass sie wirklich ein auserwähltes Rutenkind ist, und ihre besonderen Fähigkeiten für ihre Zwecke verwenden wollen.

Und dass Elektra ständig ausbüxt, macht es nicht gerade besser.

»Pass *gut* auf!«, meinte Orestes.

»Jaaaaa!«, erwiderte seine Mutter.

Dann machten wir uns auf den Weg.

Wir gingen durch Orestes' Garten direkt zum Waldweg, über den Radweg und am Bach entlang tiefer in den Wald hinein. Wenigstens hatte ich heute mal dran gedacht, meine Gummistiefel anzuziehen, und Orestes trug wie immer seine hohen grünen Stiefel. Und die brauchten wir auch. Der Trampelpfad durch den Wald war voll mit nassem Laub und glitschigen, spiegelglatten Wurzeln. Die Büsche und Bäume ringsum waren fast kahl und von der Nässe rotbraun, kein Vergleich zu der grünen Höhle, durch die man hier im Sommer ging. Aber das Laub auf der Erde war immer noch gelb, wie Haufen von Goldmünzen unter unseren Füßen.

Orestes trug einen Spaten über der Schulter und darüber freute ich mich total, denn es fühlte sich genauso an wie im Frühjahr. Endlich hatten wir ein neues Rätsel zu lösen. Hoffte ich.

Silvias Stein – damit musste der Grabstein, auf dem nur das Wort SILVIA steht, gemeint sein, der bei den Überresten einer alten Kate mitten im Wald liegt. Da, wo wir im Frühjahr die Sternenuhr gefunden hatten.

Die Bretter des Holzstegs waren ebenfalls nass und glatt. Das Wasser im Bach rauschte wild, was natürlich an dem vielen Regen lag, der den Bach so hatte anschwellen lassen. Ich blieb auf dem Steg stehen und schaute hinab.

»Ein Fisch, ein Fisch!«, rief ich, als ich einen einzigen, kleinen rotbraunen Fisch knapp unter der Oberfläche vorbeiflitzen sah.

»Ja, guck mal ...«, erwiderte Orestes, aber er war nicht annähernd so aufgeregt wie ich. Vielleicht dachte er, dass es hier immer Fische gab. Aber ich habe mein ganzes Leben hier verbracht und diesen Bach sicher tausendmal überquert und noch nie hatte ich hier auch nur einen Fisch gesehen ... Noch nie.

Am anderen Ufer des Baches war es noch matschiger und der Pfad, dem wir folgten, war so schmal, dass man nur erahnen konnte, wo er sich durch den Wald schlängelte.

Ich bekam vor Freude Gänsehaut, als wir die Treppenstufen zu der alten Kate entdeckten. Ich mag die Steine mit ihrer grauen, unebenen Oberfläche und ich stelle mir gern vor, wie die, die hier vor langer Zeit mal gelebt haben, an dieser Stelle gesessen und dem Bach zugehört haben. Ganz in der Nähe steht der große Baum, in den Axel vor über hundert Jahren die Buchstaben USKKMR geritzt hat. Ich ging zu ihm und strich mit der Hand über seine Rinde. Es war genau an dieser Stelle, vergraben unter dem Baum, an der wir die Sternenuhr im Frühjahr gefunden haben.

Und der Code USKKMR sollte den Namen eines wichtigen Ortes ergeben, der Stelle, an der man die Sternenuhr benutzen konnte.

Doch um den Code knacken zu können, musste man den Namen des Rutenkindes wissen und ihn als Schlüssel für die Chiffre verwenden. Axel hatte sich für eine Verschlüsselungsmethode entschieden, die man Vigenère-Chiffre nennt, und Orestes und ich haben uns selbst beigebracht, wie man sie entschlüsselt. Wenn ihr auch wissen wollt, wie man das macht, findet ihr eine Beschreibung ganz am Ende dieses Buches.

Wie ich schon gesagt habe, glaubten wir zuerst, Orestes sei das Rutenkind, und als wir ORESTES als Schlüsselwort für den Code USKKMR einsetzten, kam GBGSTN heraus. Das konnte nur Göteborg Station bedeuten, was natürlich der Hauptbahnhof von Göteborg ist. Aber dann wurde uns klar, dass Elektra das Rutenkind war, und mit ihrem Namen als Schlüsselwort ergab der Code QHGATA. Das ist die Stelle, an der sich auf Axels Karte die Linien Q und H kreuzen, und die ist draußen in der Nähe von Nääs, einem Vorort von Lerum. Und genau dort ist an Mittsommer all das mit Eigir und Papa passiert.

Aber irgendwie ist es doch komisch, dass mein Name – Malin – als Schlüssel für den Code FISC ergibt, oder? Schon seit damals im Sommer stoße ich überall auf diese Buchstaben: FISC. Oder auf Fische, wie grade eben unter dem Steg. Hat das was zu bedeuten? Ich weiß wirklich nicht, was ich glauben soll.

Aber ich weiß, dass *genau diese Buchstaben* auch auf der Sternenuhr eingraviert sind. *FIdes SCientia* steht auf der einen Seite der Sternenuhr und das bedeutet GLAUBE UND WISSENSCHAFT.

Das Ganze war so geheimnisvoll, dass mir schon der Kopf schwirrte, wenn ich nur daran dachte. Da war es schon besser, sich zu Silvias Stein aufzumachen, von dem wussten wir wenigstens sicher, dass es ihn gab. Aber das letzte Mal, dass wir ihn gesehen haben, war im Sommer, und da lag nicht jede Menge Laub auf der Erde.

Wir stocherten eine ganze Weile mit den Schuhspitzen zwischen dem Laub herum, bis wir schließlich die richtige Stelle fanden.

Der Stein war glatt und viereckig, nicht sonderlich groß. In die verwitterte Oberfläche eingemeißelt waren die Buchstaben SILVIA. Hier war er.

Ich schob die ganzen braunen und gelben Blätter beiseite, damit man die Inschrift richtig sehen konnte. Dann hackte Orestes mit dem Spaten das Gras und die Erde rings um den Stein weg.

»Wäh!«, machte ich, während er grub. »Stell dir mal vor, da liegt irgendwas Gruseliges drunter.«

»Das tut es«, meinte Orestes und sah mich ernst an. »Ein toter Hund. Das hat uns Gerda doch erzählt. Dass ihr Großvater den ersten Hund namens Silvia hier begraben hat. Der Axel gehört hat, bevor er verschwand.«

Ich fand es nicht gerade so toll, mir vorzustellen, einen toten Hund auszugraben, selbst wenn dieser hier schon vor über hundert Jahren gestorben war. Es war bestimmt nicht mal mehr so viel wie ein Skelett von ihm übrig. Aber es war noch unheimlicher, wenn ich an die mächtige Stimme dachte, die wir bei der Séance gehört hatten. Sie hatte nicht menschlich geklungen, nicht wie ein Laut, den eine alte Oma wie Gerda zustande bringen könnte.

Sucht in der Erde, hatte sie gesagt. *Sucht unter dem Stein. Unter Silvias Stein.* Ich erschauderte. Auf einmal hatte ich das Gefühl, dass irgendjemand beobachtete, was wir machten. Vielleicht jemand aus der Geisterwelt!

Aber Orestes stach einfach mit dem Spaten neben dem Stein in die Erde und hebelte ihn hoch.

»Nimm ihn!«, rief er, und ich bückte mich und packte den Rand des Steins. Nachdem ich den Stein beiseitegelegt hatte, sahen wir, dass dieser einen tiefen, viereckigen Abdruck in der feuchten braunen Erde hinterlassen hatte, mitten zwischen dem Laub und welkem Gras. Wie ein dunkelbrauner Fleck.

Orestes schaute mich fragend an. Ich nickte.

Er rammte den Spaten in die Erde für den ersten Spatenstich.

Wer wusste schon, wie tief wir würden graben müssen?

Aber bereits nach der ersten Schippe Erde, die der Spaten aus dem Loch beförderte, erkannte ich etwas, das nicht aus Stein war. Etwas Viereckiges.

»Pass auf!«, rief ich. Ich scharrte in der Erde und konnte schon bald etwas Hartes, Kaltes unter den Fingern spüren. Es war eine schwarz angelaufene Schatulle aus Metall. Mit meinem Jackenärmel wischte ich vorsichtig ein wenig feuchte Erde von der Schatulle. Ich tastete nach dem Deckel.

Die Schatulle war abgeschlossen.

Ein neues Rätsel hatte begonnen.

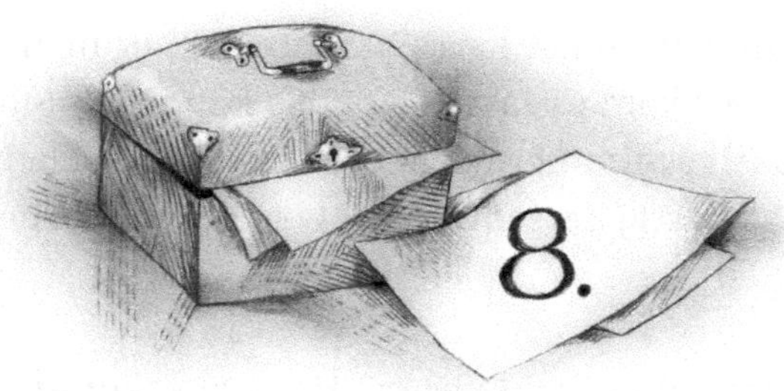

8.

Als Erstes legten wir den Stein zurück über das Grab. Selbst wenn dort nur ein Hund begraben war, fanden wir es wichtig, alles wieder in Ordnung zu bringen. Wir trampelten die Erde so gut es ging fest und zum Schluss streute ich noch ein bisschen Laub über den Stein, damit es nicht so auffiel, dass wir dort gewesen waren. Ich hatte die Schatulle auf dem ganzen Heimweg in der Hand. Es kribbelte mir richtig in den Fingern.

Würden wir in der Schatulle eine neue Nachricht von Axel finden? Aber er war doch verschwunden, bevor sein Hund Silvia gestorben war, oder? Er war nie von einem seiner Ausflüge in den Wald zurückgekehrt, hatte Gerda erzählt.

Ich sog die duftende Herbstluft ein und hatte wie schon so oft zuvor das Gefühl, dass wir nicht allein im Wald waren. Und obwohl ich wusste, dass Silvia nicht da war, kam es mir so vor, als könnte ich ihre Anwesenheit spüren. Als ob sie ein Teil der Natur wäre, eins mit dem Himmel und der Erde und allem. Als ich das Orestes erzählte, widersprach er ausnahmsweise mal nicht. Stattdessen schaute er mich nur an und grinste so dermaßen breit wie selten, und in seinen dunklen Augen funkelte es. Er spürte sicher nicht dasselbe wie ich – mir kam es fast so vor, als könne ich Silvia durch das Gebüsch schimmern sehen, als es dort raschelte! Etwas Helles, das hastig verschwand. Aber das war sicher nur ein Vogel.

Als wir fast schon bei Orestes' Haus angekommen waren, kurz bevor wir vom Waldpfad auf das Grundstück mit Monas vielen Beeten kamen, konnten wir eine Stimme hören:

»Hinfort, hinweg, geht«, sang sie. »Hinfort, hinweg, geht!«

Orestes runzelte die Stirn und legte einen Schritt zu.

Mona ging an der Grundstücksgrenze entlang und verstreute irgendwas aus einem kleinen blauen Stoffbeutel, den sie in der Hand hielt, während sie sang. Eine Prise von irgendwas hier, eine Prise da.

Wir blieben genau am Rand des Grundstücks stehen, wo Monas erstes Beet anfing, und sie ging wortlos an uns vorbei. Aber an der Ecke des Beets blieb sie stehen. Sie hob etwas auf, das am Boden lag – ein graues, viereckiges Teil –, und streute noch ein bisschen extra von was immer es auch war darauf, bevor sie es zurücklegte. Ich glaube, das Teil war einer von ihren Orgonitsteinen, der vor schädlichen Dingen, die dort in der Erde verborgen lagen, schützen sollte. Dann ging sie weiter und begann wieder zu singen, während sie mit jedem Schritt eine Prise aus dem Beutel verstreute.

Erst als sie wieder zurück an der Hausecke war, hörte sie auf zu singen. Sie legte die Handflächen gegeneinander und machte eine Art Verbeugung in Richtung des Gartens.

Dann sah sie zu uns auf und lächelte. Ihr Dutt war verrutscht und hing seitlich am Kopf.

»Hey!«, rief sie. »Ich musste das nur kurz fertig machen.«

»Was ist los?«, fragte Orestes scharf. »Wo ist Elektra?«

»Hmm ... ja, also, irgendwer muss hier gewesen sein und hat alle Schilder rausgezogen«, meinte Mona so ruhig wie immer. Sie deutete auf einen Haufen Schilder, die kreuz und quer im Garten lagen. Es waren Holzschilder, auf denen Worte wie *Digitalis* oder *Wie der Mond beständig im Wandel* standen. Für mich natürlich total unverständlich, aber ich nehme an, sie erklärten, was in den unterschiedlichen Beeten wuchs.

»Wo ist Ele...«, setzte Orestes noch mal an, aber genau in dem Augenblick spähte Elektra um die Hausecke, wo sie ein Spiel spielte, das offenbar darin bestand, einen kleinen Eimer mit Laub zu füllen und wieder auszukippen.

Mona beachtete ihn gar nicht.

»Ich weiß zwar auch ohne Schilder, wo ich welche Kräuter ausgesät habe«, meinte Mona, »aber es ist trotzdem Vandalismus.« Sie zog das Band an dem kleinen Stoffbeutel zusammen und stopfte ihn in die Tasche.

»Was ist das in dem Beutel?«, wollte ich wissen.

»Nur gewöhnliches Salz«, gab Mona zurück und lächelte. »Salz – hilft gegen alles!«

Wir halfen Mona, die Schilder wieder in die Beete zu stecken und die weiße und die blaue Glaskugel an ihre angestammten Plätze auf dem Grundstück zu rollen. Ich hab zwar keine Ahnung, wozu diese Kugeln gut sein sollen, aber ich finde sie ganz hübsch.

Als wir fertig waren, streckte Mona sich und meinte:

»So, jetzt mache ich euch erst mal einen Tee! Wir haben auch Kardamomzwieback da.«

Monas Spezialität sind selbst gemischte Kräutertees, die »genau, was man braucht« sind. Aber »was man braucht« weiß scheinbar nur sie allein, denn sie fragt nie nach. Mir gibt sie immer Kurkuma. Das ist nicht besonders lecker, aber ich habe mich halbwegs dran gewöhnt. Orestes bekommt für gewöhnlich Pfefferminze, denn die ist ein gutes Heilmittel gegen seine Kopfschmerzen, behauptet sie. Meistens versuchen wir, um den Tee herumzukommen ... Aber weil wir beide nass und durchgefroren waren und Monas Kardamomzwieback wirklich richtig lecker ist, folgten wir ihr brav in die Küche.

Ich finde es gemütlich bei Orestes zu Hause. Von Monas ganzen magischen unbrauchbaren Gegenständen, die überall herumstehen, habe ich ja schon erzählt. Götterstatuen mit jeder Menge Arme, verschiedene Steine und seltsam geformte Zweige, funkelnde Kristallprismen und kleine Stoffschnipsel. Aber besonders gemütlich wird es dadurch, dass der Wohnzimmerfußboden mit verschiedensten roten und grünen Teppichen bedeckt ist, sodass man nicht mal ein kleines Fleckchen vom Parkettboden darunter sieht. In den riesigen Fenstern zum Garten hinaus stehen dicht gedrängt Blumentöpfe mit großen Pflanzen. Deren rote und grüne Blätter haben die Fensterscheiben schon fast ganz zugewuchert, sodass man sich wie im Dschungel vorkommt.

Alle Möbel sind alt und ein wenig abgenutzt, aber überall liegen kuschelige Kissen herum, sowohl auf dem Sofa als auch auf dem Boden, sodass man sich immer irgendwo hinsetzen und es sich gemütlich machen kann. In der Küche gibt es natürlich nicht so viele Kissen, aber dort liegen überall auf den Schränken getrocknete Bündel der ganzen Kräuter, die Mona anbaut. Und jedes Mal steht irgendwas Neues auf dem Herd oder der Arbeitsplatte; Töpfe, in denen Salben vor sich hinköcheln, die entweder ganz gut oder total übel riechen, oder Pilze, die trocknen sollen, oder ein großer Eimer mit Farbe.

Oft ist es ganz schön unordentlich. Wie heute, wo die ganze Spüle voller Steine unterschiedlicher Form und Größe war. Zum Teil waren es gewöhnliche graue, knubbelige Steine, aber es gab auch runde, flache Steine, die wie vom Meer glatt geschliffen aussahen, und glitzernde, spitze Kristalle.

Mona stellte vor jeden von uns einen großen, bauchigen Keramikbecher mit Tee und holte eine ganze Dose leckeren Kardamomzwiebacks hervor. Die Hälfte davon mopste sich sofort Elektra mit ihren unerwartet flinken, moppeligen kleinen Händen. Dann setzte sie sich mit ihrem heißgeliebten Teddy unter den Küchentisch und verputzte völlig selbstzufrieden ihre Kekse. Mona ließ sie gewähren. Sie ging zurück zur Spüle und begann, die ganzen Steine darin abzuspülen.

Ich wärmte mir die Hände am Becher.

»Jetzt geht es also wieder los«, meinte Orestes missmutig genau in dem Augenblick, in dem ich den ersten Schluck nahm.

»Was denn?«, fragte ich. Gleichzeitig formte ich ein lautloses »Jetzt nicht!« mit den Lippen. Wir konnten doch nicht über die Schatulle sprechen, solange Mona zuhörte! Das mussten wir doch im Geheimen tun! Was war nur in Orestes gefahren?

Er schüttelte bloß in meine Richtung mit dem Kopf, und da verstand ich, dass er nicht mit mir, sondern mit seiner Mutter geredet hatte, die mit dem Rücken zu uns an der Spüle stand.

»Also, Mama ... Jetzt geht es hier also auch los!«, fuhr er fort. »Jetzt wird hier genau dasselbe passieren wie an all den anderen Orten, an denen wir gewohnt haben.«

»Wie jetzt?«, fiel ich ihm ins Wort. »Was wird denn passieren?«

Orestes druckste ein bisschen herum:

»Also, ich meine ... Du weißt schon, immer wenn Mama mit ihren Sachen anfängt ... Da gibt es immer Leute, die sich dagegenstellen. Welche, denen es nicht passt, was Mama macht. Und genau solche haben mit Sicherheit die ganzen Schilder rausgerissen ... Obwohl, dieses Jahr sind wir an Halloween wenigstens mal um Eier an der Hauswand rumgekommen!« Den letzten Satz sagte er etwas lauter, damit seine Mutter ihn auch sicher hörte. Orestes rührte in seinem Tee herum. »Und dann war da noch dieser Zettel, den ich letzte Woche im Briefkasten gefunden habe ... Da stand *Hexe* drauf!«

»Das ist doch bloß Unwissenheit, weißt du ...«, erwiderte Mona. Sie hörte auf, die Steine abzuspülen, und drehte sich zu Orestes um. »Nichts, worüber man sich Gedanken machen müsste.«

»Aber du könntest doch auch irgendwas anderes machen! In der Pflege arbeiten oder so«, seufzte Orestes. »Da kannst du auch anderen helfen!«

»Hm, ja ... ja«, sagte Mona leise. »Aber es gibt doch auch Leute, die meine Arbeit schätzen! Heute bin ich voll ausgebucht – den ganzen Abend kommen Leute zur Kristalltherapie.«

Orestes zog eine Grimasse. Und als Mona sich wieder zur Spüle umgedreht hatte, flüsterte er mir zu: »Kann ich heute Abend zu euch kommen?«

Ich nickte. Aber meine Augen tränten wie immer vom Tee.

»Unfassbar«, meinte Orestes, nachdem wir in sein Zimmer gegangen waren und die Tür hinter uns geschlossen hatten. Er setzte sich auf den Schreibtischstuhl und ich mich – wie immer – auf sein perfekt gemachtes Bett. Orestes' Zimmer sieht aus, als gehöre es gar nicht zum Rest des Hauses. Es gibt keinen einzigen unbrauchbaren Gegenstand. Stattdessen ist sein Zimmer sauber, nüchtern und immer superordentlich aufgeräumt.

»Echt unfassbar, dass es so viele Menschen gibt, die eine Kristalltherapie machen wollen!«, fuhr er fort. »Letzte Woche hat sogar ein Mädchen an der Tür geklingelt, das wissen wollte, ob es bei Mama ein Praktikum machen kann! Sie sei am Gymnasium, meinte sie. Ich hab sie nicht reingelassen, hab nur gemeint, dass Mama so was nicht macht. Praktikum! Was dachte die sich denn, was sie in ihren Praktikumsbericht für die Schule schreiben würde? ›Fach: Allgemeiner Unsinn‹?«

Orestes verabscheut so ziemlich alles, womit sich seine Mutter beschäftigt. Ich kann ihn verstehen. Wenn er Kopfschmerzen hat, bekommt er Pfefferminztee, keine gewöhnliche Schmerztablette. Er darf keinen Fernseher, kein Handy und keinen Computer haben, weil seine Mutter glaubt, davon ginge eine gefährliche Strahlung aus.

Aber trotzdem ist es schwer, Mona nicht gernzuhaben. Deswegen lasse ich Orestes einfach immer zu Ende motzen, wenn er es braucht.

Als er verstummt war, legte ich die Schatulle, die wir gefunden hatten, auf Orestes' Schreibtisch.

Jetzt.

Die schwarze Schatulle hatte sanft abgerundete Ecken und einen Griff am Deckel. Am Rand des Deckels war ein feines kleines Schlüsselloch. Aber leider hatten wir keinen Schlüssel – und die Schatulle war natürlich verschlossen.

Ich war mir ganz sicher, dass sich darin ein Brief befand. Dünnes, vergilbtes Papier mit einem mit einer alten Schreibmaschine geschriebenen Text darauf. Genau so einer, wie wir ihn im Frühjahr gefunden haben.

»Vielleicht können wir sie zerschlagen?«, überlegte Orestes. Er ruckelte am Deckel und fummelte am Scharnier herum, das einen abgerundeten Rand mit einem Knauf auf einer Seite hatte. »Oder das Scharnier auseinandernehmen?«

»Nee …«, erwiderte ich. »Hör auf!« Es war ein hübsches kleines Kästchen und ich wollte wirklich nicht, dass es kaputtging.

»Aber vielleicht können wir sie aufbrechen«, meinte Orestes. »Oder mit einem Dietrich öffnen!«

»Mit einem Dietrich öffnen?«, fragte ich und sah ihn überrascht an. »Weißt du denn, wie man das macht?«

»Nee, natürlich nicht«, gab Orestes zurück. »Aber vielleicht ist das gar kein so kompliziertes Schloss. Wenn man ein kleines Metallteil nimmt …«

Orestes öffnete eine seiner Schreibtischschubladen. Darin hatte er Lineale, Radiergummis, Büroklammern und anderen Kram. Natürlich alles ordentlich in unterschiedliche kleine Fächer sortiert. Er nahm eine große Büroklammer heraus und bog sie zu einem Haken.

»Wenn man es so versucht …«, meinte er und steckte die Büroklammer in das Schloss der Schatulle. Er fummelte eine Weile herum.

»Nee«, seufzte er dann. »Ich kann den Schließmechanismus da drinnen spüren, aber die Büroklammer verbiegt sich nur. Wir brauchen etwas Stabileres.«

Er zog eine andere Schreibtischschublade auf und nahm einen kleinen Schraubenzieher heraus. Er steckte den Schraubenzieher ins Schloss und drehte ihn herum. *Klick,* machte es.

»Na also!«, rief er zufrieden.

Ich war total baff. Das konnte doch nicht wirklich so leicht sein?! Diese ganzen alten Rätsel waren sonst immer *superschwer.* Das war doch der Witz daran! Warum sollte jemand etwas in einem Kästchen verstecken, das man so unglaublich leicht öffnen konnte?

Aber Orestes legte nur den Schraubenzieher beiseite und öffnete die Schatulle.

»Wow!«, rief er.

»Hä? Was ist denn? Was ist da drin?«, fragte ich, denn er hatte das Kästchen immer noch in der Hand und stand so, dass er mir die Sicht verdeckte. Ich war unglaublich neugierig. »Ist es noch ein Brief?«

»Absolut nicht!«, erwiderte Orestes und grinste. Er drehte die Schatulle so, dass ich sie auch sehen konnte.

Darin lag etwas, das golden im Schein von Orestes' Schreibtischlampe glänzte. Etwas Blankes, Rundes – eine Sekunde lang dachte ich an das Astrolabium. Aber das hier war etwas weit weniger Ungewöhnliches als eine magische Sternenuhr.

»Eine Taschenuhr«, stellte ich fest.

»Nee, besser noch«, meinte Orestes. »Eine goldene Taschenuhr!« Er nahm die Uhr vorsichtig aus der Schatulle und wog sie in der Hand.

Das war so eine runde, dicke, altmodische Taschenuhr mit einem Deckel, den man auf- und zuklappen konnte. Das Zifferblatt war hell mit zwei dünnen, verschnörkelten Zeigern. Die Ziffern waren schwarz und ganz unten, genau über der Sechs, war ein kleiner Kreis mit einem winzig kleinen Extrazeiger, der die Sekunden maß. Aber die Uhr selbst, also der Rand um das Zifferblatt, der Deckel und die Rückseite, glänzte komplett golden.

»Warum bist du dir so sicher, dass es Gold ist?«, wollte ich wissen. Es hätte ja auch irgendein anderes, billigeres goldfarbenes Metall sein können.

»Sonst wäre es auch schwarz angelaufen, genau wie das Kästchen«, antwortete Orestes. Er drehte und wendete die Uhr in der Hand. »Die ist sicher mehrere Tausend wert.«

Orestes ist ganz schön auf Geld fixiert. Er liebt wertvolle Sachen und so. Aber ich weiß ja, dass das daran liegt, dass er nie Geld hatte, oder auf jeden Fall nie genug. Ich glaube nämlich nicht, dass er seinen verfilzten braunen Pulli fast jeden Tag anhat, weil er ihn so liebt, sondern wahrscheinlich eher deswegen, weil er keinen anderen hat.

»Darf ich mal fühlen?« Er legte die Taschenuhr in meine Hand. Sie war schwer, aber irgendwie geschmeidig und rund. Ich sah sie mir von allen Seiten an.

Auf der Innenseite des Deckels war etwas ins Gold eingraviert. Ich hielt die Uhr gegen das Licht, um besser sehen zu können.

Aus den verschnörkelten Buchstaben, die in die glatte Oberfläche eingraviert waren, entzifferte ich:

Dipl.-Ing.
Axel Åström
Für seine langjährigen, treuen Dienste
Tiefbaukorps
Stadt Göteborg
2ter Dezember 1892

Axel! Das hier war wirklich verrückt! Wie konnte Axels Uhr unter Silvias Stein liegen? Wer hatte sie dorthin gelegt? Und warum? Axel war doch aus Lerum verschwunden, *bevor* sein Hund Silvia starb, hatte Gerda erzählt. Also konnte er es nicht selbst gewesen sein!

Und warum hatte uns die gespenstische Stimme bei Monas Séance von Silvias Stein erzählt?

Mir kam eine Idee.

»Funktioniert die noch?«, fragte ich. Ganz oben an der Uhr war etwas wie ein Rädchen angebracht. Ich drehte ein paarmal daran, dann ließ ich es los.

Die Uhr begann zu ticken.

Ticktack, ticktack.

Der Sekundenzeiger flitzte über seinen kleinen Kreis.

Zum ersten Mal seit über hundert Jahren.

Ganz unten am Boden der Schatulle lagen ein paar Bögen klein zusammengefaltetes Papier, die unter der Taschenuhr versteckt gewesen waren. Ich faltete sie vorsichtig auseinander. Der erste Bogen war ein maschinengeschriebener Brief auf dünnem, vergilbtem Papier, genau wie beim letzten Mal. Aber es lagen noch ein paar Bögen festeres Papier dabei, die bedruckt und nummeriert waren.

»Das sind ja Buchseiten!«, entfuhr es mir.

Ganz oben auf der ersten Buchseite stand eine Überschrift: DAS MONOCHORD, und ich begann, den Text laut vorzulesen:

»*Das Monochord besitzt, wie der Name bereits andeutet, nur eine einzige Saite, welche zur Verstärkung des Tones über einen hohlen hölzernen Kasten, einen sogenannten Resonanzkörper, gespannt ist und durch das Verschieben eines beweglichen Stegs darunter nach Belieben verkürzt werden kann* – aber was *ist* das hier für ein Ding?« Ich hatte kein Wort verstanden.

Auf derselben Seite gab es auch noch zwei Abbildungen: FIG. 416 war eine Zeichnung von einem Kasten mit seltsamen Strichen darauf, was offensichtlich das »Monochord« war, und FIG. 417 zeigte eine »schwingende Saite«.

»Lies lieber den Brief vor«, forderte Orestes. »Vielleicht finden wir dann raus, was er diesmal will …«

Die Buchstaben der Schreibmaschine waren ein bisschen verblichen, aber man konnte sie auf jeden Fall noch lesen. Genau wie bei den Briefen zuvor waren alle Pünktchen über ä, ö und ü von Hand eingezeichnet.

Der Brief war zum Glück etwas leichter verständlich als der Text über das Monochord, selbst wenn er auch altmodisch und umständlich geschrieben war. Ich erschauderte vor Vorfreude und meine Stimme zitterte ein bisschen, als ich anfing, den Brief laut vorzulesen. Dann schrieben Orestes und ich eine Zusammenfassung davon. Hier kommt der Brief, aber wenn ihr wollt, könnt ihr den auch überspringen. Alles Wichtige steht jedenfalls in der Zusammenfassung.

London, den 7ten Oktober 1893

Werter Bruder,
ich kann nur ahnen, wie verwundert du darüber bist, von mir auf diesem Wege zu hören, wo nun so viele Monate vergangen sind, seit ich mich davongemacht habe. Ich hatte im Übrigen auch nicht die Absicht, jemals wiederzukehren.
Viele lange Jahre habe ich danach gestrebt, die sonderbaren Erdenströme nachzuweisen und zu erklären, die man mit einem Instrument messen können soll, welches ich einmal dem großen Ingenieur Nils Ericson gestohlen habe. Man nennt es eine Sternenuhr. Doch es ist mir nie gelungen.

Ich konnte gewisse Erdenströme entlang der Wege nachweisen, die rings um Lerum im Erdreich verlaufen, aber diese variierten ständig. Ich glaubte daher, dass eben jene Erdenströme auf eine sonderbare Weise mit den Bewegungen der Sterne zusammenhingen, doch wie dies vonstattenging, hat sich mir nie richtig erschlossen.
Du entsinnst dich sicherlich, wie ich dir dies eines späten Abends vor einigen Jahren gebeichtet habe, als ich dringend einen vertrauten Freund brauchte. Du erinnerst dich sicher auch, dass ich von Fräulein Silvia, diesem ungewöhnlichen Mädchen, das ich in meiner Jugendzeit kennengelernt und dann nie wiedergesehen hatte, aufgefordert worden war, das Instrument im Erdreich zu vergraben. Sie bat mich, die Sternenuhr so zu verstecken, dass nur eine auserwählte Person, ein Rutenkind, sie finden konnte, wenn die Zeit reif war. Sie meinte, dass allein jenes Rutenkind die Sternenuhr zu etwas Gutem gebrauchen konnte. Sie bat mich auch, die Worte zu jenem sonderbaren Lied, welches sie immer sang und welches an das Rutenkind gebunden zu sein scheint, sicher zu verwahren.
Erst nachdem ich Fräulein Silvias Wunsch viele Jahre lang nicht nachgekommen war, da ich mir die Sternenuhr selbst zunutze machen wollte, tat ich, wie sie mir geheißen hatte. Ich begrub jene wundersame Sternenuhr in der Erde und trug Sorge dafür, dass allein der Auserwählte, das rechte Rutenkind, sie in weiter Zukunft finden können würde.
Die Buchstaben, die ich in den Baum an der Stelle, an der die Sternenuhr liegt, geschnitzt habe, ergeben – mit dem

Namen des rechten Rutenkinds als Schlüsselwort – jenen Ort, an dem die Sternenuhr von selbigem angewandt werden muss.

Ich hörte auf zu lesen. Hier stand es! Dass die Buchstaben USKKMR, die in den Baumstamm im Wald eingeritzt waren, an dem wir heute noch gewesen waren, den Ort ergaben, an dem die Sternenuhr von der richtigen Person, dem Rutenkind, benutzt werden konnte ... Ich schaute Orestes an. Was, wenn er doch das Rutenkind war? Ich bin mir sicher, dass an Orestes etwas ganz Besonderes ist. Er hat ja auch dieses Muttermal! Und selbst wenn er nicht selbst das Rutenkind ist, ist er ja immerhin Elektras Bruder ... Von der zumindest Eigir glaubte, sie sei das Rutenkind. Denn es kann wohl kaum zwei Rutenkinder geben? Oder ...?

»Lies weiter«, forderte Orestes ungeduldig. Er saß mit dem Stift in der Hand da, bereit, das Wichtigste, was ich vorlas, aufzuschreiben. Bisher stand aber noch nichts auf dem Papier. Aber eigentlich haben wir auch noch nichts Neues erfahren. Dass Axel versucht hatte, die Sternenuhr selbst zu benutzen, sich dann aber davongemacht hatte, um Silvia zu suchen, wussten wir ja schon. Ich las weiter:

Nachdem dies vollbracht war, wurde mein alleiniges Ziel, Fräulein Silvia wiederzufinden, und ich suchte alles zu vergessen, was mit Messungen und Instrumenten zu tun hatte.
Aber wo sollte ich beginnen? Mein erster Gedanke war,

in den Wald zu gehen, wo ich sie einmal gesehen hatte, gleichwohl vereint mit der Natur. Doch ich musste rasch einsehen, dass dies nur dazu führte, dass ich umherirrte, ein nutzloses Opfer von Hunger und Durst. Stattdessen erinnerte ich mich, dass sie zuvörderst nach Lerum gekommen war, um die riskante Ausbeutung der Erdenströme zu verhindern. Vielleicht hatte sie diese Aufgabe fortgesetzt? Vielleicht hatte sie gar andere aufgesucht, die sich ebenfalls für die irreführenden Erdenströme interessierten?

Ich musste also Wünschelrutengänger und Wahrsager aufsuchen, die dubiosesten aller Menschen.

Nach einigem Nachforschen stieß ich auf einen derartigen Verein, eine Wünschelrutengesellschaft, die in Göteborg saß, und begab mich zu einer ihrer Versammlungen. Ich beabsichtigte, nach Möglichkeit auf eine Spur zu stoßen, wie auch immer sie aussah, die mich zu Fräulein Silvia führen würde.

Die Wünschelrutengesellschaft bestand aus etwa fünfzehn Personen, hauptsächlich Männer, aber auch ein paar Frauen. Ich merkte schnell, dass es den meisten in der Gesellschaft an der Logik mangelte, die es braucht, um eine Fragestellung überhaupt erörtern zu können.

Ihre Zusammenkünfte begannen damit, dass jemand von einer außergewöhnlich starken Kraftlinie oder einem Kraftkreuz berichtete, welches derjenige mit seiner Wünschelrute gemessen haben wollte. Gleich darauf ergriff jemand anderes das Wort und behauptete mit Bestimmtheit, ebendieses

Kraftkreuz ebenfalls erspürt zu haben. Wohingegen andere darauf mit düsterer Miene entgegneten, dort absolut nichts spüren zu können. Aber nach ausreichend Überredung durch die anderen erklärten schon bald alle, jegliche Kraftkreuze zu spüren!

»Typisch!«, unterbrach mich Orestes. »So läuft das immer!« Mittlerweile hatte er *Wünschelrutengesellschaft* und *Göteborg* aufgeschrieben.

»Wie, *so*?«, wollte ich wissen. Ich für meinen Teil hatte noch nie an einer Versammlung einer »Wünschelrutengesellschaft« teilgenommen.

»Ja, na genau so«, beharrte Orestes. »Du weißt ja, der Sinn und Zweck, Wünschelruten und Pendel und so anzuwenden, ist, Dinge in der Erde zu finden, wie Gold oder Wasser, oder eben solche Erdenströme aufzuspüren. Es geht immer damit los, dass irgendwer behauptet, irgendwo einen starken Erdenstrom oder ein Kraftkreuz zu fühlen. Gerne auch jemand, zu dem alle anderen aufsehen, irgendeine Art von Anführer. Und dann wollen alle anderen natürlich auch dasselbe Kraftkreuz spüren! Und zum Schluss bilden sie es sich wirklich ein!«

»Aha ...«, meinte ich. »Also meinst du, es gibt gar keine Erdstrahlung?«

»Ja!«, rief Orestes. »Ich meine, nein! Ich meine ... Was ich sagen will, ist, dass es kein Beweis dafür ist, dass es Kraftkreuze gibt, wenn man sie nur aufspüren kann, nachdem schon jemand anderes erzählt hat, wo sie sind. Wenn es wissenschaftlich ablaufen soll, dann müsste jeder Teilnehmer alleine, unabhängig von den anderen, dasselbe Kraftkreuz auffinden. Dann könnte da was dran sein!«

»Hm«, machte ich. Orestes hatte vermutlich recht. Aber jetzt wollte ich weiterlesen.

Auf die Dauer konnte ich nicht mehr an mich halten. Ich stellte einige Fragen nach der Zuverlässigkeit der »Empfindungen«, welche die Mitglieder der Gesellschaft hinsichtlich der Lage der Kraftkreuze hegten, und fragte mich im Stillen, ob auch ein paar unparteiische Versuche gemacht worden waren. Wen wundert es, dass die Erdenströme als Humbug abgetan werden, wenn sie mit einer solchen Idiotie dargelegt werden!

Ich wurde sogleich harsch kritisiert, als Zweifler gescholten und unsensibel genannt.

Ich protestierte aufs Entschiedenste! In meiner Empörung ließ ich alle Vorsicht fahren und fragte geradeheraus, ob denn niemandem in der Gesellschaft der Zusammenhang zwischen Erdenströmen und Sternenfeldern bekannt sei. Ob nicht irgendwer aufmerksam die Bewegungen der Himmelskörper beobachtet und versucht hätte, sie mit den Linien im Erdreich in Verbindung zu bringen?

Ein gebeugter alter Mann neben mir nickte anerkennend: »Die Erdstrahlung erlischt bei Mondfinsternis«, krächzte er. »Das ist uraltes Wissen. Sie schwindet mit dem Mond ...«

Er wurde sogleich von Stimmen unterbrochen, die lautstark fragten, was ich mit Beweisen meinte, und wie ich dazu

käme, mich über ihren Erfahrungsschatz hinwegzusetzen. Niemand, wirklich niemand wollte der Stimme der Vernunft zuhören! Es war zwecklos zu diskutieren.
Hastig nahm ich meinen Rock und Hut in der Absicht, mich schnellstmöglich von dort wegzumachen. Doch auf der Türschwelle wurde ich von einem jungen, gut gekleideten Herrn aufgehalten, der mir eine Hand auf den Arm legte. Ich hielt inne. Der junge Mann wisperte leise, damit seine Worte dem Rest der Gesellschaft nicht zu Ohren kämen:
»Herr Åström sucht etwas, das hier nicht zu finden ist … Aber vielleicht andernorts.« Er drückte mir verstohlen eine Karte in die Hand und flüsterte: »Mittwoch, Punkt siebzehn Uhr.«
Auf der weißen Karte stand geschrieben:

Schwedische Sonderbare Gesellschaft
Norra Hamngatan 14
Göteborg

Der junge Mann verschwand zurück in den Versammlungsraum, ehe ich ihn noch irgendetwas fragen konnte.
Werter Bruder, meine Suche hat mich mit Menschen in Kontakt gebracht, die unehrenhafte Ziele verfolgen und gewissenlos sind. Nie zuvor ist es wichtiger gewesen, dass nur die rechte Person des Rätsels Lösung findet. Ich bitte dich daher eindringlich darum, diesen und alle meine folgenden Briefe nach meinen Anweisungen zu verstecken.

Etwas kommt, etwas geht,
etwas wandelt sich, etwas besteht.

Im allergrößten Vertrauen,
Dein Freund Axel Åström

Als ich zu Ende gelesen hatte, schrieb ich noch ein paar Stichpunkte mehr auf Orestes' Zettel. Und das kam schließlich dabei raus:

Orestes' und Malins Zusammenfassung des Briefs, der unter Silvias Stein lag.

1. Axel hat den Brief an jemanden geschrieben, den er kannte. Wir wissen nicht, an wen.
2. Er entschuldigt sich dafür, dass er sich davongemacht hat, ohne etwas zu sagen.
3. Er erklärt, dass er sich entschlossen hat, nach Silvia zu suchen.
4. Da Silvia an Erdstrahlung und Sternenfelder geglaubt und zu verhindern versucht hat, dass man sich diese Kräfte für den Eisenbahnbau zunutze macht, will er Leute ausfindig machen, die etwas über Erdstrahlung wissen.
5. Deswegen besucht er das Treffen einer Wünschelrutengesellschaft in Göteborg (mit einer Wünschelrute kann man Erdstrahlung aufspüren).
6. Axel ist ganz und gar nicht beeindruckt! Er findet, die Wünschelrutenleute sind Idioten.
(DAS SIND SIE!)
7. Er fragt nach, ob jemand den Zusammenhang kennt zwischen Erdstrahlung und Sternenfeldern, das heißt, den Bewegungen der Sterne und Planeten. Ein alter Mann meint daraufhin, dass die Erdstrahlung bei einer Mond-

finsternis erlischt. Der Rest wird sauer, als Axel wissen will, ob sie irgendeinen Beweis haben für das, was sie glauben.

8. Axel verlässt die Versammlung, wird aber von einem Mann aufgehalten, der ihn noch mal treffen will.
9. Er bekommt eine Visitenkarte mit der Adresse:
   Schwedische Sonderbare Gesellschaft
   Norra Hamngatan 14
   Göteborg
10. Axel schreibt, es sei superwichtig, dass allein die richtige Person der neuen Spur folgt. Er warnt vor Leuten, die unehrenhafte (das bedeutet: verbrecherische) Absichten und keinerlei Gewissen haben.
11. Der Brief endet mit:
    Etwas kommt, etwas geht,
    etwas wandelt sich, etwas besteht.

»Aber wo ist der Hinweis?«, wunderte ich mich. »Hat er gar keinen Schlüssel hinterlassen?«

»Glaube nicht«, erwiderte Orestes. »Aber es gibt ja auch keinen Code zu knacken! Wir können ja keine Chiffre ohne den verschlüsselten Text lösen. Und hier gibt es keinen! Es sei denn natürlich, da ist was mit diesen anderen Seiten hier … Das Monochord …?«

Wir drehten und wendeten die Buchseiten über das Monochord, aber egal, wie wir auch draufschauten, wir konnten nichts entdecken, das einem Code oder einer Geheimbotschaft geähnelt hätte.

»Das ist ja supergeheimnisvoll«, fand ich. »Wie sollen wir denn jetzt den nächsten Brief finden? Er schreibt ja, dass noch mehr kommen! Er bittet den Empfänger des Briefs, seine ›folgenden Briefe‹ zu verstecken!«

Ich drehte mich eine Runde mit Orestes' Schreibtischstuhl im Kreis. Ich konnte sehen, wie besorgt er war, dass ich seinen Stiftehalter auf dem Schreibtisch in Unordnung bringen könnte, und genau deswegen konnte ich nicht anders, als den Bleistift, den ich für unsere Zusammenfassung benutzt hatte, an den falschen Platz zurückzustecken. Ich beobachtete ihn aus dem Augenwinkel.

»Das ist die Fortsetzung von allem, was wir im Frühjahr gefunden haben!«, fuhr ich fort. »Stell dir nur vor, er hat noch mehr Briefe geschrieben! Aber wem hat er sie geschickt? Es scheint so, als habe jemand *anderes* als Axel die Schatulle mit der Taschenuhr unter dem Stein versteckt, oder? Der Opa von Antes Uroma hat ja den Hund Silvia unter dem Stein begraben, *nachdem* Axel abgehauen war … Von dem hat Gerda uns doch erzählt.«

»Genau …«, meinte Orestes. »Ich glaube, wir müssen mit Gerda reden.«

»Meinst du?«, wollte ich wissen.

»Wir müssen rauskriegen, warum sie uns gesagt hat, dass wir nach diesem Brief hier suchen sollen.«

»Aber das hat sie ja gar nicht … das war doch jemand anderes, das war eine Stimme, die …«

Es war doch eine Stimme, die durch Gerda gesprochen hatte! Vielleicht dieser alte Verwandte? Ihr Opa? Oder vielleicht Axel? Oder … irgendwer ganz anderes. Ich erschauderte, schon wieder. Obwohl jetzt heller Tag war, fand ich es unheimlich, daran zu denken, wie schaurig diese Stimme bei Monas Séance geklungen hatte.

»Es *war* Gerda, die das gesagt hat«, meinte Orestes trocken. »Nach meiner Erfahrung verfolgt der, der etwas sagt, auch eine Absicht damit.«

Wie immer dachten Orestes und ich unterschiedlich, wie über die meisten Dinge. Aber ich wollte auch gern noch ein bisschen mit Gerda plaudern. Die Frage war nur, wie wir das anstellen sollten.

Ich nahm die Schatulle und die Buchseiten über das Monochord mit nach Hause. Orestes würde die Taschenuhr und den Brief an »einem sicheren Ort« verstecken. Ich vermutete, dass es dieselbe Stelle war, an der er auch die Sternenuhr versteckt hat. Nun hatte er seinen privaten Goldschatz, der ihm sicher genug Geld einbringen würde, dass er sich eine Wohnung und einen Computer leisten konnte, sobald er volljährig wurde!

Ich war froh, dass er die Sachen nahm, denn ich wüsste nicht, wo ich eine goldene Uhr verstecken sollte, ohne dass meine Eltern sie finden und fragen würden, woher ich sie hatte. Mit der Schatulle war das anders, da konnte ich behaupten, ich hätte sie von Orestes. Schließlich war sie nicht wertvoll.

Unter Silvias Stein hatten wir etwas gefunden, genau wie es die Stimme bei der Séance gesagt hatte. Trotzdem war ich nicht zufrieden. Das hier stimmte auf eine merkwürdige Art nicht. Natürlich war es cool, eine goldene Uhr zu finden. Aber nachdem wir eine unschätzbar wertvolle, magische Sternenuhr im Frühling gefunden hatten, war eine normale

Uhr wirklich eine Enttäuschung. Was sollten wir denn damit?

Axels Geist hatte doch sicher nicht zu uns gesprochen, nur weil er fand, dass es Zeit sei, jemandem seine alte Taschenuhr zu schenken?

Es *musste* einfach irgendwo ein Geheimnis zwischen den alten Seiten stecken! Wenn ich nur rauskriegen könnte, welches.

Papa entdeckte die Schatulle, die ich auf die Fensterbank gestellt hatte, als er seine Runde machte, um alle Topfpflanzen im Haus zu gießen. Im letzten halben Jahr haben sie sich ziemlich vermehrt, seit Papa plötzlich begonnen hat, sich für Blumen zu interessieren.

»Hübsches kleines Kästchen hast du da«, meinte er. »Kann man das auch abschließen?«

»Nee, es gibt keinen Schlüssel dazu«, antwortete ich.

»Du solltest es ein bisschen putzen«, schlug er vor, »wenn du willst, dass es glänzt.«

»Geht das denn?«, wollte ich wissen.

Papa sah mich erstaunt an.

»Klar«, meinte er. »Du brauchst nur etwas von der Silberpflege. Ich geb sie dir …«

Wir gingen runter in die Küche. Unser Silber war wohl schon lange nicht mehr geputzt worden, denn Papa musste eine ganze Weile in der obersten Schublade im Putzschrank wühlen, ehe er eine silbrige Flasche mit einer Hexe drauf fand.

»Warum ist da eine Hexe drauf?«, fragte ich.

»Keine Ahnung«, erwiderte Papa. »Das Zeug heißt halt so: Silberhexe. Offenbar funktioniert es wohl mit Magie ...« Er lachte.

Dann erklärte er mir, dass man das Mittel auf die Schatulle auftragen und dann ein paar Minuten warten musste, bevor man es mit Küchenpapier abwischen konnte.

»Das wird dann total schwarz«, meinte er.

Das Zeug roch so scharf, dass es in der Nase stach. Aber es machte Spaß, es mit dem Küchenpapier wieder wegzuwischen. Das Schwarze ließ sich abreiben wie gewöhnlicher Schmutz und darunter kam eine silbern glänzende Oberfläche zutage. Meine Finger waren schon total schwarz.

»Hübsch«, fand Papa.

Als ich mit dem Putzen fertig war, glänzte die Schatulle so, dass mir mein verschwommenes Spiegelbild aus dem Deckel entgegenblickte. Ich fragte mich, wer wohl als Letztes sein Spiegelbild in der Schatulle gesehen hatte. Dieser Mensch musste schon tot und begraben sein, wenn das Kästchen über hundert Jahre in der Erde gelegen hatte!

Ich kam nicht mehr dazu, weiter darüber nachzudenken, denn Papa warf jede Menge alter Löffel auf das Ablaufbrett und meinte, wo wir schon dabei waren, könnten wir die auch gleich putzen.

»Dann können wir Weihnachten unseren Milchreis mit Silberlöffeln essen«, meinte er und fing an, wie ein Wahnsinniger zu polieren.

Ich stellte das Kästchen zurück auf die Fensterbank in meinem Zimmer. Es waren noch sieben Wochen bis Weihnachten, daher zählte ich darauf, dass Papa es auch ohne meine Hilfe schaffen würde, bis dahin alle unsere Löffel zu putzen.

Ich überlegte, ob ich einen neuen Versuch mit dem Pendel wagen sollte, aber das Pendel konnte ja bloß mit Ja, Nein oder Vielleicht antworten. Wie sollte es mir da sagen können, warum Axel seine Taschenuhr vergraben hatte?

Stattdessen holte ich mein Cello hervor und strich mit der Hand über das glatte Holz. Wenn ich bei einem Problem nicht weiterkomme, spiele ich immer. Manchmal fühle ich mich danach besser.

Mitten in der schwierigsten Stelle klopfte es an der Tür und ich hörte Mama rufen:

»Essen!«

Ich bemerkte, dass ich über eine Stunde gespielt hatte und es Zeit fürs Abendessen war.

Von der Treppe zog der Duft von Hühnersuppe herauf, und als ich runter in die Küche kam, sah ich, dass Mama ihren wärmsten Pulli, dicke Socken und einen Schal anhatte. Das ist ein todsicheres Zeichen dafür, dass sie unten im Keller im Computerraum gesessen und gearbeitet hat, weil es dort nämlich immer ein bisschen zu kalt ist.

»Essen!«, rief sie noch mal, als ich grade in die Küche kam. »Fredrik, kommst du?«

Aber Papa, der aus dem Wohnzimmer kam, ging geradewegs an der Küche vorbei hinaus in die Diele.

»Ja, nee«, meinte er. »Ich muss doch jetzt zu Mona rüber.« Er schnürte seine Turnschuhe.

»Jetzt?«, fragte Mama. »So spät am Abend?«

»Ich hab heute einen Kristalltherapie-Termin ...« Papa zog sich die Regenjacke an.

»Kristalltherapie?«, wiederholte Mama. »Was soll das denn sein? Wozu brauchst du so was? Das hat aber nichts mit dem Gemüse zu tun, oder?«

»Nee ... aber ...«, druckste Papa. »Ich will nur mal schauen ... Ich hab jetzt keine Zeit, ich komme noch zu spät.«

Und schon war er zur Tür hinaus.

»Ich fasse es nicht!«, rief Mama, während sie mir eine große Portion Suppe in den Teller schöpfte. »Also, gegen den Pflanzenanbau und das Gemüse habe ich ja nichts. Aber Kristalltherapie? Das ist doch wieder nur Spinnerei!«

Seit Orestes und seine Familie hierhergezogen sind, hat sich Papa mehr und mehr für Monas Tätigkeit interessiert. Irgendwann hat er beschlossen, zusammen mit ihr Gemüse anzubauen und zu verkaufen, statt in den langweiligen Job zurückzugehen, den er hatte, bevor er krank wurde. Mama war damit einverstanden, weil sie Gemüse auch supertoll findet, und ihr gefällt, dass man messen kann, ob Gemüse wirklich Vitamine enthält oder nicht. Aber Kristalle findet sie irgendwie nicht ganz so toll.

»Ich weiß nicht, ob ich es richtig fände, mich von Leuten dafür bezahlen zu lassen, dass ich ihnen Kristalle in die Hände lege und behaupte, dass ihnen das gegen alle ihre Probleme helfen wird. Die sollten vielleicht doch besser zum Arzt gehen«, fuhr sie fort.

»Aber wenn es hilft«, sagte ich, »dann macht es ja nichts.«

Papa ist wirklich viel gesünder, seit er Mona kennt. Das wissen sowohl Mama als auch ich. Aber das liegt vielleicht auch an dem Herzschrittmacher, den er zuvor bekommen hat.

»Na ja, aber zu behaupten, dass man gesünder wird, wenn man einen bestimmten Stein in der Hand hält – das ist ja nun Humbug. Das lässt sich nicht beweisen!«

Mama und Orestes sind sich *wirklich* ähnlich.

»Aber vielleicht gehen die Leute ja auch nur zu so einer Kristalltherapie, weil sie ihnen ein bisschen Spaß macht«, überlegte ich. »Oder weil es ihnen bei Mona zu Hause gefällt ... Und außerdem hat Papa aufgeräumt und sauber gemacht, während du da unten im Keller gesessen und gearbeitet hast«, fuhr ich fort. »Guck nur mal hier!«

Ich nahm einen silberglänzenden Suppenlöffel vom Tisch und Mama lachte.

»Ja, das war nett«, meinte sie. »Ich gebe zu, dass ich den ganzen Tag im Keller gesessen und keinen einzigen Löffel geputzt habe. Was hast du eigentlich gemacht? Ich hab dich heute den ganzen Tag nicht gesehen!«

»Bin nur ein bisschen mit Orestes draußen gewesen«, antwortete ich.

Mama nickte. Sie sah aus, als ob sie noch etwas fragen wollte, aber stattdessen nahm sie sich noch eine Portion Suppe.

Und mit einem Mal sagte sie:

»Malin, ich hab noch mal drüber nachgedacht. Vielleicht solltest du doch ein richtiges Handy bekommen.«

Ein richtiges?! Ich spitzte die Ohren.

»Also ein Smartphone, mit dem du surfen kannst. Du hast ja deine Lektion gelernt, keinen Kontakt zu fremden Leuten aufzunehmen ... oder nicht?«

Ich nickte aufgeregt.

»Also, Mama, ich werde nicht mal Mails schreiben. Ich will das gar nicht mehr! Ich will nur mit meinen Freunden schreiben und nachschauen können, wann der Zug fährt und so. Und vielleicht ein klein wenig Filme anschauen ... Ich werde supervorsichtig sein! Und ich werde mich auch nicht mit Freunden irgendwo verabreden, wo nicht auch andere Leute um uns herum sind ...«

Mama musste sich echt keine Sorgen mehr machen. Niemand auf der Welt könnte vorsichtiger sein als ich! Ich war zu oft hereingelegt worden, um noch irgendwas zu riskieren.

Mama seufzte, aber sie lächelte auch ein bisschen.

»Ja, das weiß ich«, meinte sie. »Aber ich werde Filter einstellen. Und eine zeitliche Begrenzung. Und wir haben eine Familienfreigabe, damit ich sehen kann, was du machst. Oder was du gemacht hast zumindest.«

»Schon in Ordnung, Mama ... Das macht nichts!«

»Dann mache ich das morgen klar«, versprach sie.

Ich umarmte sie und sog den Duft von Wolle und Mamas bestem Shampoo aus ihrem warmen, weichen Pulli ein. Meine liebe Mama!

Als Papa wieder zu Hause war, setzte er sich neben Mama auf die Fernsehcouch, wie immer. Davon, dass er gerade eine Kristallbehandlung bekommen hatte, war rein gar nichts zu merken … Aber Mama, die schlief plötzlich ein!

Früher, als Papa krank war, haben immer nur Mama und ich zusammen etwas unternommen. Papa war immer entweder zu müde oder im Krankenhaus. Aber jetzt war es plötzlich fast schon umgekehrt. Jetzt war es Mama, die die ganze Zeit entweder arbeitete oder schlief. Was, wenn Mama auch krank war? Aber dieser Gedanke war so gruselig, dass ich ihn verjagte und mich weigerte, ihn noch mal zu denken.

Die Herbstferien waren zu Ende und die Schule ging mit Höchstgeschwindigkeit wieder los, als ob nichts passiert wäre. Ante und ich wurden zusammen zu einer Art Gruppenarbeit in Schwedisch eingeteilt. Ich hab keine Ahnung, wie das passieren konnte. Wir haben doch noch nie zusammengearbeitet!

Ich hätte mir Sanna gewünscht. Oder vielleicht Orestes.

Die Aufgabe bestand darin, Sachtexte zu schreiben. Zuerst sollten wir Fakten zu einem bestimmten Thema sammeln und dann selbst etwas darüber schreiben. Am besten natürlich Texte, die unsere Klassenkameraden gerne lesen wollen würden.

Das Schwierigste an der ganzen Aufgabe war, sich mit Ante über das Thema zu einigen.

So sahen meine Vorschläge aus:

1. Parapsychologie
2. Fantasy-Bücher
3. Mangas

Und das war Antes Liste:

1. Fußball
2. Eishockey
3. Handball

»Äh, Para-was? Was soll das denn sein?«, fragte Ante. Er strich wie gewöhnlich seinen hellblonden Pony zur Seite, damit er überhaupt aus den Augen schauen konnte.

»Also, das ist was, das man nicht so richtig erklären kann«, antwortete ich. »Wünschelruten und Weissagungen und so ...« Ich dachte, ich könnte die Gelegenheit nutzen, mehr über die geheimnisvolle Erdstrahlung herauszufinden und gleichzeitig was für die Schule zu machen. Clever, was?!

»Und Gespenster?«, wollte Ante wissen. »Wie das Geistermädchen ...« Er krümmte die Hände zu Klauen und verzog das Gesicht zu einer Grimasse, aber ich ignorierte ihn.

»Vielleicht ...«, erwiderte ich nur.

»Nie im Leben«, meinte Ante und machte Schluss mit den Grimassen. »Wenn ich nicht über Sport schreiben kann, wird das nichts.«

Es war völlig unmöglich, sich zu einigen, und nach einer Weile kümmerte sich Ante nicht mehr um mich, sondern fing an, sich mit Leo zu unterhalten.

Die Schwedischstunden würden in Zukunft sehr, sehr lang werden ...

Während Ante sowieso nur mit seinen Kumpels quatschte, nutzte ich die Gelegenheit, auf dem altersschwachen Schulcomputer nach Dingen zu suchen, die zum Parapsychologiethema passen könnten. Nur um vorbereitet zu sein, falls ich schließlich doch darüber schreiben durfte.

Und ratet mal, was ich gefunden habe! Diese ganze Sache mit FISC – also, dass ich überall auf das Wort FISC stoße, das hat einen Namen.

Synchronizität heißt das. Und das ist, wenn Dinge zeitgleich passieren. Das ist anscheinend ziemlich bekannt. Die meisten glauben, es liegt daran, dass man plötzlich auf etwas aufmerksam wird. Wenn man sich zum Beispiel einen Hund anschaffen will, dann sieht man auf einmal überall Hunde. Obwohl es natürlich nicht plötzlich *mehr* Hunde gibt, sondern man sie nur mehr wahrnimmt.

In dem Fall liegt es also daran, dass ich plötzlich angefangen habe, über FISChe nachzudenken, dass ich überall welche entdecke.

Aber es gibt auch Leute, die glauben, Synchronizität habe eine Bedeutung. Dass es vielleicht eine Botschaft ist. Eine Mitteilung, die einen aufhorchen lassen soll.

Und genau wegen dieser Synchronizität, und bevor ich mir im Klaren war, was ich tat, googelte ich *sie*. Das Geistermädchen. Ich meine Mesina Molin. Das hier habe ich gefunden, einen Zeitungsartikel vom letzten Jahr.

Lerumer Tagblatt – Donnerstag, 7.10.

Immer noch keine Spur von vermisstem Teenager

Mesina Molin, das fünfzehnjährige Mädchen, das vor über zwei Wochen von zu Hause verschwunden ist, wurde bislang noch nicht wiederaufgefunden. Es wird vermutet, dass sie freiwillig von zu Hause weggelaufen ist, aber die Polizei befürchtet, dass sie dazu von Personen angestiftet wurde, mit denen sie im Internet in Kontakt gekommen ist. Die Polizei arbeitet intensiv daran, das Mädchen ausfindig zu machen, aber bislang ohne Ergebnis. Mehrere Klassenkameraden wurden befragt, aber keiner von ihnen scheint zu wissen, wo sie sich aufhält. »Wir hoffen, dass sie sich zu gegebener Zeit von selbst meldet«, so die Polizei. »Wir konnten die Personen, mit denen sie im Internet Kontakt hatte, bisher nicht identifizieren. Aber wir konnten ihre Internetprofile zurückverfolgen und verhindern, dass sie mit weiteren Kindern in Kontakt treten.« ■

Dann war die Stunde um und der Schultag auch. Und vielleicht lag es auch wieder an der Synchronizität, dass ich Papa genau in dem Moment erblickte, als ich nach der Schule den Almekärrsväg überqueren und in unsere Sackgasse einbiegen wollte. Er ging den Berg runter Richtung Bahnhof, ich erkannte seinen Rücken mit dem schwarzen Sportrucksack, den er immer dabeihat. Wohin wollte er? Ich rannte hinter ihm her und genau als ich nahe genug herangekommen war, dass er mich hätte hören können, donnerte ein ungewöhnlich langer Güterzug vorbei. Der Lärm des Zugs erfüllte die Luft und den Raum und erzeugte ein Vibrieren im Brustkorb. Deswegen hörte Papa mich nicht kommen, sondern zuckte zusammen, als hätte er ein Gespenst gesehen, als er mich erblickte.

»Malin!«, rief er, als es wieder leiser war. »Was machst du hier?«

»Na, von der Schule heimgehen«, gab ich zurück. »Und wohin willst du?«

Papa sah verwirrt aus. Sein schütteres Haar war ungewöhnlich zerzaust und die Regenjacke offen.

»Aber ich dachte, du wärst schon zu Hause!«, meinte er. »Ich dachte, ich hab dich gerade in der Auffahrt bei Orestes gesehen.«

Armer Papa! Er würde es wohl nie lernen, an welchen Tagen ich wann Schulschluss hatte. Ich wollte ihn schon deswegen aufziehen, aber dann fiel mir auf, dass er dunkle Schatten unter den Augen hatte, deswegen ließ ich es bleiben.

»Wohin willst du?«, fragte ich stattdessen.

»Och, nur zum Freilichtmuseum in Dergården«, meinte er. »Ich will fragen, ob ich eine Kohlpflanze von ihnen haben kann. Es ist eine alte Sorte, die natürlich längst nicht mehr im Handel ist …«

»Willst du den ganzen Weg laufen?«, fragte ich.

»Klar«, meinte Papa. »Ist doch viel besser, als das Auto zu nehmen.«

Da hatte er recht, aber Papa sieht so kaputt aus, dass ich ihn am liebsten irgendwo eingesperrt hätte, wo ihm nichts passieren kann. Irgendwo, wo das beste, stärkste Kraftkreuz ist, das dafür sorgt, dass sein Herz die ganze Zeit du-dum, du-dum, du-dum schlägt, wie es soll. Aber das habe ich Papa gegenüber natürlich nicht erwähnt. Ich habe nur Tschüss gesagt und bin den Berg hinauf nach Hause gestapft, während er hinunter Richtung Stadtmitte lief.

Papa wird langsam ein richtiger Gemüseanbauspezialist. Aber Mama kann Technik. Wenn sie einem ein Handy aussucht, kann man sicher sein, dass es ein Superteil ist. Dennoch war ich ein bisschen verwundert, dass das Handy, das auf meinem Schreibtisch lag, gebraucht war. Es hätte Mama ähnlicher gesehen, ein glänzendes neues, komplett aktualisiertes zu kaufen, das Neueste vom Neuen ... Einfach nur, weil sie es selbst toll findet. Aber ich war nicht wirklich enttäuscht. Es war ja trotzdem ein richtiges Handy, eins, mit dem man surfen konnte.

Der Erste, dem ich eine Nachricht schicken wollte, war Orestes. Ich wollte, dass wir weiter versuchten rauszubekommen, was das alles mit der Schatulle und der Taschenuhr und den Seiten über das Monochord auf sich hatte, und jetzt hatte ich einen Plan. Aber das ging natürlich nicht! Orestes war ja der letzte Mensch auf der Welt, der überhaupt kein Handy hatte. Und obwohl ich nun endlich ein modernes Handy hatte und von meinem Zimmer aus mit Leuten auf der ganzen Welt in Kontakt treten konnte, musste ich immer noch über den Wendeplatz rüber zu Orestes' Haus gehen, wenn ich mit ihm reden wollte.

Mona öffnete mir die Tür.

»Orestes?«, fragte sie. »Aber der ist doch bei euch?«

Ich rannte zurück nach Hause, runter in den Keller.

Die Tür zu Mamas Computerraum war nur angelehnt. Drinnen hörte ich die Tastatur klappern. Als ich die Tür einen Spaltbreit öffnete, wurde es still.

»Orestes?«, fragte ich.

»Hi«, meinte er. Er schaute auf, aber nur kurz, als ob er nicht gestört werden wollte.

»Was machst du?«, fragte ich.

»Ein ... nur eine Sache«, gab er zurück. Er legte den Arm über den Block, der auf dem Schreibtisch vor ihm lag.

Er versuchte, vor mir zu verstecken, was er aufgeschrieben hatte! Warum?

»Ich dachte, wir wollten versuchen rauszubekommen, was Axel mit seinem Brief sagen wollte?«, fragte ich. »Oder bist du schon dabei?« Ich lehnte mich vor, aber Orestes hatte die Seite, auf der er gerade gewesen war, weggeklickt, sodass ich nur den Desktop mit den Ordnern sehen konnte.

»Nee ... also nicht jetzt. Vielleicht später. Ich meine ...« Orestes starrte auf den Bildschirm. Er hatte leicht gerötete Wangen. Dann meinte er plötzlich: »Malin, ich muss das hier wirklich fertig machen. Wir reden später.«

Hä? Was war denn mit dem los?

Er hätte mitbekommen müssen, dass ich enttäuscht war, aber das tat er natürlich nicht, denn er starrte weiter nur auf seinen blöden Bildschirm. Ich knallte die Tür zum Computerraum zu und ging rauf in mein Zimmer.

Nachdem Orestes mir nicht zuhören wollte, schrieb ich zuerst Ante. Ihn brauchte ich sowieso für meinen Plan.

Ante hat sich sicher ziemlich gewundert, dass er aus heiterem Himmel eine Nachricht von mir bekam. Und er hat sich bestimmt noch mehr gewundert, als ich vorschlug, seine Uroma besuchen zu gehen. Aber natürlich hatte ich mir dafür eine Ausrede einfallen lassen.

»Lass uns unser Schwedischprojekt über Lerum vor langer Zeit machen. Über die Zeit, in der die Eisenbahn gebaut wurde oder so. Könnten wir dafür nicht mit Gerda reden?«

Ante steht nämlich auf die alten Zeiten. Und er liebt seine Uroma. Das wissen nur nicht so viele, weil das nicht zu seinem allgemeinen Ruf an der Schule passt, der Allercoolste zu sein. Und seine Familie hat *immer schon* in Lerum gewohnt, bestimmt seit mehreren hundert Jahren.

»Sie wohnt jetzt in Åtorp«, schrieb Ante zurück.

»Dann können wir sie doch da besuchen?«, schlug ich vor.

Also machten wir aus, dass wir uns am nächsten Tag nach der Schule an den Fahrradständern treffen und von dort zu Gerda nach Hause radeln würden.

Danach schrieb ich natürlich sofort Sanna. Ich berichtete ihr, dass Ante und ich uns auf ein Thema geeinigt hatten.

»Ante steht auf dich«, schrieb Sanna zurück. Ich war froh, dass sie nicht bei mir war, denn ich spürte, wie ich sofort rot wurde, und mir fiel keine Antwort darauf ein.

»Also, ich bin nicht sicher, ob er *so* auf dich steht«, schrieb Sanna schnell. »Aber er redet oft mir dir. Und er sagt nie irgendwas Fieses zu dir.«

»Tut er nicht?«

»Nee«, antwortete Sanna. »Also, ein bisschen verdächtig ist das schon. Schreib dir das hinter die Ohren!«

Ich musste lachen, denn das ist echt Sannas bescheuertster Spruch.

Dann schickte sie mir einen Link zu der Seite, auf der sie jeden Tag Bilder von sich postet. Da gab es Fotos von Leuten auf der ganzen Welt, die Kostüme oder Raumanzüge an- oder Elbenohren aufhatten. Das war total verrückt! Fast den ganzen Abend schauten wir uns Bilder an und kommentierten sie.

Trotzdem konnte ich nicht aufhören, darüber nachzudenken, was Sanna über Ante geschrieben hatte.

Vor meinem inneren Auge sah ich ein Pendel hin- und herschaukeln.

Steht Ante auf mich? JA, NEIN oder VIELLEICHT. Ich schob den Gedanken schnell weg, bevor mein eingebildetes Pendel stehen blieb.

»Du triffst dich mit Gerda?« Orestes fiel fast die Gabel aus der Hand. »Ohne mich?«

Das war beim Mittagessen. Orestes hatte sich wie immer neben mich gesetzt, aber da ich immer noch sauer auf ihn war, hatte ich ihn nur gefragt, ob es mit seinen Primzahlen gut lief. Darauf hat er nicht mal geantwortet! Und jetzt war *er* sauer, weil ich mit Gerda verabredet war?

»Selbst schuld, du hast ja nicht zugehört!«, meinte ich. Es war ja nicht mein Fehler, dass Orestes nur auf den Computerbildschirm glotzte, wenn ich mit genialen Ideen kam.

»Aber ich ...«, setzte Orestes an. Dann brach er ab. »Tut mir leid«, sagte er und starrte auf die Tischplatte.

Halleluja, das sagt er nicht gerade oft.

»Kann ich trotzdem mitkommen?«, wollte er dann wissen. Er sprach so leise, dass man ihn über dem alltäglichen Scheppern und Stimmengewirr im Speisesaal kaum hören konnte.

»Keine Ahnung, was Ante dazu meint«, erwiderte ich.

Ante war tatsächlich nicht wahnsinnig begeistert, als Orestes und ich nach Schulschluss gemeinsam beim Fahrradständer auftauchten.

»Also braucht Orestes auch Hilfe?«, fragte er. Er war über sein neues Mountainbike gebeugt und fummelte am Fahrradschloss herum.

»Ja, na ja, er macht auch was über alte Sachen«, setzte ich an. »Rechenmethoden. Rechenschieber und … und so. Und diese Rechenmaschine, du weißt schon – das wäre der Hammer, wenn er sich die mal anschauen könnte.«

Das hätte sogar stimmen können. Mathe ist das Tollste, das Orestes sich vorstellen kann. Im Frühjahr hat er sich sogar selbst beigebracht, wie man den Rechenschieber anwendet, in dem Axel einen Hinweis versteckt hatte. Rechenschieber hat man übrigens benutzt, bevor es Taschenrechner und Computer gab.

»Aber die Rechenmaschine und der andere Kram stehen doch in dem alten Haus im Freilichtmuseum, die hat Uroma Gerda nicht mehr bei sich zu Hause«, sagte Ante widerwillig. Er sah zu mir auf. Zu Orestes hatte er nicht mal Hallo gesagt.

»Nee, aber … Orestes würde trotzdem gern mitkommen. Stimmt's, Orestes?«, meinte ich. Orestes stand schweigend neben seinem Rad.

»Stimmt's?«, wiederholte ich etwas lauter. Da nickte er zumindest.

Ante zuckte mit den Schultern.

»Soll doch mitkommen, wer will«, brummte er bloß und trat in die Pedale, sodass Orestes und ich uns beeilen mussten, ihm hinterherzukommen.

Ich war froh, dass wir von der Schule aus losfuhren und nicht vom Almekärrsväg, denn wenn wir den ganzen langen

Abhang vor uns gehabt hätten, hätten sich Ante und Orestes bestimmt zu Tode gefahren. Natürlich mussten sie darum wetteifern, wer am schnellsten fahren konnte. Aber zum Glück kapierte Orestes schließlich, dass Ante wirklich Erster sein musste, denn er war der Einzige, der wusste, wo wir hinmussten.

Wir radelten unter der Autobahn hindurch und dann am Fluss entlang in die Stadt. Es ist so schön am Flussufer, dort gibt es viele alte Holzhäuser und hübsche Gärten. Im Herbst sieht dort alles ein bisschen zerzaust aus; alle Äste und vertrockneten Gräser hängen runter, Fallobst liegt auf großen Haufen und irgendwie hat keiner es geschafft, das ganze Laub zusammenzurechen. Aber das ist ja das Schöne am Herbst, dass es einfach ist, wie es ist.

Wir hielten vor einem kleinen weißen Reihenhaus und schlossen unsere Räder davor an. Ante klingelte zwar, wartete aber nicht darauf, dass jemand aufmachte. Stattdessen ging er gleich rein und stolperte beinahe über einen kläffenden kleinen Hund, der es irgendwie schaffte, überall gleichzeitig zu sein.

»Jaja, Silvia«, sagte Ante und bückte sich, sodass ihm der Hund das Gesicht ablecken konnte. Wie gesagt, in Antes Familie gibt es diesen superkomischen Brauch: Axel hatte seinen Hund Silvia genannt, nach dieser geheimnisvollen Frau, die er nie hatte vergessen können. Der erste Hund namens Silvia wurde da draußen im Wald unter dem Stein begraben. Und seitdem müssen alle Hunde der Familie Silvia heißen! Dies hier war Silvia die Siebzehnte, wusste ich. Ein ganz schön würdevoller Name für einen kleinen Mops mit zerknautschter Nase!

Ich versuchte auch, den Hund zu streicheln, aber der interessierte sich hauptsächlich für Ante. Orestes stand immer noch in der Tür. Ich glaube nicht, dass er mit Hunden viel anfangen kann.

»Wer ist da?«, hörten wir eine Stimme rufen.

»Ich bin's bloß!«, rief Ante zurück. »Ich hab ein paar Freunde dabei.«

Gerda saß in einem Sessel im Wohnzimmer. Vor ihr stand ein Tischchen mit einem Glas Wasser und ein wenig Obst. Es war ein hübsches Zimmer, aber ganz schön eng. Altmodische, verschnörkelte Möbel drängten sich mit großen Bücherregalen und überall stand Krimskrams herum. So ist das vielleicht, wenn man schon lange lebt und jede Menge Sachen angesammelt hat, von denen man sich nicht trennen kann.

»War der Pflegedienst heute schon hier?«, wollte Ante wissen.

»Hallo, mein kleiner Anton«, sagte Gerda statt einer Antwort. »Wen hast du da mitgebracht?«

»Das ist Malin, du weißt schon«, erwiderte Ante. »Und Orestes.«

»Ach so, ja«, meinte Gerda und nickte. »Schon gut«, sagte sie und blinzelte mich mit ihrem guten Auge an. Mit dem anderen Auge schielt sie so, dass man nie genau weiß, wohin es schaut.

»Auf welchem Weg seid ihr hergekommen?«, fragte sie, ohne den Blick von mir zu wenden.

»Radweg, unter der Brücke durch, Fußweg am Fluss entlang«, leierte Ante herunter.

»Aaah«, machte Gerda. »Ihr könnt euch gern etwas Obst nehmen«, meinte sie dann. »Ante, du kannst euch wohl auch was zu trinken holen.«

Ante verschwand Richtung Küche.

Ich setzte mich vorsichtig auf ein rotes Sofa neben Gerdas Sessel.

»Es ist schön, dass du hergekommen bist, Malin«, sagte sie. »Und deinen Freund da hast du auch mitgebracht ...« Sie deutete mit dem Kinn auf Orestes, der einfach nur still dastand, ohne sich zu setzen. »Worüber hast du denn seit dem letzten Mal nachgedacht?«, wollte sie wissen.

Ich musste schlucken. Ich konnte genauso gut direkt fragen, mir fiel irgendwie nichts ein, das natürlich gewirkt hätte.

»Ich musste ein bisschen über Axel nachdenken, den, von dem du einmal erzählt hast ... Der, der verschwunden ist. Ist der wirklich nie zurückgekommen?«

»Nein, nein ...«, erwiderte Gerda. »Es war genau so. Er hat sein ganzes Leben Straßen und Brücken und so weiter in Göteborg gebaut. In seiner Freizeit ging er in den Wald oder er saß in seinem Zimmer und hat lange Tabellen mit Zahlen geschrieben und seltsame Berechnungen angestellt. Meine Mutter hat erzählt, dass man immer bis spätabends hören konnte, wie er an der Rechenmaschine gekurbelt hat, aber er hat nie erzählt, was er da berechnete. Sie meinte, vielleicht hat mein Großvater mehr gewusst, denn Axel und er waren sehr gute Freunde.«

»Und dann ist er einfach verschwunden?«, wollte ich wissen.

»Ja, das war unmittelbar, nachdem er aufgehört hatte zu arbeiten und in Pension gegangen war. Er hatte wohl eine goldene Uhr zum Abschied bekommen … Und danach war er noch mehr draußen im Wald unterwegs, manchmal mehrere Tage am Stück. Und einmal kam er ganz einfach nicht zurück. Man ist gewiss ausgerückt, um ihn zu suchen, aber es gab natürlich keine Spur …«

»Was glaubst du, wo er hin ist?«

»Nun ja … die Wahrscheinlichkeit war wohl groß, dass er irgendwo gestürzt und erfroren ist … Er war ja auch nicht mehr ganz jung. Oder vielleicht ist er irgendeinen Abhang hinuntergestürzt …«

»Aber dann hätte man ihn doch finden müssen!«

»Pff«, schnaubte Gerda. »Der Wald ist groß! So viel ist klar. Aber er kann sich auch ganz einfach davongemacht haben … ein neues Leben begonnen haben … Früher oder später muss jeder seinen Weg finden …«

Manchmal sagt Gerda echt seltsame Sachen! Fast genauso wie Mona.

Während wir uns unterhalten hatten, war Ante mit ein paar Gläsern Saftschorle zurückgekommen.

Orestes hatte die ganze Zeit, während ich mit Gerda geredet hatte, kein Wort gesagt. Jetzt machte er plötzlich den Mund auf.

»Dieses Bild da«, begann er. Er nickte in Richtung eines großen Gemäldes über dem Sofa, auf dem ich saß. »Ist das von hier?«

Ante erwiderte: »Siehst du doch. Das ist doch der Aspen. Da, wo Uroma früher gewohnt hat.«

»Dann hat Axel da auch gewohnt ...«, sagte ich.

Gerda nickte.

»Axel? Zerbrecht ihr euch immer noch den Kopf über ihn?«, fragte Ante.

Ich schielte zu Orestes rüber. Er verzog keine Miene. Dann antwortete ich: »Na ja, also Orestes fand Axels alte Rechenmaschine so spannend ... Oder, Orestes?« Er konnte ja wohl auch ein bisschen helfen! Genau in dem Augenblick fragte er: »Weißt du, was ein Monochord ist?«

Gerda sah verwundert aus.

»Ein Mon... was? Meinst du ein Monokel? Das ist eine Art Brille, die ...«

»Nein, ein Monochord!«, wiederholte Orestes etwas lauter.

»Keine Ahnung!«, antwortete Gerda. »Warum fragst du?«

Es entstand ein peinliches Schweigen und Ante schaute uns an, als ob wir sie nicht alle hätten. Aber dann fragte ich Gerda, wie es hier in Lerum früher war, als sie aufwuchs, und sie erzählte uns jede Menge Geschichten. Zum Beispiel, dass sich die Kinder immer am Bahnhof trafen, weil es so spannend war zu beobachten, ob irgendwelche Leute mit dem Zug ankamen oder abfuhren. Und wenn der Sieben-Uhr-Zug in den Bahnhof einfuhr, wussten alle, dass es Zeit war, nach Hause zu gehen.

»Weißt du, kleine Malin«, sagte sie und blinzelte mich an, »wenn man so lange am selben Ort gelebt hat, dann kann man ihn spüren. Wie einen Puls … Ich höre ihn manchmal … Du-dum … du-dum …«

Wie ein Herz. Oder ein Zug vielleicht, dachte ich. Du-dum.

Als wir nach Hause mussten, kam Ante mit raus. Er hatte den Hund an der Leine, denn er müsse mal Gassi, meinte er. Als ich gerade mein Fahrrad aufgeschlossen hatte und hinter Orestes herfahren wollte, fragte Ante, ob ich am Wochenende zu Hause sei.

»Ja, schon …«, sagte ich.

»Hast du irgendwas vor?«

Ich zuckte mit den Schultern. Ich würde wohl hauptsächlich Cello üben. Und vielleicht versuchen, ein geheimnisvolles Rätsel zu lösen.

»Vergiss es«, meinte er dann, obwohl ich ja eigentlich noch gar nicht geantwortet hatte. Silvia fing an, an der Leine zu ziehen, damit er mit ihr zur Straße ging. »Man sieht sich!«, rief er.

Ich radelte hinter Orestes her.

Es war kalt und dunkel geworden, während wir bei Gerda gesessen und geredet hatten.

»Eigentlich haben wir nichts Neues rausbekommen«, japste ich, als ich Orestes eingeholt hatte. Und wenigstens einmal waren wir einer Meinung. Wir waren kein bisschen näher dran, zu verstehen, was Axel in seinem Brief gemeint hatte.

Als ich heimkam, hatte ich einen Bärenhunger. Es gab noch nichts zu essen, also machte ich mir Pizza in der Mikro warm. Papa saß im Wohnzimmer auf dem Sofa, mit einem chaotischen Riesenhaufen Papiere vor sich auf dem Couchtisch. Er musste schon eine Weile dort gesessen haben, denn er hatte mindestens drei benutzte Teetassen um sich gesammelt, die unabgewaschen zwischen dem Papierkram standen.

»Grüß dich, Malin«, sagte er, als er mich sah. »Gut, dass du dir selbst was zu essen genommen hast ... Ich hatte ein bisschen zu tun.« Er begann, ein wenig Ordnung in das Chaos zu bringen.

Ich nahm das aufgewärmte Stück Pizza mit rauf in mein Zimmer, um nicht Gefahr zu laufen, ins Aufräumen einbezogen zu werden.

Mama kam erst einige Stunden später heim. Sie hatte wohl gehofft, dass das Abendessen fertig wäre, aber auch für sie gab es bloß kalte Pizza.

»Was hast du heute gemacht?«, hörte ich sie fragen.

Papa murmelte eine Antwort.

»Jaja ...«, meinte Mama. »Ist ja gut. Aber solltest du dich nicht bald mal nach einem richtigen Job umsehen?«

Papa murmelte noch mal etwas. Ich wusste ja, dass Papa vorhatte, mit Mona zusammen in den biodynamischen Gemüseanbau einzusteigen. Aber mir war nicht wirklich klar, wie. Würde Papa Mona begleiten, wenn sie zum Beispiel das nächste Mal rausging, um ihren Pflanzen bei Vollmond etwas vorzusingen? Papa musste irgendwas darüber gesagt haben, denn Mama fuhr fort: »Ja, ich weiß, aber ... Aber es kann ja wohl nicht sein, dass nur ich hier Geld verdiene!«

Jetzt sprach Papa lauter, sodass ich hören konnte, was er zu Mama sagte: »Aber du liebst doch deinen Job! Du willst doch nichts anderes!«

»Nein, aber ... aber ich bin erschöpft! Wann darf *ich* mich denn mal ausruhen?«, schrie Mama Papa an. Mein Herz geriet ins Stolpern. Ich hasse es, wenn sich Leute streiten. Besonders, wenn es Mama und Papa sind. Das fühlt sich dann an, als ob die Welt zusammenbrechen würde. Als ob ich sterben müsste. Ich weiß ja, dass das nicht stimmt und dass jeder mal streitet, aber das nützt nichts. Es fühlt sich trotzdem so an, als ob ich sterben müsste.

Dann sagten sie noch was - empört -, das ich nicht verstand, aber ich hörte, dass Mama eine tränenerstickte Stimme hatte.

Hatte Mama ihren Job satt? Ich weiß, dass ich darüber nachgedacht hatte, als Papa krank war. Da war sie erschöpft. Aber jetzt - ich dachte immer, sie sei froh, dass sie wieder superviel arbeiten konnte. Sie beschwert sich sonst nie über ihren Job. Sie liebt ihn doch, genau wie Papa gesagt hatte. Es gibt für sie nichts Schöneres, als sich mit Algorithmen und Programmiercodes zu beschäftigen.

Alles, was wir uns gewünscht haben, als Papa krank war, war, dass er wieder gesund wurde. Und jetzt war er es endlich. Jetzt sollte alles gut sein. Alle sollten glücklich sein. Warum war es dann nicht so?

Es vergingen ein paar Tage, ohne dass Orestes und ich mit dem Brief irgendwie weiterkamen. Orestes meinte bloß, dass wir bei Gerda nichts Neues erfahren hatten. Er glaubte, dass Axel im Wald verschwunden war, aber das musste doch falsch sein. Offensichtlich war er stattdessen nach London gereist und hatte dann den Brief an jemanden zu Hause geschickt. Bestimmt an Gerdas Großvater, der Axel ja kannte und der es auch gewesen war, der den Hund Silvia begraben hatte, als er nach Axels Verschwinden starb. Gerdas Großvater musste auch den Brief zusammen mit der goldenen Uhr unter Silvias Stein versteckt haben. Daran war nichts Geheimnisvolles. Vielleicht waren nur einfach keine weiteren Briefe von Axel gekommen, und deswegen gab es auch keinen Hinweis auf irgendeine Fortsetzung des Rätsels.

Vielleicht hatte Orestes recht. Was, wenn Axel aufgegeben hatte? Was, wenn er Silvia nie gefunden hatte?

Ante war zufrieden damit, unser Schwedischprojekt über »Lerum früher« zu machen, also bestand jetzt auf jeden Fall die Aussicht, eine gute Note dafür zu bekommen. Ich radelte zur Bibliothek und lieh dieselben Bücher aus, die Orestes und ich im Frühjahr benutzt hatten, um nach Hinweisen zu suchen: *Das alte Lerum* und *Das Leben am Aspen*. Die sind voll mit Bildern von Lerum, wie es früher aussah. Ich kann sie mir stundenlang anschauen, denn es fühlt sich so merkwürdig an, dass all diese Wiesen und schmalen Straßen und Höfe zum Beispiel genau da gelegen hatten, wo heute die Autobahn oder die Innenstadt ist! Bloß das Buch *Lerum vor hundert Jahren* lieh ich nicht aus, denn darin war ein Foto von Axel, bevor er verschwand, und das lässt mir immer kalte Schauer über den Rücken laufen. Der Axel Åström auf dem Foto aus den 1890er-Jahren sieht nämlich der Person, die mir vor fast einem Jahr den allerersten Brief von Axel gegeben hatte, zum Gruseln ähnlich. Es war natürlich vollkommen unmöglich, dass Axel Åström, der vor fast zweihundert Jahren geboren wurde, in den Almekärrsväg gekommen war, um mir einen Brief zu bringen. Das konnte nicht mal ich glauben. Oder zumindest nicht, solange es draußen noch hell war.

Aber abends, im Dunkeln, dachte ich viel an Axel. Es war fast schon so, dass ich mir wünschte, er würde mir als Geist erscheinen, damit ich fragen konnte, was er mit seinem Brief bezweckt hatte. Ich drehte und wendete die Schatulle, die wir ausgegraben hatten, in der Hand. Ich untersuchte die Außenseite, Innenseite, Oberseite, Unterseite, *alles*, mindestens hundert Mal. Aber ich fand nichts.

Auch die alten Buchseiten las ich hundert Mal. Darauf stand etwas über das Monochord, was, soweit ich begriff, bloß eine über einen Kasten gespannte Saite war. Außerdem stand da, wie man die Spannung und Belastung in der Saite berechnen konnte und wie schnell sie »unter einer Belastung von 28 Schalpfund« vibrierte. Es stand auch etwas über musikalische Intervalle und Skalen drin. Ich verstand nur, dass es irgendwie darum ging, warum unterschiedliche Töne entstehen, wenn man auf einer Saite spielt, genau wie wenn ich die Saiten meines Cellos an unterschiedlichen Stellen am Cellohals herunterdrücke. Die Töne entsprechen verschiedenen Frequenzen, also Geschwindigkeiten, mit denen die Saite vibriert. Und wenn die Saite unterschiedlich lang ist (weil man sie an veschiedenen Stellen herunterdrückt), vibriert sie unterschiedlich schnell und es entstehen unterschiedliche Töne. Aber warum Axel nun meinte, dass wir uns über Saiten Gedanken machen sollten, kapierte ich nicht. Stattdessen bekam ich Lust, Cello zu spielen, echte Saiten unter meinen Fingern und unter dem Bogen vibrieren zu spüren und zu hören, wie die Töne den Raum erfüllen.

Als ich am Freitag aus der Schule nach Hause kam, war niemand da und ich war unglaublich müde. Wir haben freitags immer schon recht früh Schulschluss, aber ich ging trotzdem direkt in mein Zimmer, warf mich so, wie ich war, aufs Bett und gedachte dort zu bleiben, bis Mama oder Papa heimkam und es Abendessen gab. Ich döste ein wenig ein, aber dann wachte ich davon auf, dass etwas gegen die Fensterscheibe donnerte. Ich setzte mich mit einem Ruck auf. War das ein Vogel gewesen?

Ich sah nichts, nicht mal den kleinsten Abdruck auf der Scheibe, aber ich stand trotzdem auf, um raus auf den Balkon zu schauen. Manchmal fliegen Vögel gegen das Fenster und brechen sich das Genick, was natürlich schrecklich ist. Aber manchmal überlebt der Vogel, dann ist er nur ein bisschen benommen und muss eine Weile auf dem Balkon sitzen bleiben, bevor er weiterfliegen kann. Ich passe dann immer auf die kleineren Vögel auf, denn sonst kommen die Elstern und holen sie sich.

Ich war gerade erst aufgewacht und noch nicht ganz bei mir. Irgendwie schaffte ich es, die alte Schatulle, die auf der Fensterbank stand, runterzuschmeißen, während ich die Balkontür öffnete. Sie landete auf dem Fußboden und die alten Buchseiten fielen heraus.

Da war kein Vogel draußen. Er musste allein klargekommen sein. Ich ging wieder rein und hob das Kästchen vom Boden auf. Zum Glück war es ganz geblieben.

Und die alten Buchseiten … Ich weiß nicht, ob es am Licht da am Fenster lag, dass ich es plötzlich sah: Winzige, minikleine Löcher waren in das Papier gestochen. Nicht wirklich wie ein Muster, eher mal hier und mal da … über unterschiedlichen Buchstaben! Warum waren sie mir nicht früher aufgefallen!?

Ich nahm mir Zettel und Stift und setzte mich an den Schreibtisch. Dann knipste ich die Schreibtischlampe an und hielt die erste Buchseite gegen das Licht. Das war doch ein Löchlein, nur ein kleiner Nadelstich, da über dem Buchstaben C in der fett gedruckten Überschrift MONOCHORD? Dann kam ein Loch über dem Buchstaben E im Wort SAITE und dann eins über dem Buchstaben L im Wort WELCHE ...

»CELLER BEIM ALMEKÄRRSHOF« kam heraus, als ich alle Buchstaben, die ein kleines Löchlein über sich hatten, aufgeschrieben hatte. Das nenne ich mal einen handfesten Hinweis!

Ich freute mich so sehr darüber, dass ich einfach ein bisschen zwischen Bett, Schreibtisch und Balkontür herumhüpfen musste!

Die Straße, in der Orestes und ich wohnen, ist der Almekärrsväg, aber ich hatte keine Ahnung, wo der Almekärrshof lag.

Zum Glück hatte ich ja die Bücher über Lerum früher ausgeliehen, und darin fand ich ihn! Ich bekam heraus, dass er ungefähr an der Stelle gestanden haben muss, wo heute der Supermarkt ist. Direkt an dem Teil des Almekärrsvägs, wo wir lang müssen, wenn wir zum Zug gehen. Da gibt es einen Supermarkt, ein Schuhgeschäft, einen Klamottenladen und einen Riesenparkplatz vor den Geschäften. Aber da ist nichts, was halbwegs einem Hof ähneln würde! Also gab es den Almekärrshof wohl nicht mehr ... Auf einmal war mir gar nicht mehr nach Herumhüpfen. Aber vielleicht gab es den Keller trotzdem noch? Vielleicht hinter der Tankstelle oder so? Wenn er nur nicht unter dem Parkplatz gelandet war!

Selbst wenn der »Celler beim Almekärrshof« schwer zu finden schien, freute ich mich darauf, Orestes erzählen zu können, dass es doch einen Hinweis gab. Bestimmt kämen wir dann doch irgendwie weiter!

Grade als ich mir vorstellte, wie verdutzt Orestes aus der Wäsche schauen würde, hörte ich die Haustür schlagen und Mama war zu Hause.

Es war supergut, dass Mama ausgerechnet an einem Freitag früher heimkam, denn wenn Mama etwas kann, dann einen Freitagskuchen machen. Ich drückte mich in der Küche herum und erzählte ihr von allem Möglichen, was die Woche über passiert war. Zum Beispiel, wie es war, mit Ante Gruppenarbeit zu machen, oder wie viel wir in Englisch aufhatten, und Mama hörte zu und machte »Hm« und »Aha« und »Verstehe« an den genau richtigen Stellen, während sie gleichzeitig Teige zusammenrührte und den Ofen im Auge behielt.

Ungefähr eine Stunde später war der Kuchen fertig und auf dem Tisch stand ein ganzes Blech Schokobrownies. Das ist Papas Lieblingskuchen.

Ich war bereit, sofort reinzuhauen, aber Mama hielt mich zurück.

»Wir warten auf Fredrik«, sagte sie. »Ich glaube, er ist bald zu Hause.«

Ich mopste mir Mamas Tablet vom Küchentisch. Mama hatte sich nur einen Haufen langweiliger Bilder von Häusern angeschaut, die ich erst mal wegklicken musste. Dann suchte ich nach lustigen Videos von Tieren, die Menschen ähneln, und Mama und ich lachten darüber, bis Papas schlurfende Schritte auf der Treppe zu hören waren.

»Äh ...«, machte Papa, als er sah, dass in der Küche gedeckt war. »Für mich keinen Kaffee. Es ist heute schon ein bisschen viel geworden. Ich mache stattdessen Tee.«

Er füllte Wasser in einen Topf, während Mama und ich uns an den Tisch setzten. Mama goss sich ihre Tasse aus der vollen Kaffeekanne ein. Und ich versorgte mich für den Anfang mit drei Stück Brownies.

Papa kam rüber und setzte sich an den Tisch. Es duftete nach irgendwas, Minze, glaube ich, aus seinem großen Keramikbecher. Mama reichte ihm die Kuchenplatte.

»Nee ... keinen Kuchen«, meinte Papa.

»Keinen Kuchen?«, fragte Mama ungläubig. »Hast du schon Kaffeepause gemacht?«

Dass Papa zu Schokobrownies Nein sagt, ist noch nie vorgekommen. Normalerweise muss man das Backblech bewachen, sobald es aus dem Ofen ist. Sonst ist der Kuchen alle, bevor ihn noch jemand probieren kann.

»Nee ... Aber ... also ...« Papa richtete sich auf und fing an, schneller zu sprechen und irgendwie bestimmter. »Damit muss jetzt mal Schluss ein«, meinte er. »Ich kann so was nicht mehr essen ... Süßes, die ganze Zeit. Das ist nicht gesund. Ich hab mir gedacht ... Ich werde aufhören, Zucker zu essen.«

»Was?«, rief Mama. »Aber doch wohl nicht ganz?«

»Doch«, erwiderte Papa bestimmt und schaute Mama in die Augen. »Ganz. Kein einziges Stück Zucker mehr. Mona sagt, es liegt am Zucker, dass ich nicht wieder in Form komme ...«

Mama murmelte etwas in ihre Kaffeetasse.

»Wie bitte?«, fragte Papa. »Du weißt doch, dass Zucker nicht gesund ist!«

»Jaja«, gab Mama zurück. »Aber das ist einfach so übertrieben! Man kann mit Sicherheit ein bisschen Zucker essen, wenn man es nur manchmal macht. Und sich sonst gesund ernährt!«

»Aber genau das ist doch so schwer!«, rief Papa. »Nur ein bisschen ist total schwer – es ganz sein zu lassen, ist viel leichter ...«

»Nur weil Mona das gesagt hat!«, fiel Mama ihm ins Wort und wurde plötzlich rot im Gesicht.

»Ja ... ich meine, nein ... ich meine ... äh«, stammelte Papa. Er stand auf und ging raus. »Wir können später reden, ich muss erst noch ein paar Mails schreiben«, rief er als schlechte Ausrede aus dem Wohnzimmer.

Mama starrte die Kuchenplatte an.

Ich nahm mir noch einen Brownie, um ihr zu zeigen, dass auf jeden Fall irgendjemand ihren Kuchen zu schätzen wusste. Ich glaube, es half nicht.

Manchmal ist es echt stressig, Einzelkind zu sein. Wenn Mama und Papa sich nicht einig sind und ich zu einem von beiden halte, fühlt es sich sofort so an, als habe sich die ganze Familie gegen den anderen verschworen. Ich muss mich die ganze Zeit anstrengen, damit sich beide okay fühlen. Aber im Moment wusste ich überhaupt nicht, zu wem ich halten sollte. Na klar kann ein Erwachsener aufhören, Zucker zu essen, wenn er will. Aber trotzdem ... Mama hatte ja nur Brownies gemacht, um besonders nett zu Papa zu sein!

Ich hatte eigentlich vorgehabt, am Abend zu Orestes rüberzugehen, aber stattdessen blieb ich daheim und versuchte so zu tun, als ob wir einen richtig gemütlichen Familienabend hatten, obwohl Mama auf dem Fernsehsofa schlief und Papa allein dasaß, Bücher las und Tee trank.

Aber am Samstag lief ich rüber zu Orestes, sobald ich mein Frühstück verschlungen hatte. Ich konnte es kaum erwarten, ihm zu zeigen, dass sich der Hinweis CELLER BEIM ALMEKÄRRSHOF auf den Seiten über das Monochord befand.

Als ich auf das Haus zukam, hatte ich das Gefühl, irgendwas stimmte nicht. Irgendwas war anders … Und als ich zur Treppe kam, sah ich, was es war. Monas Schild, das schöne, bunte handbemalte Schild, auf dem alles stand, was Mona zu bieten hatte, war zerstört. Alles, was davon übrig war, war ein Haufen zerschmetterter Bretter, die neben dem alten Rosenspalier lagen. Ein Teil davon war schwarz, irgendwie rußig. Hatte jemand versucht, das Schild anzuzünden?

»Können wir uns keine Alarmanlage zulegen?«, fragte Orestes seine Mutter, nachdem ich es ihnen erzählt hatte und wir draußen auf der Treppe standen und auf die Reste des Schildes starrten. Er sah besorgt aus. »Oder eine Überwachungskamera?«

Mona schüttelte niedergeschlagen den Kopf. Sie ging ins Haus und ich dachte, sie würde die Polizei rufen, aber sie kam gleich wieder mit dem kleinen Beutel mit Salz raus, den sie neulich auch im Garten hinterm Haus dabeigehabt hatte. Langsam streute sie eine dünne Schicht Salz über den ganzen Bretterhaufen.

»Hinfort, hinweg, geht«, murmelte sie.

Orestes stöhnte bloß.

Orestes und ich saßen fast den ganzen Samstag in seinem Zimmer und grübelten über den CELLER BEIM ALMEKÄRRSHOF. Wir fanden eine handgezeichnete Karte in einem der Bücher, die zeigte, wo der Hof gelegen hatte, und Orestes stimmte mir zu, dass es ungefähr da gewesen sein musste, wo jetzt die Geschäfte waren. Das half uns nicht wirklich viel.

Das Einzige, was überhaupt passierte, war, dass Papa mit Elektra rüberkam. Sie hatte einen von meinen alten Pullis an und zog wie immer ihren Teddy hinter sich her. Sie war offenbar schon am Vormittag zu uns rübergelaufen. Dort hatte sie von Mama belegte Brote und Schokobrownies bekommen und dann hatte Papa eine ganze Weile mit ihr auf meiner alten Schaukel geschaukelt. Elektra sah ganz einfach superzufrieden aus.

Am Sonntagmorgen stand ich früh auf, jedenfalls für einen Sonntag. Es war nämlich Vatertag. Da wecken Mama und ich Papa immer mit Kaffee und Kuchen und einem kleinen Geschenk. Aber am Abend zuvor hatte Mama gemeint, sie müsse den ganzen Sonntagvormittag arbeiten, weil sie am Montag eine wichtige Besprechung habe, auf die sie sich vorbereiten müsse. Also war sie früh ins Büro gefahren und hatte mich mit der Vatertagsfeier allein gelassen. Aber sie hatte zumindest ein kleines Geschenk auf den Küchentisch gestellt, bevor sie gefahren war.

Von mir bekam Papa einen Schal, an dem ich in jeder Handarbeitsstunde des neuen Schuljahrs gestrickt hatte. Ich fand ihn nicht gerade schick, aber warm war er auf jeden Fall. Ich hielt mich nicht damit auf, Kaffee zu kochen, und Kuchen wollte Papa offenbar eh nicht länger haben. Also schmierte ich ein Butterknäcke und kochte etwas Wasser auf, das ich zusammen mit einem Teebeutel in einen Becher gab, auf dem »*Eile mit Weile*« stand. Papa trinkt so einen Tee immer abends. Ich brach einen kleinen Zweig von Papas Gesundheitsblume ab, die auch in der Küche steht. Sie ist mittlerweile so groß, dass sie gut auf einen kleinen Zweig verzichten kann. Ich stellte ihn in ein Glas Wasser und rieb ordentlich an dem Blatt, damit es nach Zitrone duftete.

Dann stellte ich alles miteinander auf ein Tablett und ging rauf zu Mamas und Papas Schlafzimmer, bevor ich »Glückwunsch, Glückwunsch, Glückwunsch!« rief, weil es sich blöd anfühlte, »Hoch soll er leben« zu singen, obwohl er nicht Geburtstag hatte.

Papa bewunderte den Schal genau so lange, wie ich es für angemessen hielt, und trug ihn zu seinem Pyjama, als wir runter in die Küche gingen, um noch ein bisschen was zu frühstücken. In dem Päckchen von Mama war ein Thermobecher und Papa schien sich zu freuen, als er es öffnete. Da wurde mir ganz warm im Bauch.

Gerade als wir den Frühstückstisch abräumten, kam Orestes rüber.

»Hat jemand Geburtstag?«, wollte er wissen, als er das zusammengeknüllte Geschenkpapier auf dem Küchentisch sah.

»Ach Quatsch, heute ist Vatertag, das weißt du doch«, rutschte es mir heraus. Aber dann schämte ich mich sofort, denn Orestes hat, soweit ich weiß, keinen Vater. Er hat wahrscheinlich noch nie Vatertag gefeiert. Orestes nickte nur und verdrückte sich wie gewöhnlich sofort in den Keller. Was machte er da unten eigentlich so Geheimes? Warum erzählte er es mir nicht? Aber ich würde ihm auf keinen Fall hinterherlaufen.

Stattdessen spielte ich meine Cellolektion ein letztes Mal vor der Cellostunde ganz durch. Ich hab jetzt immer sonntags Unterricht, weil mein Cellolehrer an den anderen Tagen immer mit jeder Menge Proben und Konzerten beschäftigt ist. Also fahre ich jeden Sonntag zum Artisten in Göteborg. Der Artist ist übrigens kein Mensch, sondern ein Gebäude. Mama hatte geplant, dass ich allein mit dem Zug zum Hauptbahnhof in Göteborg fahren und mich dort mit ihr treffen sollte, wenn sie mit der Arbeit fertig war. Dann würde sie mit mir zum Artisten fahren und mich nach der Stunde mit heimnehmen.

Am Nachmittag verstaute ich das Cello in seinem schwarzen Koffer und ging den Almekärrsväg runter Richtung S-Bahn-Station. Der S-Bahnhof Aspedal liegt neben der Autobahn und natürlich direkt an den Eisenbahngleisen. Man geht am

Supermarkt und dem Schuhgeschäft vorbei, durch den Tunnel unter der Autobahn hindurch, in dem einem die Ohren vor Auto- und Zuglärm nur so dröhnen, und schon ist man da. Irgendwer hat ein »G« auf das Haltestellenschild geschmiert, sodass da jetzt »Gaspedal« statt »Aspedal« steht. Sogar Mama fand das lustig, obwohl sie solche Schmierereien sonst nicht so super findet!

Da stand ich also im Nieselregen beim Gaspedal und starrte wie gewöhnlich auf die Gleise. Ich war superfrüh dran, denn

1. wollte ich meine Cellostunde nicht verpassen und
2. würde Mama vor Sorge durchdrehen, wenn ich nicht genau wie geplant aus dem Zug stieg.

Es war einer dieser komischen diesigen Tage, an denen sich die Luft vor lauter Feuchtigkeit ganz schwer anfühlt und man den Zug kaum erkennen kann, bevor er wirklich vor einem am Bahnsteig steht.

Etwas weiter weg standen ein paar Leute und warteten auch auf den Zug. Sie sahen aus wie Schatten im Nebel und ich bekam eine Gänsehaut. Seit dieser Séance braucht es wirklich nicht viel, dass ich etwas gruselig finde. Ich erschauderte noch einmal, als ich ein merkwürdiges Geräusch hinter mir hörte. Eine Art Tschilpen … Ich drehte mich um und sah, wie eine Elster aufflog. Genau in dem Augenblick, in dem ich mich umdrehte, lichtete sich der Nebel und ein Sonnenstrahl blitzte auf. Und hinter der Elster …

Es war, als sähe ich eine Fata Morgana. Ein großes gelbes Haus tauchte auf der anderen Straßenseite aus dem Nebel auf. Eine Sekunde glaubte ich, dass ich eine Zeitreise gemacht hätte, dass der Almekärrshof als Geist vor mir aufgetaucht war … Aber dann kapierte ich, was passiert war.

Auf der anderen Seite der Autobahn waren immer jede Menge hohe, struppige Büsche gestanden. Ich hatte immer gedacht, dort gäbe es nichts anderes als Büsche. Dass das einer von diesen verlassenen, zugewucherten Flecken war, die es hier und da direkt an der Autobahn gibt, wo eben keiner wohnen will.

Aber jetzt waren die Büsche geschnitten worden, es lagen noch überall brauner Reisig und Zweige am Boden herum. Und auf einmal konnte man das Haus vom Bahnhof aus sehen! Es war ein altes, ehemals prächtiges Holzhaus mit den Fenstern zur Autobahn … oder wohl eher auf den See zu der Zeit, in der es erbaut wurde. Es muss schon immer dort gestanden haben, gut versteckt hinter den Büschen. Was, wenn das wirklich der Almekärrshof war? Mein Herz hüpfte! Konnte das wahr sein?

Weiter unten an der Böschung vor dem Haus, fast schon direkt an der Autobahn, waren eine Mauer und eine Tür, die geradewegs ins Erdreich hineinführte. Wie ein Keller …

Die ganze Zugfahrt nach Göteborg über musste ich an den Almekärrshof denken.

»Du siehst aber fröhlich aus!«, rief Mama. Sie umarmte mich, als hätten wir uns hundert Jahre nicht gesehen. »Ist irgendwas Schönes gewesen?«

»Nichts Besonderes«, antwortete ich. Aber ich grinste so breit, dass Mama nur lachte und mich noch fester umarmte. Sie sah frisch und gut gelaunt aus, obwohl der Wind auf dem Hauptbahnhof wild an ihrem besten Regenschirm zerrte. Dann gingen wir zusammen zum Drottningstorg und nahmen die Straßenbahn zum Artisten.

»Also meinst du, dass es den Almekärrshof auf jeden Fall noch gibt?«

Ich hatte Orestes gerade von meiner Entdeckung erzählt. Und davon, wie seltsam es war, dass ich zwar mein ganzes Leben nur ein Stückchen davon entfernt gewohnt, das Haus aber nie gesehen hatte! Aber jetzt, wo wir danach suchten, kam es zum Vorschein!

Da war sie wieder, die Synchronizität!

»Vielleicht schneiden sie die Büsche in regelmäßigen Abständen, alle zehn Jahre oder so«, überlegte Orestes auf seine gewohnt praktische Art. »In dem Fall wäre es nicht so seltsam, dass du das Haus nie zuvor bemerkt hast. Es war schließlich von den Büschen verdeckt.«

Auch hier nichts Geheimnisvolles! In Orestes' Welt durfte es einfach keine merkwürdigen Zufälle geben.

Eigentlich wollte ich gleich am Montag nach der Schule losziehen und den Hof erkunden. Aber Orestes musste Elektra vom Kindergarten abholen, der genau neben unserer Schule ist, also begleitete ich ihn dorthin.

Es ist echt verrückt, wie viele Handschuhe und Mützen und Matschhosen man tagtäglich in den Griff kriegen muss, wenn man ein Kleinkind abholt. Elektra war auch nicht wirklich eine Hilfe, sie wollte die ganze Zeit nur spielen und versteckte sich hinter den Regenjacken, die an der Garderobe in Reih und Glied hingen. Orestes war knallrot im Gesicht, als sie endlich in ihrem Buggy saß.

»Vielleicht solltet ihr doch so eine Praktikantin bei euch zu Hause einstellen«, schlug ich vor. »Oder lieber einen Babysitter. Jemand, der manchmal auf Elektra aufpasst.«

»Nie im Leben«, meinte Orestes und klappte den Regenschutz des Kinderwagens hoch, damit Elektra den Nieselregen nicht ins Gesicht bekam. »Nie im Leben würde ich irgendjemand Fremdes Elektra abholen lassen!«

»Es müsste ja niemand Fremdes sein ...«, meinte ich. »Es könnte doch jemand aus der Neunten machen ...«

»Eigir«, sagte Orestes knapp.

»Hä?«, machte ich. Ich zuckte schon zusammen, nur weil Orestes den Namen aussprach. »Aber er ist doch noch im Krankenhaus? Ich meine, er ist doch noch nicht wieder aufgewacht?«

»Glaube nicht«, meinte Orestes. »Aber man weiß nie ... Eigir hatte ja viele Anhänger, weißt du. Alle, die auf ihn gehört und genau das gemacht haben, was er wollte. Die glauben bestimmt genau wie er, dass Elektra ein geheimnisvolles Rutenkind ist ...«

»Aber glaubst du wirklich, dass sie sie kidnappen würden?«, fragte ich.

Orestes warf mir als Antwort nur einen ernsten Blick zu. Und ich wusste es ja auch. Tief in meinem Herzen wusste ich, dass die genau wie Eigir waren, die, die auch die verschwundene Mesina und beinahe auch mich zu sich gelockt hatten. Die waren sicher sogar imstande, ein kleines Mädchen zu entführen, wenn sie das für nützlich hielten. Hätte ich Eigir geholfen, an Elektra zu kommen, wenn ich damals zu ihm ausgerissen wäre? Zum Orakel?

Elektra sang den ganzen Heimweg über in ihrem Kinderwagen ein selbst ausgedachtes Lied.

Ich wollte so gern zurück zum Almekärrshof gehen, aber Elektra musste erst noch ihren Snack bekommen und dann musste sie umgezogen werden und dann mussten wir warten, bis Mona heimkam, bevor Orestes irgendwohin gehen konnte.

Das dauerte ein paar Stunden.

Als wir endlich loskamen, nieselte es immer noch. Und weil es schon fünf Uhr nachmittags war, war es auch schon dunkel. Eigentlich wollte ich runter zur Autobahn gehen und von dort wieder den Hügel hinauf zum Almekärrshof. Aber dann kamen wir darauf, dass wir, wenn wir die Abkürzung durch die Reihenhaussiedlung nahmen, von oben zum Hof runtergehen konnten.

Es war ganz schön schwierig, die Böschung hinunterzuklettern. Überall lagen abgeschnittene Zweige und der Erdboden war uneben. Meine Gummistiefel rutschten auf nassen Blättern und Lehm. Ich drehte mich um, um zu sehen, wo Orestes blieb. Die Autobahn war nämlich so nah, dass mir der Verkehrslärm in den Ohren dröhnte und ich nicht *hören* konnte, ob er noch hinter mir war oder nicht. Das Knacken eines abgebrochenen Zweiges ist viel zu leise, um es durch das Getöse zu hören. Aber er war noch da, ein Schatten oberhalb von mir an der Böschung. Als ich mich wieder nach vorne drehte, sah ich einen anderen Schatten. Genau vor mir! Ich blieb wie angewurzelt stehen.

Orestes rannte fast in mich rein.

»Warum bleibst du stehen?«, fragte er.

Aber dann erblickte er ebenfalls die Person vor uns. Da stand jemand, die Kapuze der Jacke über dem Kopf und mit dem Rücken zu uns. Möglicherweise hatte er ein Supergehör, denn er merkte, dass wir kamen. Er drehte sich um und machte ein paar schnelle Schritte auf mich zu, während sich gleichzeitig etwas Kleines, Dunkles über den Boden bewegte! Erschrocken machte ich einen Satz zurück und stieß mit Orestes zusammen. Die Gestalt stand genau vor uns - ein bleiches Gesicht schimmerte unter der Kapuze hervor - und da erkannte ich, dass es Ante war!

Er wirkte nicht im Mindesten überrascht, seltsamerweise. Als ob wir uns jeden Nachmittag hier draußen an der Böschung treffen würden. Jetzt sah ich auch, dass er Silvia, den Mops seiner Uroma, dabeihatte.

»Was macht ihr hier?«, wollte er wissen.

Gute Frage. Ohne Hund, der Gassi geführt werden musste, gab es eigentlich keinen guten Grund, hier im Unterholz herumzuklettern.

»Wollten uns nur mal den alten Keller da ein bisschen anschauen«, sagte ich und trat einen Schritt von Orestes weg, damit es nicht so aussah, als ob wir Händchen hielten. Mir fiel keine gute Ausrede ein, also konnte ich genauso gut die Wahrheit sagen. Aber ich erwähnte nicht, dass wir nach einem Hinweis auf ein ungeheures Geheimnis suchten.

»Was für ein Keller?«, wollte Ante wissen. Und dann kam er natürlich mit.

Zuerst mussten wir den Hof selbst umrunden. Wir hielten uns so weit wie möglich fern von den drei gelben Holzhäusern, die zum Hof gehörten. Darin waren jetzt Wohnungen, wie es schien. Dann erst konnten wir noch ein Stück weiter runter Richtung Autobahn gehen.

Der Erdkeller war in den Abhang gegraben. Grob behauene Steine bildeten eine Außenmauer, die Richtung Autobahn zeigte, und dahinter musste sich der Keller selbst in den Abhang hinein öffnen. In der Mitte der Steinmauer war eine dicke Holztür mit großen Scharnieren aus Eisen, die über die Hälfte der Tür reichten. Die Tür war zu und mit einem schweren Vorhängeschloss verschlossen.

Ich war überrascht. Ich war davon ausgegangen, dass der Keller verlassen wäre. Aber die Tür war in einem guten Zustand und nachdem sich jemand die Mühe gemacht hatte, die Tür abzuschließen, musste es innen im Keller wohl zumindest irgendetwas geben. Ich ruckelte prüfend an der Tür. Orestes befühlte die unebenen Steine. Ante hatte den Mops auf den Arm genommen und schaute mich an.

»Der muss ganz schön alt sein, dieser Keller«, sagte ich zu Ante, nur um überhaupt was zu sagen.

»Ja, bestimmt!«, meinte er und sah hocherfreut aus. »Der muss superalt sein! Denkt ihr, da ist irgendwas Interessantes drin, oder wie? Irgendwas, das wir für unsere Schwedischarbeit brauchen können?«

»Vielleicht …«, gab ich zurück. »Ach was, wir wollten einfach nur mal gucken, was das hier ist. Man kann ja ein bisschen was vom Bahnsteig aus sehen. Da bin ich neugierig geworden.«

»Hmmmm.« Ante nickte.

Ich blieb mit der Hand an der Tür stehen und blickte über die Autobahn. Vor langer Zeit hatte man sicher eine schöne Aussicht vom Almekärrshof. Nur ein grüner Hügel, der zur Eisenbahn hinabführte, und dann natürlich die Aussicht auf den See auf der anderen Seite der Gleise. Richtig idyllisch musste das damals gewesen sein.

Jetzt rauschte ein Auto nach dem anderen vorbei, ihre Scheinwerfer erleuchteten den Weg, den sie nahmen. Auf der anderen Seite der Autobahn lag der Aspen-See still und leise. Stellt euch mal vor, diejenigen, die diesen Erdkeller einst gebaut haben, hätten das hier gesehen. Was, wenn sie gewusst hätten, wie es mal sein würde? Es fing mit einer Eisenbahnlinie an, ein Gleis zwischen Göteborg und Stockholm … Aber jetzt? Der Lärm von der Autobahn war so ohrenbetäubend, dass man an nichts anderes denken konnte. Ein monotones Brausen wie ein andauernder Druck auf den Ohren. Unmöglich, dem zu entkommen.

»Ich glaube, man kann an den Steinen ruckeln«, meinte Orestes, als wir wieder auf dem Heimweg waren und Ante mit dem Hund in eine andere Richtung davongegangen war. »Wenn nur Ante nicht aufgetaucht wäre, dann hätten wir es hinbekommen. Wir müssen da noch mal hin, etwas später heute Abend. Ist vielleicht ohnehin besser, wenn es richtig dunkel ist, dann sieht uns keiner.«

Ja, Dunkelheit war wirklich nur gut für uns, wenn wir uns schon an Orten rumdrückten, an denen wir eigentlich nicht sein sollten. Aber als es dann Abend war, sorgten zwei Dinge dafür, dass wir nicht noch mal Richtung Almekärrshof loskamen.

1. Es schüttete wie aus Eimern.
2. Elektra war verschwunden.

Alle suchten nach ihr.

Mona suchte das ganze Haus ab, die Garage, alle Kleiderschränke. Keine Elektra.

Orestes rannte zu den Spielplätzen bei der Schule und in der Reihenhaussiedlung gegenüber. Keine Elektra.

Mama rauschte runter zur Straße und Richtung Autobahn, weil sie immer glaubt, dass irgendwer überfahren wird. Keine Elektra.

Papa ging raus auf den Waldweg und rief nach ihr. Keine Elektra.

Und ich suchte in unserem Garten und in Orestes' Garten und in den Gärten aller Nachbarn. Keine Elektra.

Alle waren pitschnass und meine Mama wollte gerade die Polizei anrufen, als mein Telefon plingte.

Ein Foto von Sanna.

Es war ein Bild von ihr mit einem langen Zopf, eng anliegendem Oberteil und einem Pfeilköcher auf dem Rücken. Neben Sanna stand eine kleine, helle Gestalt mit Vogelflügeln, die sicher zum Kostüm gehörten.

»Hey! Orestes' kleine Schwester ist hier!«, schrieb Sanna. »Sie wollte mit auf mein Foto. Goldig. Aber wo ist Orestes?«

Als Elektra wieder zu Hause war und alle sich beruhigt hatten, beschlossen Orestes und ich, stattdessen Mittwochabend zurück zum Erdkeller zu gehen, wenn es richtig dunkel war und sicher niemand mehr mit seinem Hund draußen herumlief.

Am Dienstag ging ich mit Sanna nach der Schule in die Stadt. Sie wolle beim Secondhandladen des Roten Kreuz vorbeischauen, meinte sie. Ich war noch nie im Rot-Kreuz-Laden gewesen, bevor ich mit Sanna befreundet war. Beziehungsweise bevor Sanna sich eingebildet hat, sie müsse ihren Kleidungsstil täglich ändern. Das kann sie sich natürlich eigentlich nicht leisten und deswegen kauft sie sich superbillige gebrauchte Sachen beim Roten Kreuz. Manchmal näht sie sie auch um, sodass sie sich in etwas ganz anderes verwandeln.

Drinnen beim Roten Kreuz riecht es irgendwie speziell. Es hat so was Muffiges, nach kaltem Zigarettenrauch, glaube ich. Außerdem fühlt es sich staubig an mit all den alten Klamotten und Tischdecken und allem anderen. Sanna ging zwischen den Kleiderständern herum, auf der Jagd nach Schnäppchen. Ich schaute mir all die Becher und Gläser und Vasen an, die an der einen Wand in Regalen standen. Da sah ich auf einmal Orestes! Er stand am Tresen und hatte einen Haufen Klamotten vor sich.

»Hey, Orestes!«, rief ich.

Er zuckte zusammen und begrüßte mich so zurückhaltend, wie er es nur tut, wenn er wünschte, ich wäre nicht da. Machte er schon wieder etwas heimlich?

»Was machst du? Hast du was Cooles gefunden?«, fragte ich. »Was ist das da?«

Ganz oben auf dem Haufen lagen ein Paar kleine rote Gummistiefel, darunter etwas Buntes, Gestricktes und ganz unten schaute das Bein einer Jeans raus.

»Darf ich mal gucken?«

»Äh, nee …«, meinte Orestes. »Ich muss jetzt zahlen.«

Die Frau hinter der Kasse hatte glattes, schulterlanges hellgraues Haar und ein schmales Gesicht. Ich wusste, dass ich sie von irgendwoher kannte, und grübelte darüber nach, woher, während sie kassierte. Orestes stopfte die Klamotten hastig in einen Stoffbeutel.

»Was macht ihr hier?«, fragte er.

»Sanna wollte sich nach ein paar Sachen umschauen«, antwortete ich. »Vielleicht gehen wir später noch ins Café Stippvisite. Kommst du mit?«

»Nee, ich glaub nicht«, erwiderte Orestes rasch. »Ich muss jetzt nach Hause, was erledigen … Aber morgen, ja? Gegen sieben?«

Wir sahen einander in die Augen und ich bekam vor Spannung eine Gänsehaut. Ich liebe es, wenn wir ein Geheimnis zu lüften haben!

Dann musste ich Sanna helfen, sich zwischen zwei viel zu großen geblümten Kleidern zu entscheiden, die sich ganz leicht zu einem Rock umnähen lassen würden.

Genau in dem Augenblick, in dem wir den Laden verließen, kam Mama vorbei. Sie geht immer schnell, aber heute war sie noch schneller, sie rannte fast schon an uns vorbei.

»Huch, Malin! Hey!«, rief sie, als sie uns erblickte. »Seid ihr hier?«

Ja, klar, waren wir.

»Ich muss nur schnell bei der Bank eine Kleinigkeit erledigen«, erklärte sie. »Seid ihr auf dem Heimweg? Wir sehen uns später!«

Und schon hastete sie so schnell weiter Richtung Stadtmitte, dass ihre Absätze auf dem Straßenpflaster klapperten. Es versetzte mir einen Stich ins Herz zu sehen, wie sehr Mama schon wieder in Eile war.

Ich schaute zu Sanna rüber, aber sie war ganz damit beschäftigt, sich anzuschauen, wie das neu gekaufte Kleid bei Tageslicht aussah.

Jeder, der an einem Novemberabend rausmuss, um in der Dunkelheit herumzuschleichen, sollte so eine große Taschenlampe haben wie Orestes. Sie erhellte eine breite Schneise vor uns, während wir im Dunkeln runter zum Erdkeller gingen. Es war sieben Uhr am Abend und die Sonne war selbstverständlich schon lange untergegangen, die Nacht um uns herum war so finster, wie es nur ging. Genauso kohlrabenschwarz wie um Mitternacht.

Es wurde immer kälter, Raureif schlug sich nieder und machte, dass die langen, vereisten Grashalme unter unseren Schritten knirschten.

Orestes hatte gemeint, dass wir versuchen sollten, einen der Steine in der Mauer beiseitezuschieben, um einen Eingang in den Keller zu schaffen. Oder das Schloss irgendwie zu knacken. Ich hatte wirklich keinen Schimmer, wie das eine oder das andere gelingen sollte. Aber ich war so froh, Orestes bei diesem nächtlichen Abenteuer dabeizuhaben, dass ich nicht widersprach.

Wenn es uns nicht gelang, würden wir wohl oben beim Hof klopfen und fragen müssen, ob man uns aufschließen konnte. Vielleicht würde uns eine neue Ausrede über ein Schulprojekt einfallen. Ein Projekt über alte Keller … oder über …

Im Gehen grübelte ich über irgendwas Glaubwürdiges nach, das man sagen könnte, um in den Keller gelassen zu werden, als Orestes plötzlich rief:

»Aber … was?!«

Wir waren da. Orestes leuchtete den Erdkeller mit der Taschenlampe an. Alles war wie neulich: die Steinmauer, die Scharniere. Bloß die Tür zum Keller stand einen Spalt breit offen.

Orestes ging mit der Lampe voran. Er stieß die Tür vorsichtig auf. Ich erschauderte. Ich konnte nicht anders, als mir vorzustellen, dass da jemand in der pechschwarzen Finsternis im Keller stand. Wir machten ein paar vorsichtige Schritte hinein.

Drinnen war es nasskalt und es roch modrig. Der Boden bestand nur aus festgestampftem Lehm. Die Wände waren aus groben Steinen. Als Orestes ein bisschen im Keller herumleuchtete, erblickten wir ein paar leere Holzkisten, sonst nichts.

»Ich frage mich, warum der Keller abgeschlossen war«, sagte ich und versuchte, nicht mit den Zähnen zu klappern. Ich redete mir ein, dass ich deswegen zitterte, weil mir kalt war, nicht weil ich Schiss hatte.

»Ich frage mich, was wir suchen«, erwiderte Orestes. »Wenn irgendwas in den Wänden versteckt ist, muss es ganz hinten sein. Sonst hätte man riskiert, dass es von außerhalb des Kellers sichtbar war.«

Wir gingen zu der hintersten Wand im Keller. Die Decke wurde immer niedriger, man konnte ganz hinten kaum noch aufrecht stehen. Orestes ließ langsam den Lichtkegel über die Wand wandern. Allmählich erhellte sich ein Teil davon. Große, raue Steine. Einer wie der andere. Bis wir schließlich zur untersten Steinreihe kamen, ganz unten am Boden des Kellers.

»Warte!«, rief ich. Ich packte die Hand, in der Orestes die Taschenlampe hielt, und drückte sie etwas runter. »Da!«

Orestes pfiff anerkennend.

Was ich entdeckt hatte, war eine Markierung an einem der Steine. Sie sah aus wie ein S. Wie in SILVIA.

Für den Spaten, den wir dabeihatten, hatten wir keine Verwendung, er war zu groß, um ihn seitlich mit dem Stein zu verkeilen. Aber zum Glück hatte Orestes noch ein paar kleinere Werkzeuge mitgenommen, unter anderem einen großen Schraubenzieher und ein Messer. Ich stocherte mit dem Schraubenzieher und Orestes mit dem Messer, bis die Klinge abbrach. Wir mussten noch mehr Mörtel rings um den Stein mit dem S wegkratzen, bevor wir versuchen konnten, ihn herauszuziehen.

Die Taschenlampe mussten wir auf den Boden legen und ich erschreckte mich zu Tode, als einmal ein riesiger Schatten vorbeihuschte.

»Nur eine Maus, die vor der Lampe vorbeigerannt ist, glaube ich«, meinte Orestes. Aber mein Herz pochte immer noch heftig, als ich weiter in der Erde stocherte.

Nach einer Weile war der Stein locker. Ich bekam ihn zu packen und schaffte es, ihn zu lösen. Er war schwer, aber nicht sehr groß. Orestes sah mich an. Ich nickte. Er steckte die Hand in die Lücke und genau wie wir gedacht hatten, fand er darin ein kleines Holzkästchen.

Das Holz war dunkel, feucht, aber das Kästchen schien ganz zu sein. Wir versuchten gar nicht erst, es zu öffnen, sondern schoben den Stein zurück in die Lücke und drückten rings herum die Erde ein bisschen fest. Man merkte kaum, dass wir da gewesen waren.

Ich war erleichtert, als wir zurück zum Ausgang gingen. Wieder raus an die Luft zu kommen, würde bestimmt guttun. Aber Orestes blieb an der Tür zum Erdkeller stehen.

»Das Schloss ist weg«, stellte er fest. »Das Vorhängeschloss, das vorgestern noch hier hing, ist verschwunden. Jemand hat es mitgenommen.«

Wer war wohl vor uns im Erdkeller gewesen? Warum? Und hatte derjenige etwas gefunden?

Oder konnte es ein Zufall sein, dass jemand das Vorhängeschloss abgemacht hatte, genau als Orestes und ich dort hineinwollten?

Ein merkwürdiger Nebel hatte sich herabgesenkt, während wir im Erdkeller waren. Die Straßenlaternen oben auf dem Weg sahen aus wie milchig gelbe Kugeln und alles hatte weiche, ausgefranste Konturen bekommen. Der Asphalt war spiegelglatt. Wir begegneten keiner Menschenseele, bis wir beim

Kindergarten angekommen waren. Dort bewegte sich eine Gestalt eilig auf uns zu, nicht mehr als ein dunkler Schatten.

»Hallo?!«

Ich zuckte zusammen, als der Schatten nach uns rief. Aber dann erkannte ich, dass es Mama war!

»Hey!«, rief sie und kam schnaufend auf uns zugerannt. »Wo kommt ihr denn her?«

»Äh … Wo kommst *du* her?«, gab ich zurück. Ich war froh, dass das Holzkästchen, das wir gefunden hatten, sicher in Orestes' großer Jackentasche lag.

»Von der Arbeit natürlich«, antwortete sie. »Ich komme grad vom Zug.«

Dann hatte sie aber nicht den kürzesten Weg nach Hause genommen, dachte ich. Aber Mama hatte natürlich schon immer einen ziemlich miesen Orientierungssinn gehabt.

»Was habt ihr gemacht?«, fragte Mama neugierig und schaute Orestes an. Oder vielleicht eher den Spaten, den er über der Schulter hatte.

»Wir haben nur ein bisschen Gartenwerkzeug abgeholt«, antwortete Orestes schnell. »Mama hatte es einem Bekannten da hinten ausgeliehen.«

Er deutete vage in Richtung Reihenhaussiedlung.

Mama nickte.

Wir gingen zusammen nach Hause. Mama und ich verabschiedeten uns am Wendeplatz von Orestes und Mama legte den Arm um mich, als wir auf unser Haus zugingen.

»Hast du bis jetzt gearbeitet?«, wollte Papa von Mama wissen, als wir zur Tür hereinkamen. Es war schon fast halb neun.

»Viel zu tun«, erwiderte Mama knapp und ließ ihren schweren Arbeitsrucksack mit einem Rums auf den Dielenfußboden fallen. Der ist so voll mit Papieren und Laptops, dass er mehr als sie selbst wiegt, glaube ich. Meine Mama ist nämlich ziemlich klein. Sie streckte den Rücken und stöhnte.

Ich schaute sie besorgt an. War sie nicht ziemlich blass? Wann würde Mama sich eigentlich mal ausruhen?

Ziemlich bald, stellte sich heraus.

Am nächsten Morgen rutschte Mama auf dem Schwarzeis aus und brach sich den Knöchel. Schwarzeis nennt man es, wenn sich eine ganz dünne Eisschicht auf den Asphalt legt. Man erkennt sie gar nicht, die Straße sieht bloß schwarz und trocken aus. Aber es ist wahnsinnig, lebensgefährlich glatt. Und am Morgen, als Mama es wie immer irre eilig hatte, zur S-Bahn zu kommen, rannte sie auf den Wendeplatz raus und legte sich geradewegs lang. Sie schrie so laut auf, dass man es sogar bis in die Küche hörte.

Papa musste sie in die Notaufnahme fahren, aber ich musste natürlich trotzdem zur Schule.

An diesem Tag wollte ich nach der Schule nur so schnell wie möglich nach Hause, um zu sehen, was mit Mama war, also musste das Kästchen aus dem Erdkeller warten. Als ich am Nachmittag heimkam, war Mama grade aus dem Krankenhaus zurück und lag im Wohnzimmer auf dem Sofa vor dem Fernseher, den Fuß in einer riesigen Schiene. Sie war eigentlich ganz gut drauf, aber das, meinte Papa, lag daran, dass sie von den Ärzten so viele schmerzstillende Medikamente bekommen hatte.

»Es wird wohl leider wieder schlimmer«, erklärte er, »wenn die Wirkung der Medikamente nachlässt.« Er stand in der Küche und kochte Kaffee für Mama. Wir wetteiferten fast schon darum, wer sie bemuttern durfte, doch nachdem sie ihren Kaffee und zwei aufgetaute Brownies sowie Taschenbücher und Decken und Kissen bekommen hatte, wurde sie müde und musste schlafen.

Ich ging rauf in mein Zimmer und schrieb eine Weile mit Sanna. Als es an der Haustür klopfte – dreimal kurz –, war ich sicher, dass das Orestes war, und rannte die Treppe runter in die Diele, um aufzumachen.

Es war nicht Orestes. Sondern Mona. Sie hatte einen großen Korb im Arm. Elektra stand neben ihr in ihrem grünen Schneeanzug und den kleinen roten Gummistiefeln und rannte wie immer zur Tür herein, bevor noch irgendwer etwas sagen konnte.

»Hey, Malin«, sagte Mona. »Ich habe gehört, deine Mutter hat sich verletzt.«

»Ja …«, erwiderte ich zögerlich. »Ja, sie hat sich den Knöchel gebrochen … Aber sie schläft gerade!«

»Verstehe …«, meinte Mona und nickte. »Knochenbruch bei Halbmond. Das braucht seine Zeit … Hier!« Sie streckte mir den Korb entgegen und zeigte mir, was drin war. »Das hier ist Ringelblume. Kocht ihr daraus Tee. Am besten ein paarmal am Tag, mindestens. Aber am Abend – den hier. Das ist Schnittlauch. Und dann sind noch ein paar Fluorit-Steine drin, die legt ihr unter ihr Kissen. Die haben heilsame Frequenzen.«

In dem Korb lagen kleine Beutelchen mit getrockneten Blättern und Kräutern. Und drei grünliche, ungleichmäßig geformte Steine. Die sahen ganz hübsch aus.

»Grüß sie ganz lieb«, sagte Mona, als ich den Korb entgegennahm.

Sie blieb auf der Außentreppe stehen, während ich mich auf die Suche nach Elektra machte. Ich fand sie neben dem Sofa. Elektra hatte eine kleine, erdige Hand ausgestreckt und streichelte Mama die Wange, aber die wachte nicht auf. Elektra sah lieb und verständig aus, obwohl sie noch so klein war. Als ob sie begriffen hatte, dass man sich jetzt um Mama kümmern musste. Ich nahm Elektra an der Hand und führte sie wieder zurück zu Mona. Ihre Gummistiefel hinterließen lehmige Abdrücke auf dem Wohnzimmerfußboden.

Als die beiden den Wendeplatz überquerten, drehte sich Elektra um und winkte mir zu. Ich weiß nicht, ob sie ein Rutenkind ist, aber ich bin auf alle Fälle sicher, dass sie auserwählt ist, alle in meiner Familie froh zu machen. Gerade als die beiden gegangen waren, kam Papa die Kellertreppe herauf.

»Wer war das?«, fragte er. »Aha«, meinte er dann und schaute in den Korb. Wir guckten einander an. Es war natürlich lieb von Mona, dass sie Ringelblume vorbeigebracht hatte. Aber vielleicht doch nicht gerade das, worauf Mama gerade Appetit hatte. Schlussendlich stellten wir den Korb in den Putzschrank, da Mama sicher eine Weile nicht versuchen würde staubzusaugen.

Papas Hände waren genauso erdig wie Elektras, fiel mir auf. Vermutlich pflanzte er gerade alle seine Topfpflanzen im Keller um. Ich schnappte mir ein Buch, setzte mich zu Mama ins Wohnzimmer und las.

So verging dieser Abend. Und am Freitagabend war Orestes nicht zu Hause. Ich glaube, er war unterwegs, um mit dieser Staffelmannschaft zu trainieren, in der unser Sportlehrer ihn unbedingt haben wollte, weil Orestes der schnellste Läufer der ganzen Schule ist.

Im Übrigen wollte ich auch gar nicht von zu Hause weg sein, weil ich das Gefühl hatte, dass Mama und Papa ihr einziges Kind zu Hause haben wollten, um es sich am Freitagabend gemütlich zu machen, wo Mama jetzt doch total gehandicapt war. Ich machte nun doch eine große Tasse Ringelblumentee mit den Teeblättern aus dem Putzschrank und goss ihn in Mamas Lieblingstasse. Mama saß im Pyjama auf dem Sofa. Sie sah ein bisschen zerzaust und blass aus und war immer noch total müde, weil ihr Bein fast die ganze Zeit wehtat.

»Ganz lecker, wirklich«, meinte Mama, als sie am Tee nippte. Ich erwähnte nicht, dass er von Mona war. Stattdessen versteckte ich heimlich die drei grünen Steine unter den Kissen auf dem Sofa.

Nicht weil ich *glaube,* dass sie helfen. Aber trotzdem.

Also dauerte es doch bis Samstag, bis Orestes und ich endlich wieder in seinem Zimmer saßen, bereit, das Holzkästchen aus dem Erdkeller zu öffnen. Die Seiten des Kästchens waren graubraun und rau. Als ich mit der Hand darüberstrich, musste ich aufpassen, mir keinen Splitter in den Finger zu ziehen. Das Kistchen war nicht abgeschlossen, nur von einer kleinen Schließe auf der Seite zusammengehalten. Und es lag etwas darin, etwas ziemlich Schweres, das verrutschte, sobald man das Kästchen schräg hielt.

»Und du hast es wirklich noch nicht geöffnet?«, fragte ich Orestes. Er hatte es ja schon seit ein paar Tagen bei sich im Zimmer! Ich an seiner Stelle wäre vor Neugier gestorben.

»Nee, ich hab auf dich gewartet«, antwortete er ernst. Aber dann guckte er zur Seite und kicherte:

»Nee ... hab ich nicht! Ich hab's aufgemacht! Ich konnte einfach nicht anders. Aber jetzt mach du es auf und sieh selbst! Meine Lippen sind versiegelt ...«

»Okay, auf drei mach ich's auf«, entschied ich. »Eins, zwei ... drei!« Und dann klappte ich den Deckel auf.

Im Inneren lag ein ... ein kleines ... Ja, genau ein ... kleines ... Ding.

Ich hatte keine Ahnung, wie man es sonst nennen sollte.

Es war ein Ding aus silberfarbenem Metall. Ziemlich klein, vielleicht fünf, sechs Zentimeter im Ganzen lang. Es hatte ein paar komische kleine Knöpfe an den Seiten. Und ein Loch in der Mitte, mit einem dicken weißen Rand drum herum. Unter dem Loch war in großen Buchstaben ein Name in das Metall eingraviert: C WHEATSTONE. Und dann stand da noch INVENTOR, was, soviel ich wusste, Erfinder heißt. Und darunter wiederum stand eine Adresse in London. In England also! Aber was um alles in der Welt war das?

Ich nahm das Ding heraus und fingerte daran herum. Das Metall war kalt. Ich nestelte an den kleinen Knöpfen. Zwei davon konnte man runterdrücken. Ich versuchte, in das Loch hineinzuschauen, wurde daraus aber auch nicht schlauer.

»Weißt du, was das ist?«, wollte ich von Orestes wissen. Er schüttelte nur den Kopf.

»Nee, obwohl ich mir total den Kopf darüber zerbrochen habe! Ich versteh einfach nicht, wofür man das Ding benutzt. Ich hab mir auch ein bisschen den Brief angeschaut, doch der ist so verklausuliert. Aber vielleicht steht trotzdem was über dieses Ding da drin ... Ich konnte nicht alles richtig lesen.«

Ich schaute runter in das Kästchen und – ganz richtig – genau wie beim letzten Mal lagen dünne, vergilbte Briefseiten ganz unten darin. Ich faltete sie vorsichtig auseinander und las laut vor. Hier kommt der Brief. Wie immer habe ich weiter unten auch zusammengefasst, worum es darin geht.

London, den 3ten November 1893

Werter Bruder,
hier folgt nun der zweite Teil meines Berichts, der davon handelt, was sich ereignete, als ich die Schwedische Sonderbare Gesellschaft aufsuchte. Ich bin dir auf ewig dankbar, dass du gelobt hast, meine Anweisung zur Verwahrung der Briefe zu befolgen.

Die Tür zu dem Haus mit der Adresse, die ich bekommen hatte, war eine der prachtvollsten der Stadt, reich geschmückt mit Engelsschwingen und anderen Verzierungen. Als ich am Abend des besagten Mittwochs daran klopfte, hegte ich doch äußerste Zweifel gegen das ganze Unterfangen. »Schwedische Sonderbare Gesellschaft« klang nicht nach einer vernünftigeren Versammlung als die Wünschelrutengesellschaft. Die Tür wurde mir von demselben jungen Mann geöffnet, der mich eingeladen hatte.
Er hieß mich willkommen, gab mir jedoch zugleich zu verstehen, dass es nicht er selbst war, der meinen Besuch wünschte. Er geleitete mich durch einen prächtig vertäfelten Gang zu einem kleineren Raum, der im Halbdunkel lag.

Ich dachte zunächst, dass er ganz fensterlos sei, doch dann gewahrte ich, dass die vorhandenen Fenster mit schweren Gardinen verhangen worden waren.
Ein Herr in meinem Alter saß an einem mächtigen Schreibtisch. Er erhob sich, sobald ich eintrat:
»Herr Åström – willkommen.« Er ergriff meine Hand ungewöhnlich fest und schüttelte sie. »Darf ich Sie bitten, sich zu setzen?«
Ich tat, wie mir geheißen, und ließ mich auf einem Stuhl dem Schreibtisch gegenüber nieder.
Der Mann stellte sich als Herr G* (ich möchte nicht seinen vollständigen Namen offenbaren) vor, gab aber sonst nichts weiter über sich preis – womit er sich befasste, wie es kam, dass er sich in diesem Haus befand, oder irgendetwas anderes. Stattdessen begann er sofort, mich auszufragen.
»Herr Åström«, setzte er an, »Sie sind also an Wünschelruten interessiert. Pendeln. Erdstrahlung.«
»Interessiert«, erwiderte ich. »Aber kaum überzeugt.«
»Vielleicht gibt es noch etwas ... anderes ...«, sagte er und sah mich mit durchdringendem Blick an.
Ich entschloss mich, alles auf eine Karte zu setzen.
»Mein wertester Herr«, sagte ich, »ich habe lange Zeit die Erdenkräfte studiert, aber sie als nichts befunden, das beweisbar wäre. Ich habe versucht, die Aktivität der Erdlinien mit den Bahnen der Himmelskörper in Zusammenhang zu bringen, aber auch dies ist mir nicht gelungen. Ich bin bereit, das Ganze als Humbug abzutun ... aber ich ...« Auf einmal wusste ich nicht mehr, wie ich weiterreden sollte, ohne

alles zu verraten, was mir mit Fräulein Silvia widerfahren war.

»Wenn es nicht so wäre, dass …«, unterbrach mich der Herr. »Wenn es nicht so wäre, dass.« Er klopfte mit dem Fingerknöchel auf den Tisch, bevor er fortfuhr: »Wisst Ihr, welches Haus dies ist?«

Natürlich erkannte ich das Haus wieder. Ich hatte schließlich schon mein ganzes Berufsleben mit den Straßen Göteborgs zu tun gehabt! Aber der Mann gab selbst die Antwort, noch bevor ich etwas sagen konnte.

»Das ist das Sahlgrehn'sche Haus. Es war just in diesem Gebäude, in dem Herr Swedenborg im achtzehnten Jahrhundert die berühmte Eingebung erlangte, in der er den großen Brand in Stockholm vorhersah. Dies hier ist ein besonderer Ort … Herr Swedenborg begann, wie Ihr sicher wisst, als Wissenschaftler und Forscher, doch endete als Verfasser und Mystiker … Herr Åström … Ihr müsst verstehen. Ich habe viele Jahre das Seltsame studiert. Ihr sollt wissen, dass Ihr selbst und ich nicht die Ersten sind, die das Vorkommen der Erdkräfte wissenschaftlich zu beweisen suchen …

Viele haben sich für das Phänomen interessiert: Swedenborg … Polhem … und jetzt, in den modernen Zeiten: die Brüder Ericson.«

Ich fuhr bei seinen Worten zusammen. Wusste er etwa, dass ich es war, der Nils Ericson seiner Sternenuhr beraubt hatte, vor so vielen Jahren?

Als ob er meine Gedanken lesen könnte, fuhr der Mann fort: »Viele haben davon geträumt, die Erdkräfte bezwingen zu können. Sie messen zu können, sie auszuwerten und sie für was auch immer man wünschte anwenden zu können ... Wer das bewerkstelligen könnte, würde bald zu Reichtum kommen!«

Dort in dem Lehnstuhl war es leicht, sich von der geheimnisvollen Stimmung überwältigen zu lassen. Doch ich sammelte mich und erklärte, ich sei der Überzeugung, die Hoffnungen des Mannes seien überzogen. Selbst wenn man die flüchtigen Erdkräfte natürlich besser erforschen könnte, war es unwahrscheinlich, sofort konkrete Ergebnisse zu erlangen. Es würde viele und andauernde Versuche brauchen, bevor irgendein Nutzen daraus hervorgehen könnte ... Man betrachte zum Beispiel, wie lange man an der Elektrizität geforscht hatte, bevor sie nun langsam zur allgemeinen Anwendung kam!

Der Mann saß eine Weile schweigend da.

Sodann sagte er:

»Herr Åström, das, was ich gesagt habe, ist nichts, das ich glaube. Ich weiß es.«

Aus der Innentasche seines Jacketts zog er ein klein zusammengefaltetes Dokument. Er faltete es langsam auseinander.

»Dies hier«, sagte er, »hat sich in Christopher Polhems Besitz gefunden ... Woher es ursprünglich kommt, vermag ich nicht zu sagen. Es ist selbstverständlich auf Latein verfasst.«

»Polhem!«, rief Orestes. »Steht das wirklich da? Ganz sicher? Christopher Polhem?«

»Ja, klar«, gab ich zurück. Mir kam der Name von irgendwoher bekannt vor und ich erinnerte mich auf einmal, dass Orestes schon mal von ihm gesprochen hatte. »Das war auch ein Ingenieur, oder?«

»Ja ...«, erwiderte Orestes. »Einer, der vor superlanger Zeit gelebt hat. Er baute Modelle von verschiedenen mechanischen Bewegungsabläufen und so und dann ...«

»Okay«, unterbrach ich ihn. »Sollen wir erst fertig lesen?« Ich wollte wissen, was in dem Dokument stand, das der unbekannte Mann Axel gezeigt hatte. Ich las weiter:

Er hielt mir das Dokument entgegen. Das betagte Papier war sehr dick, wie Pergament. Der Text war in einer altertümlichen Schriftart bedruckt, die ich nicht entziffern konnte. Aber in der Mitte des Pergaments befand sich eine Zeichnung von einem sonderbaren Instrument, das ich sofort wiedererkannte – die Sternenuhr.
Soweit ich verstand, war das Dokument nichts anderes als eine Anleitung, die erklärte, wie die Sternenuhr anzuwenden war. In der Zeichnung gab es ein Bild von der Vorderseite der Sternenuhr mit dem merkwürdig gekreuzten Pfeil sowie eines ihrer Rückseite mit den seltsam verlaufenden Linien. Aber in der Zeichnung gab es auch auf der Rückseite einen Zeiger! Etwas Derartiges hatte ich selbst an der echten Sternenuhr nie gesehen! Vielleicht fehlte er? Hatten vielleicht deshalb meine Messungen nie irgendwelche Ergebnis-

se erbracht? Innerhalb eines Wimpernschlags pochte mein Herz wie wild und ich wünschte nichts sehnlicher, als die Sternenuhr noch einmal in Händen zu halten!

»Ihr erkennt sie wieder ...«, sagte der Mann leise.

Ich konnte es nicht leugnen. Es stand mir zu deutlich ins Gesicht geschrieben, dass der Mann recht hatte.

»Ich sah sie ...«, stammelte ich. »Ich sah sie einmal in Nils Ericsons Besitz ... während des Eisenbahnbaus.«

Was ich da sagte, war zumindest teilweise wahr.

Der Mann nickte sachte, während er das Dokument wieder zusammenfaltete.

»Nils Ericson besaß sie, das haben wir ebenfalls herausgefunden ... Aber nach ihm – spurlos verschwunden!«

Er steckte das Pergament zurück in seine Innentasche.

»Niemand weiß, wo sie hingekommen ist. Niemand«, sagte er und sah mir fest in die Augen.

Ich bin ein Mann von über sechzig Jahren. Und trotzdem fühlte ich mich wie ein kleiner Schuljunge unter Herrn G*s prüfendem Blick. Endlich wandte er den Blick ab und fuhr fort:

»Es heißt, die Sternenuhr finde ihren Weg selbst. Dass Erdenströme und Sternenfelder ihren Gang steuern ... und dass diese nicht bezwungen werden können. Dummes Gewäsch, sage ich! Es müsste doch wohl tatkräftigen Männern wie Ihnen und mir gelingen, die Sternenuhr dazu zu bringen, sich unserem Willen zu beugen – und die Erdkräfte, uns zu gehorchen!«

Er klopfte noch einmal mit den Knöcheln auf den Tisch.

»Nils Ericson hat die Sternenuhr verloren. Aber wo ist sie dann abgeblieben? Wir sind ganz sicher, dass außer Nils Ericson noch jemand davon wusste ... Ihr kennt sicher Nils Ericsons berüchtigten Bruder?«

John Ericson, der berühmte Erfinder! Natürlich kannte ich ihn!

»Manche von John Ericsons Experimenten waren sehr seltsam ... zum Beispiel die Solarmaschine. John Ericson konnte doch wohl nicht wirklich glauben, dass allein die Sonne ausreichen würde, um so etwas anzutreiben ...

Er muss doch wohl auf irgendetwas anderes aus gewesen sein ...«

Herr G* schwieg eine Weile. Blickte quasi hellseherisch an mir vorbei, bevor er fortfuhr:

»Wir – die Schwedische Sonderbare Gesellschaft – sind eine Vereinigung, die es sich zum Vorsatz gemacht hat, die Sternenuhr um jeden Preis zu finden und ihr Geheimnis zu lüften, um sie hernach zu ... zu unserem Zwecke zu verwenden. Wir treffen uns immer mittwochs«, erklärte Herr G*. »Sie sind eingeladen, teilzunehmen.« Dann gab er mir die Adresse seiner Wohnung, in der die Treffen der Schwedischen Sonderbaren Gesellschaft abgehalten wurden.

Ich nahm die Einladung dankend an. Andere kennenlernen zu können, die ernsthaft über die Erd- und Himmelskräfte diskutieren wollten, war genau, was ich mir all die Jahre gewünscht hatte, in denen ich vergeblich versucht hatte, die Stärke der Erdlinien in der Umgebung von Lerum zu messen.

Während ich in mein Pensionszimmer an der Västra Hamngata ging, machten die Tauben um mich herum einen abscheulichen Radau. Ich bemerkte sie jedoch kaum. Ich war so beeindruckt von Herrn G*s Wissen, dass ich versuchte, mir den Eindruck, den er auf mich gemacht hatte, schönzureden – den eines kalten und ruhmsüchtigen Mannes. Ach, wie schnell hatte ich mein Vorhaben, Fräulein Silvia zu suchen, vergessen.

ZKHGMIIKTHCLFXMXEMUYRGOHRA

Das Instrument besitzt den Schlüssel!
Dein Freund, Axel Åström

Malins Zusammenfassung des zweiten Briefs von Axel.

1. Axel trifft einen Mann der Schwedischen Sonderbaren Gesellschaft in dessen Büro, in einem Haus in Göteborg namens Sahlgren'sches Haus.
2. Der Mann weiß von der Sternenuhr und fragt Axel danach. Axel behauptet, dass er Nils Ericsons Sternenuhr vor langer Zeit einmal gesehen hätte – aber er erwähnt nicht, dass er die Sternenuhr gestohlen und dann versteckt hat!
3. Der Mann hat ein altes Dokument. Es ist eine Gebrauchsanweisung, die erklärt, wie man die Sternenuhr anwenden muss. Die Sternenuhr auf der Zeichnung hat auch auf der Rückseite einen Zeiger. So etwas gibt es nicht an Nils Ericsons Sternenuhr. Vielleicht hat sie deswegen bei Axel nicht funktioniert?
4. Der Mann sagt, sie seien eine Gesellschaft, die herauszubekommen versucht, wo die Sternenuhr ist. Sie wollen die Ersten sein, die sich die Erdkräfte zunutze machen. Axel ist eingeladen, an ihren Treffen teilzunehmen, wenn er will.
5. Axel ist froh, dass er andere Leute treffen kann, die sich für Erdstrahlung und so weiter interessieren, und sagt zu. Er stellt sich vor, die Sternenuhr auszugraben und benutzen zu können …

6. Am Ende sagt er, dass er Fräulein Silvia vergessen hat!
7. Der Brief endet mit einem Code:
ZKHGMIIKTHCLFXMXEMUYRGOHRA

Und dann steht da noch:
»Das Instrument besitzt den Schlüssel.«

»Eine Gebrauchsanweisung«, sagte ich. »Eine Erklärung, wie die Sternenuhr funktioniert. Stell dir mal vor, wir hätten die!«

Es war entsetzlich spannend. Stellt euch mal vor, wir könnten herausfinden, wie die Sternenuhr funktionierte! Tief in meinem Innersten hoffte ich, dass die Sternenuhr Kraftkreuze lenken könnte. Was, wenn die Kraftkreuze bewirken konnten, dass etwas vom Alten zurückkam? Etwas von dem, was unter den Autobahnen und Tankstellen verschwunden war? Eine vergessene Kraft ... Etwas, das genommen wurde ... So stand es in Fräulein Silvias Lied. Und die Kraftkreuze hatten doch mit der Natur zu tun, oder nicht? Was, wenn die sogar Papa wieder richtig gesund machen konnten?

»Glaubst du, dass jeder die Sternenuhr benutzen kann, wenn er die Gebrauchsanweisung hat?«, fuhr ich fort. »Oder muss man wirklich ein auserwähltes Rutenkind sein?«

Aber Orestes dachte natürlich an andere Dinge.

»Polhem und Swedenborg?«, fragte er. »Und die Brüder Ericson? Ist das wahr?«

Polhem, erklärte mir Orestes, war ein Mann, der sich vor langer Zeit mit Berechnungen und Mechanik und so beschäftigt hatte. Er ist anscheinend superbekannt. Von Swedenborg hatten wir beide noch nie gehört. Aber das mit den Brüdern Ericson klang interessant.

Von Nils Ericson hatten wir schon früher gehört. Er war es, der die ersten Eisenbahnlinien durch Schweden gebaut hat. Wie zum Beispiel die zwischen Stockholm und Göteborg, die ich jeden Tag hören kann, wenn ich draußen im Garten bin oder zur Schule gehe. Von Nils Ericson hatte Axel die Sternenuhr gestohlen. Und der hatte also einen Bruder? John?

Orestes wusste natürlich alles über John Ericson. Er zog ein altes Buch aus seinem Bücherregal, schlug eine Seite mit einem Bild von einem streng dreinblickenden alten Knacker auf und las mir vor. Gleichzeitig schrieb er sich das, was er am wichtigsten fand, in seinem Notizbuch auf.

ORESTES' NOTIZEN ZU JOHN ERICSON

Die Brüder Nils und John Ericson wurden bei Långban in Värmland geboren.
Nils war der ältere, John zwei Jahre jünger. Die Familie verarmte und zog nach Forsvik um, wo der Göta-Kanal gebaut wurde.
Nils Ericson wurde Straßen- und Kanalbauingenieur.
John wurde Erfinder. Er erfand den Heißluftkessel und eine Lokomotive.
Zuerst ging er nach England, dann in die USA. In den USA wurde er im ganzen Land bekannt, als er ein Kriegsschiff namens »Monitor« konstruierte.
Er experimentierte auch mit Solarmaschinen, die aus Sonneneinstrahlung Energie gewinnen können sollten (wie moderne Solaranlagen). Aber das gelang ihm nicht.

Als John Ericson noch jung war, war er in ein Mädchen namens Caroline Lilliesköld verliebt. Die beiden wollten zusammen weglaufen, um zu heiraten, aber ihr Vater verhinderte das. Sie bekam trotzdem ein Kind, einen Jungen, dessen Vater John Ericson war. John ging ins Ausland und heiratete erst viel später, als Caroline schon mit jemand anderem verheiratet worden war. Der Sohn, den er mit Caroline hatte, wuchs bei der Familie von John und Nils Ericsons Schwester auf. John traf ihn nur einmal, als sein Sohn schon über vierzig war.

»Aber das hier«, sagte ich und zeigte auf die Buchseite. »Willst du das nicht aufschreiben?«

Ich las über Orestes' Schulter:

»Es wurde sich erzählt, dass ein ›kleines graues Männlein‹ einmal vorausgesagt hatte, dass die Kinder, die in dem kleinen Haus beim Bergwerk von Långban, in dem die Brüder Ericson aufwuchsen, geboren wurden, einmal Großes vollbringen würden.«

Eine Weissagung also! Eine Weissagung, die eingetroffen war! Beide Brüder Ericson hatten ja »Großes vollbracht«, wie Eisenbahnen und Schlachtschiffe zu bauen.

»Hm«, machte Orestes. »Diese Geschichte hat sicher irgendwer in Långban viel später erfunden, nachdem die Brüder Ericson berühmt geworden waren. Ein kleines graues Männlein … Sonst noch wer? Der Weihnachtsmann vielleicht?«

Er schrieb nichts weiter über graue Männlein in sein Notizbuch. Aber zu dieser unglücklichen Liebesgeschichte schrieb er was auf! Er notierte fast genauso viel dazu wie zu dem armen Sohn und zu John Ericsons Erfindungen! Also ist mein

Kumpel Orestes vielleicht doch nicht nur praktisch veranlagt.

»Wir können noch mal in der Bibliothek vorbeischauen!«, schlug Orestes vor. Er hatte sein Notizbuch in der einen und das silberne Ding aus dem Kästchen in der anderen Hand. »Mal sehen, ob wir herausbekommen, wozu dieses komische Ding hier gut ist!«

»Aber wollen wir nicht versuchen, zuerst den Code zu entschlüsseln?«, wollte ich wissen. *»Das Instrument besitzt den Schlüssel* ... Glaubst du nicht, dass damit die Sternenuhr gemeint ist? Sollen wir es mit der Vigenère-Chiffre versuchen, die Axel beim letzten Mal verwendet hat? Dann steht vielleicht etwas als Lösungswort auf der Sternenuhr? Fides Scientia vielleicht?«

Aber ausgerechnet Fides Scientia hatte Orestes schon als Lösungswort ausprobiert und es funktionierte nicht. Orestes glaubte, wir müssten rausbekommen, was das für ein komisches Ding war, das wir gefunden hatten, um mit dem Code weiterzukommen.

»Also«, bekräftigte er noch mal, »müssen wir in die Bibliothek.«

Das war ein guter Vorschlag. Nun habe ich zwar ein eigenes Handy, mit dem ich ins Internet kann. Und Orestes kann rein theoretisch Mamas Computer in unserem Keller benutzen, wenn er will. Das einzige Problem ist, dass meine Mama dermaßen ein Auge sowohl auf mein Handy als auch das, was Orestes am Computer macht, hat. Wenn wir John Ericson und andere komische Sachen bei mir zu Hause googeln würden, würde Mama sich sofort fragen, wozu. Und wie sollten wir das erklären?

Es war sicherer, einen der Computer in der Bibliothek zu benutzen. Außerdem hatte die Bibliothek natürlich den Vorteil, dass man die Bibliothekarinnen nach Dingen fragen konnte, die im Netz schwer zu finden waren.

Aber dieses Mal konnte ich nicht mit zur Bibliothek radeln, weil ich mit Sanna und ihrem Vater am Nachmittag nach Göteborg zum Einkaufsbummel fahren wollte.

Als ich Orestes Tschüss gesagt hatte, traf ich Mona auf der Treppe. Sie hatte den Arm voller Topfpflanzen und sah besorgt aus.

»Mehr Salz«, murmelte sie.

Aber ich hatte keine Zeit zu fragen, was geschehen war.

Sannas Vater ließ mich am Wendeplatz raus, als wir aus der Stadt zurückkamen. Meine Füße taten weh, weil wir so viele Straßen rauf- und runtergelaufen waren.

Mama rief aus dem Wohnzimmer nach mir, sobald ich zur Tür hereingekommen war.

»Malin!«, rief sie. »Komm mal!«

An der Wohnzimmertür blieb ich wie angewurzelt stehen. Es sah aus, als sei ein Wirbelwind durchgefegt. Bücher aus den Bücherregalen lagen über den Boden verstreut, ein umgestürzter Stuhl lag herum, die Sofakissen waren neben dem Sofa zu einem Haufen aufgetürmt, statt ordentlich darauf aufgereiht zu liegen.

Ich stand nur mit offenem Mund da.

Was hatte Mama gemacht?

Aber dann erblickte ich Elektras zerzausten Schopf auf Mamas Schoß. Sie schlief tief und fest, die Finger im Mund.

»Ja, jetzt ist sie endlich eingeschlafen!«, meinte Mama. »Sie war den ganzen Nachmittag hier … Stand einfach auf einmal im Wohnzimmer. Und sie ist ja goldig wie nur was, aber ich kann nicht auf sie aufpassen, wenn ich nicht laufen kann! Und Mona hat wohl nicht mal Telefon, daher konnte ich sie nicht anrufen und bitten, Elektra abzuholen. Und wo Fredrik hin ist, hab ich auch keine Ahnung – er hat jedenfalls auch sein Handy nicht dabei!«

Mama klang fröhlich und sauer zugleich. Sie ist zwar verrückt nach Elektra … aber es ist auch nicht so leicht, auf ein Kleinkind aufzupassen, wenn man sich nicht rühren kann!

Ich fing an, die Sofakissen aufzuheben. Mama war so müde, dass sie auf dem Sofa neben Elektra einnickte, während ich versuchte, die Bücher zurück in die Regale zu stopfen.

Was *machte* Papa eigentlich? Warum war er nicht zu Hause und kümmerte sich um Mama?

Mamas Tablet lag auf dem Couchtisch, es hatte sich nicht richtig abgeschaltet. Ein Reihenhaus war auf dem Bildschirm zu sehen. Als ich das Fenster wegklickte, ploppte noch ein Fenster mit einem anderen Reihenhaus auf. Und dann eine Wohnung unten Richtung Hulan.

Warum interessierte sich Mama plötzlich so für Häuser? Das war total unbegreiflich! Wenn nicht … Ich erstarrte.

1. Leute, die Häuser googeln, sind Leute, die umziehen wollen.

2. Unsere Familie muss nirgendwohin umziehen.
3. Wer also wird umziehen?
4. Mama?
Wollen sich Mama und Papa scheiden lassen?

Ich war immer noch damit beschäftigt, die absolut üblen Gedanken an Scheidung zu verjagen, als Elektra aufwachte. Ich trug sie rüber zu Orestes' Haus.

Und ratet mal! Da drüben saß Papa in aller Seelenruhe am Küchentisch und half Mona, verschiedene Sorten Samen in unterschiedliche Häufchen zu sortieren.

Papa meinte, er sei erst draußen im Wald gewesen und habe dann Mona geholfen. Ich bin nicht sicher, ob ich das für eine so gute Erklärung hielt. Aber aus irgendeinem Grund wollte ich nicht weiter nachfragen ... Vielleicht hatte ich ein bisschen Schiss davor, was er sagen würde. Als wir wieder zu Hause waren, verloren weder Papa noch ich ein Wort darüber, wo er gewesen war. Stattdessen versuchte Papa es wiedergutzumachen, indem er Nudelauflauf zum Abendessen machte. Und dann verlegte er ein so langes Verlängerungskabel, dass Mama ihren Laptop aufladen konnte, ohne vom Sofa aufstehen zu müssen.

Am Sonntag nahmen Papa und ich erst den Zug nach Göteborg und dann die Straßenbahn Richtung Valand zu meiner Cellostunde. Und da *beschloss* ich, dass mit Mama und Papa alles in Ordnung war und dass alle Gedanken, die ich mir über Umzug und Scheidung gemacht hatte, Quatsch waren. Mama war wohl einfach nur neugierig. Vielleicht kennt sie jemanden, der umziehen will. Ich hatte in die ganze Angelegenheit bestimmt nur zu viel hineinfantasiert.

Es war sonnig und schön draußen, daher spazierten wir nach der Cellostunde zu Fuß zurück zum Hauptbahnhof, statt mit der Straßenbahn zu fahren. Dann geht man die ganze Aveny entlang. Das ist eine breite Straße in Göteborg und ich liebe es, sie entlangzugehen, wenn das Wetter schön ist und nicht zu viele Leute da sind und niemand in Eile zu sein scheint. Ist ja auch klar, wenn das Wetter schön ist, haben es die Leute nie so eilig wie sonst.

An einem Stand am Straßenrand blieben wir stehen und kauften uns Falafel.

Eine Sturmmöve kam kreischend angeflogen und sah aus, als wollte sie meine Falafel klauen! Aber als daraus nichts wurde, schnappte sie sich ein Eispapier vom Boden und flog davon. Sie setzte sich einer Statue auf den Kopf, einem Mann im Anzug, der etwas auf einem Zettel las. Die Statue stand auf einem Sockel. Ich las die Inschrift darauf.

JOHN ERICSON, stand da! Nils Ericsons Bruder!

»Da ist er ja!«, rief ich.

»Wer?«, wollte Papa wissen und sah sich auf der Straße um. Er dachte natürlich, ich hätte jemanden gesehen, den ich kannte.

»John Ericson«, erwiderte ich und zeigte auf die Statue.

»Aha …«, machte Papa überrascht. »Kennst du den von Mama?«

Und das hätte natürlich sein können, Mama liebt es, von Wissenschaftlern zu erzählen, die sie gut findet.

»Er war Erfinder«, erklärte ich. »Aus Schweden. Reiste nach England und in die USA.«

Jetzt wurde Papa neugierig. Er kramte sein Handy hervor und fing mit Vollgas an zu suchen.

»Erfand Schiffspropeller!«, sagte er. »Und das Kriegsschiff USS Monitor ... Aber wie schrecklich!«

»Was denn?«, wollte ich wissen. »Hat er etwas Schlimmes gemacht?«

»Nee, nee«, sagte Papa. »Hier steht nur was über die Statue. 1897 bekam der Künstler Fallstedt den Auftrag, eine Statue von John Ericson zu gießen. Er wollte eine Büste anfertigen, die auf einem Pfeiler mit einem großen Löwen unten drunter stehen sollte. Und der Löwe sollte ein Propellerblatt zwischen den Tatzen haben. Aber er bekam nicht die Erlaubnis, das Denkmal so zu gestalten, sondern wurde gezwungen, eine Statue mit Armen und Beinen zu machen ... Und das war so schwierig, dass er sich ganz aufarbeitete – ausgebrannt würde man heute sagen. Und direkt nachdem die Statue fertig war, nahm er sich das Leben.«

Papa sah wirklich erschüttert aus. Als Papa krank war, lag das daran, dass er einen Herzfehler hatte. Aber gleichzeitig arbeitete er superviel und war total gestresst. Er konnte wohl das Schicksal dieses Künstlers nachvollziehen, glaube ich.

Papa war ganz still, als wir weitergingen. Schließlich kamen wir zum Hauptbahnhof, der genau neben dem Nils-Ericson-Terminal liegt, von dem alle Busse abfahren. Gewissermaßen haben wir also die beiden Brüder Ericson auf ein und demselben Spaziergang getroffen!

Ich muss Hunderte Male an dieser Statue vorbeigegangen sein. Aber da hatte ich auch noch nicht gewusst, wer John

Ericson war. Oder Nils. Was, wenn John die Sternenuhr auch gehabt hatte? Was, wenn John Fräulein Silvia ebenfalls getroffen hatte?

»Malin«, fragte Papa, als wir auf dem Heimweg im Zug saßen, »denkst du, ich sollte in meinen alten Job zurückgehen?«

Ich schüttelte den Kopf. Ich weiß nicht so recht, was er in seinem alten Job gemacht hat. Aber ich weiß, dass er jetzt auf jeden Fall viel glücklicher ist, wenn er im Wald rumläuft und Tannentriebe und so was mit Mona sammelt.

Orestes hatte in der Bibliothek ganze Arbeit geleistet! Zuerst war es ihm gelungen herauszufinden, was das Metallding war. Das hier stand in seinem Notizbuch.

WHEATSTONEs SYMPHONIUM
Material: Metall
Größe: 5–6 cm in der Breite

Auf der einen Seite ist ein großes, ovales Loch mit einem weißen Rand.
An den Seiten sitzen jeweils zwölf weiße Knöpfe. Auf der Vorderseite steht unter dem Loch eingraviert:

By his majesty's letters patent
C WHEATSTONE
Inventor
20, Conduit St. Regent Street
LONDON

Es ist ein Musikinstrument! So ähnlich wie eine Mundharmonika! Man kann unterschiedliche Töne erzeugen, indem man in das große Loch auf der Vorderseite hineinpustet und die Knöpfe an den Seiten drückt.
Der Erfinder des Instruments hieß CHARLES WHEATSTONE. Er ließ es sich 1829 patentieren. Wheatstone war ein britischer Physiker, Forscher und Erfinder. Ein menschenscheuer Typ, der nicht gern mit vielen Menschen verkehrte.
Er wurde Professor in London und machte mehrere wichtige Erfindungen. Er schuf die Wheatstonesche Messbrücke! (Das ist eine elektrische Schaltung, die superbekannt ist.)
Er erfand auch ein System, mit dem man Telegramme mit dem Morse-Alphabet schicken konnte, indem die Zeichen in einen Papierstreifen eingestanzt wurden.

Und er erfand dieses Instrument hier, da sein Onkel eine Musikinstrumentenfabrik besaß. Später erfand er noch ein Instrument, das KONZERTINA genannt wurde und eine Art Ziehharmonika war.
Er und sein Freund Baron Lyon Playfair liebten auch die Chiffrierung und lösten regelmäßig verschlüsselte Anzeigen, die es in der Zeitung gab. Wheatstone entwickelte auch eine neue Art Chiffre. Obwohl er derjenige war, der sie sich ausgedacht hatte, wurde die Chiffre nach seinem Freund Playfair benannt – sie heißt bis heute Playfair-Chiffre!!

Also hatte Axel dieses Mal eine Playfair-Chiffre verwendet!

»Es steht sogar was über die Playfair-Chiffre hier im *Code-Buch*!« Orestes zeigte aufgeregt auf eine Seite.

Das Code-Buch von Simon Singh. Orestes hat es immer bei sich zu Hause, obwohl es ein Buch aus der Bibliothek ist. Der Aufkleber »Bibliothek Lerum« klebt noch auf der Vorderseite des Buches, aber es ist nur hin und wieder mal in der Bibliothek von Lerum, nämlich, wenn Orestes damit hinmuss, um die Ausleihe zu verlängern.

Ich war ein bisschen unschlüssig. Hatte Axel wirklich so viel über den Erfinder des Musikinstruments nachgedacht, dass er mit Absicht eine Chiffre verwendete, die sich ausgerechnet derselbe Erfinder ausgedacht hatte? Warum musste er dann das GANZE Musikinstrument mitschicken? Er hätte doch auch einfach »Wheatstone« auf einen Zettel schreiben können? Aber eins ist klar, Axel liebte es, Sachen schwierig zu machen. Er wollte nicht, dass jeder X-Beliebige seinen Hinweisen folgen konnte.

Ich fummelte an dem Symphonium rum, wie das Instrument anscheinend hieß.

»Dann muss man also hier reinpusten, ja?«, fragte ich. Mir kam das etwas merkwürdig vor, ehrlich gesagt.

Orestes nickte aufgeregt.

»Ja«, antwortete er.

Ich legte die Lippen an die Öffnung mit dem weißen Rand und pustete. Es kitzelte an den Lippen und ein schneidender, zitternder Ton kam aus dem Instrument. Es klang wirklich ein bisschen wie eine Mundharmonika.

»Die Knöpfe sitzen fest«, erklärte Orestes. »Deswegen kann man nur zwei Töne darauf spielen.«

Er hatte recht. Ich probierte alle Knöpfe an den Seiten des Symphoniums aus, aber nur zwei ließen sich bewegen. Wir hatten also ein Instrument bekommen, das nur zwei Töne erzeugen konnte.

»Okay, also erzähl mir mehr über die Playfair-Chiffre«, forderte ich Orestes auf.

Orestes war so aufgeregt, dass er sich kaum bremsen konnte. Es sprudelte nur so aus ihm heraus.

ORESTES' NOTIZEN – PLAYFAIR-CHIFFRE

Wheatstone erfand die Playfair-Chiffre, aber sein Freund Lord Playfair machte sie bekannt.

Wheatstone und Playfair waren zudem Freunde von Babbage – der, dem es schließlich gelang, die Vigenère-Chiffre zu knacken!

Vigenère-Chiffren sind ziemlich kompliziert.

Die Playfair-Chiffre ist einfacher. Alles, was man braucht, ist Papier und Stift.
Wheatstone wollte, dass die englische Armee seine fantastische Chiffre verwendete, aber niemand glaubte, dass die Soldaten in der Armee schlau genug wären, um sie benutzen zu können. Wheatstone schwor, dass er drei von vier Schulkindern in weniger als fünfzehn Minuten beibringen konnte, seine Chiffre anzuwenden. Aber die Soldaten waren offenbar nicht so schlau wie Schulkinder.
Bei einer Playfair-Chiffre tauscht man die Buchstaben nicht eins zu eins zwischen Klartext und Chiffre aus, sondern immer jeweils zwei Buchstaben. Man schreibt die Buchstaben des Alphabets in einem Quadrat von 5 x 5 Buchstaben auf. I und J sind identisch. Ä, ö und ü gibt es gar nicht! Stattdessen verwendet man a, o und u. Oder höchstens ae für ä, oe für ö und ue für ü. Das kann man selbst bestimmen.
Doch als Allererstes schreibt man sein Lösungswort in das Quadrat. Danach kommen die restlichen Buchstaben in alphabetischer Reihenfolge, natürlich ohne die Buchstaben, die schon im Lösungswort vorkommen.
Wenn man als Schlüssel (ein Lösungswort) CODES festlegt, sieht das Kästchen so aus:

C	O	D	E	S
A	B	F	G	H
I/J	K	L	M	N
P	Q	R	T	U
V	W	X	Y	Z

Dann teilt man die Nachricht, die man verschlüsseln will, in Buchstabenpaare auf – immer je zwei Buchstaben.
Kommen zwei gleiche Buchstaben hintereinander, setzt man ein X dazwischen. Bleibt am Ende ein einzelner Buchstabe übrig, setzt man ebenfalls ein X dahinter.

Wenn also die Nachricht ist:
KOMM MIT INS KINO,
dann wird sie folgendermaßen aufgeteilt:
Ko-mx-mi-ti-ns-ki-no.
Jetzt kann man anfangen zu verschlüsseln! Es gibt drei Regeln.

1. Stehen die beiden Buchstaben in derselben Zeile, tauscht man jeden Buchstaben des Paares mit dem Buchstaben rechts davon in derselben Zeile. Steht ein Buchstabe in der ganz rechten Spalte, fängt man wieder in der ganz linken Spalte derselben Zeile an.
★ Aus mi wird also NK ★

C	O	D	E	S
A	B	F	G	H
I/J	K	L	M	N
P	Q	R	T	U
V	W	X	Y	Z

2. Stehen die beiden Buchstaben in DERSELBEN Spalte, tauscht man sie jeweils mit dem Buchstaben DARUNTER.

★ Aus ns wird also UH ★

C	O	D	E	S
A	B	F	G	H
I/J	K	L	M	N
P	Q	R	T	U
V	W	X	Y	Z

3. Und wenn die beiden Codebuchstaben weder in derselben Zeile noch in derselben Spalte stehen, geht man in der ZEILE vom einen Buchstaben so weit rüber, bis man zu der SPALTE kommt, in der der andere Buchstabe steht. An diesen beiden Eckpunkten befinden sich dann die beiden Codebuchstaben.

★ Aus mx wird also LY ★

C	O	D	E	S
A	B	F	G	H
I/J	K	L	M	N
P	Q	R	T	U
V	W	X	Y	Z

C	O	D	E	S
A	B	F	G	H
I/J	K	L	M	N
P	Q	R	T	U
V	W	X	Y	Z

Aus unserer ganzen Nachricht wird also:

QB-LY-NK-PMUH-LK-KS

Oder ohne Bindestriche: QBLYNKPMUHLKKS

Ganz schön schwer zu erraten, dass das eine Einladung ins Kino ist!

»Jetzt ist nur noch die Frage, was das Lösungswort ist«, meinte ich. Ich hörte mich deutlich weniger unsicher an, als ich mich fühlte.

»Ja, oder ... welchen Film man im Kino anschauen will«, gab Orestes zurück und zuckte mit den Schultern.

Ich befürchtete, dass es ganz schön schwierig werden könnte, selbst wenn Orestes zufällig die richtige Art der Verschlüsselung erraten hatte.

»*Das Instrument besitzt den Schlüssel,* steht ja im Brief«, sagte ich. »Was soll das heißen? Meint er dieses komische Musikinstrument? Das Symphonium? Oder glaubst du ... glaubst du, dass wir auf die Sternenuhr schauen müssen?«

Ich hoffte so sehr, dass Orestes Ja sagen würde! Ich hatte die Sternenuhr seit Mittsommer nicht mehr gesehen, seit Orestes sie an sich genommen hatte. Er wollte mir nicht verraten, wo sie versteckt war, und zwar deshalb, weil Eigir mich damals im Sommer hereingelegt und mich dazu gebracht hatte, ihm die Sternenuhr zu geben. Jedenfalls denke ich, dass es daran liegt ... Aber die Sternenuhr ist so schön. Ich muss oft an sie denken und würde sie zu gern noch mal sehen.

Orestes schaute mich eine ganze Weile an. Als ob er etwas sagen wollte. Aber dann seufzte er und ließ seine Zettel mit den Codes fallen.

»Na gut«, meinte er. »Aber du musst hier warten.«

Also saß ich in seinem Zimmer, auf der superglatt gestrichenen Tagesdecke und wartete, während Orestes irgendwohin im Haus verschwand, um die Sternenuhr zu holen. Es fühlte sich ein bisschen so an, wie an Heiligabend auf die Bescherung zu warten.

Als er mit dem roten Etui zurückkam, konnte ich mich kaum beherrschen. Das bemerkte er und ließ mich das Kästchen öffnen.

Die Sternenuhr war fast noch schöner und geheimnisvoller, als ich sie in Erinnerung hatte. Kreisrund und glänzend, mit ihren rätselhaften Linien und Zeigern. Auf der einen Seite war eine Art Ring, den man verstellen konnte und der reich verziert war mit Vögeln, einem Hund und … einem Fisch. An den Fisch konnte ich mich echt nicht erinnern!

Auf der Vorderseite waren Markierungen, von denen wir glauben, dass sie die Positionen der Sterne darstellen sollen. Die »Sternenfelder«, von denen Axel gesprochen hatte. Und dann gab es noch Zeiger, genau drei Stück. Einer von ihnen sah wie ein Pfeil mit einem Querstrich aus – genau wie das

Muttermal auf Orestes' Arm. Auf der Rückseite waren geheimnisvolle Linien, von denen wir glauben, dass sie mit der Erdstrahlung zu tun haben – den »Erdenströmen«.

Auf der Vorderseite stand jede Menge Text, geheimnisvolle Namen von Sternen. Aber dort standen auch zwei andere Worte: FIdes SCientia. Das bedeutet Glaube und Wissenschaft. Das müsste doch das Lösungswort sein! Also versuchten wir es noch mal mit FIDES SCIENTIA. Aber da kam auch nichts Sinnvolleres heraus als neulich, als wir es mit der Vigenère-Chiffre ausprobiert hatten.

»Er könnte ja auch einen der Sternennamen gemeint haben«, sagte Orestes nachdenklich. »Ich muss sie einen nach dem anderen durchgehen und checken ... Oder vielleicht ist es auch eines der Worte auf dem Symphonium! Die muss ich ebenfalls ausprobieren.«

Ausprobieren konnte er gerne ... aber das würde viel Zeit kosten!

Es war gemütlich, bei Orestes zu Hause herumzusitzen und den ganzen Abend über Codes zu reden, und ich hatte keine große Lust, nach Hause zu gehen. Aber irgendwann musste ich das doch.

Genau wie ich es mir gedacht hatte, war Papa nicht daheim. Und Mama hatte Schmerzen und war genervt.

»Wo *ist* der denn die ganze Zeit?«, wollte sie wissen. »Waldspaziergänge sind ja schön, aber er ist schon den ganzen Tag weg! Es muss dringend mal eingekauft werden. Jetzt ist sogar der Kaffee alle!« Mama saß mit ihrem Laptop auf dem

Schoß auf dem Sofa. Der Couchtisch war voll mit Arbeitspapieren.

Ich rannte runter zum Supermarkt und kaufte Kaffee. Als ich wieder zu Hause ankam, war Papa auch zurück, er stand in der Küche und spülte ab. Er trug eines dieser großen, weiten Hemden, die er neuerdings immer anhat, und seine alten, zerschlissenen Jeans. Seine Haare waren etwas zu lang und recht ungekämmt. Auf einmal fiel mir auf, wie anders er aussah als früher. Da trug er immer Hemd und Anzug und war immer und überall in Eile. Jetzt hat er es nie mehr eilig. Und er weigert sich, Hemd und Anzug anzuziehen. Aber Mama sieht immer noch genau wie früher aus. Und sie hat es auch noch genauso eilig, wenn sie mit ihrer großen Computertasche rumrennt. Na ja, außer jetzt, wo sie gar nicht laufen konnte.

Ich fragte mich, ob sie gestritten hatten, und versuchte herauszuhören, ob in Papas Stimme noch Wut mitschwang, als er uns zum Essen rief.

Ich bin echt superempfindlich für Tonfälle geworden. Was, wenn sie sich wirklich scheiden ließen?

»Du, Malin«, würden sie dann sagen. Wahrscheinlich würden sie eine kleine Szene aufführen, in der sie sich über alles total einig wären. Sie würden sich nichts anmerken lassen, damit alles wie immer wirkt. Mama hätte irgendwas gebacken. Einen Apfelkuchen vielleicht. Oder einen Zimtkuchen ... Nee, das wäre zu viel Weihnachtsstimmung. Und sie wollen mir ja Weihnachten nicht versauen. Sie würden zumindest bis Januar warten, bis sie damit rausrücken.

Ich kam auf das Lösungswort! Ganz plötzlich, am Dienstag, wusste ich es einfach. *Das Instrument besitzt den Schlüssel* – das waren nicht die ganzen Worte *FIdes SCientia*. Sondern bloß die Großbuchstaben FI und SC – der Schlüssel war natürlich FISC!

Ich malte ein Buchstabenquadrat für die Playfair-Chiffre, genau wie Orestes es mir gezeigt hatte:

F	I/J	S	C	A
B	D	E	G	H
K	L	M	N	O
P	Q	R	T	U
V	W	X	Y	Z

Und dann fing ich mit dem verschlüsselten Text an:

ZKHGMIIKTHCLFXMXEMUYRGOHRA

Zuerst muss ich die Buchstaben des Codes paarweise aufteilen:

ZK-HG-MI-IK-TH-CL-FX-MX-EM-UY-RG-OH-RA

Und die drei Regeln, die beim Entschlüsseln eines Codes gelten, müssen natürlich genau umgekehrt sein, wie wenn man einen Text verschlüsselt:

1. Wenn die zwei Codebuchstaben in derselben Zeile stehen, tauscht man jeden jeweils gegen den LINKS davon aus. Steht ein Buchstabe in der ganz linken Spalte, fängt man in der ganz rechten Spalte derselben Zeile wieder an.
2. Stehen die beiden Codebuchstaben in derselben Spalte, tauscht man sie jeweils gegen den DARÜBER aus.
3. Und wenn die beiden Codebuchstaben weder in derselben Zeile noch in derselben Spalte stehen, geht man in der ZEILE vom ersten Buchstaben so weit rüber, bis man zu der SPALTE kommt, in der der andere Buchstabe steht. An diesen beiden Eckpunkten befinden sich dann die beiden Codebuchstaben.

Z und K stehen weder in derselben Zeile noch in derselben Spalte. Der Buchstabe, der in der Zeile von Z in derselben Spalte steht wie P, ist »v«. Um den zweiten Buchstaben zu erhalten, muss ich von K bis zu der Spalte gehen, in der der erste Codebuchstabe, also Z, steht und erhalte »o«. Also wird aus ZK »vo«.

Das nächste Buchstabenpaar, HG, steht in derselben Zeile. Der Buchstabe links von H ist »g« und der links von G ist »e«, also wird aus HG »ge«.

Als ich mit der Playfair-Chiffre fertig war, sah das so aus:

CODE	ZK	HG	MI	IK	TH	CL	FX	MX	EM	UY	RG	OH	RA
Klartext	vo	ge	ls	fl	ug	in	sv	er	se	tz	te	ha	us

Die Lösung war:

vogelsfluginsversetztehaus

Also:

VOGELS FLUG INS VERSETZTE HAUS

Oh, wie wunderbar spannend sich das anhörte!

Aber ich musste erst zur Orchesterprobe für das Weihnachtskonzert, bevor ich das alles Orestes erzählen konnte.

Die Probe dauerte gefühlt ewig. Ich verstand nicht, warum die Violinenstimme alles noch dreimal extra üben oder warum die Querflöten-Solistin mitten in *Stille Nacht* viermal Pause machen musste. Konnten die nicht ein bisschen schneller spielen?!

Als ich endlich von der Orchesterprobe heimkam, brachte ich mein Cello sofort in mein Zimmer, rannte rüber zu Orestes und klopfte an. Die Tür wurde mir von einem blassen Mädchen in einer orangenen Tunika aufgemacht.

»Willkommen bei den Helionauten«, flötete sie.

Ich starrte sie an. Sie hatte kurz geschorenes Haar und ein rundliches Gesicht.

»Mon Schein behandelt gerade. Hast du einen Termin ausgemacht?«, fuhr sie in demselben langsamen, singenden Tonfall fort. Ich glaube, sie versuchte, ihre Stimme genauso herzlich klingen zu lassen wie Monas, aber es gelang ihr nicht richtig.

»Äh, ich wollte eigentlich nur zu Orestes ...«, antwortete ich.

»Ach so«, meinte sie. Sie klang leicht verwundert.

»Wir sind Freunde. Ich wohne gleich nebenan. Ich heiße Malin«, erklärte ich. »Aber wer bist du?«

»Liv«, erwiderte das Mädchen. Jetzt hatte sie eine ganz normale Stimme. Nicht wirklich genauso nett. »Also, ich mache hier Praktikum. Zwei Wochen, vielleicht länger.« Sie deutete auf ein kleines Plastikschild, das an ihrer Tunika befestigt war. *Praktikantin,* stand da in großen schwarzen Buchstaben.

»Kann ich reinkommen?«, fragte ich.

»Denke schon«, gab sie zurück. »Aber Orestes, der ist nicht zu Hause.«

»Okay«, sagte ich und ging. In der Auffahrt traf ich einen Mann mit einem kleinen weißen Hund. Ich fragte mich, ob der Mann oder der Hund zur Behandlung bei Mona angemeldet war.

Als ich heimkam, sah ich, dass ein Paar neue weiße Sneaker in der Diele standen. Zuerst überlegte ich, wer zu Besuch sein könnte, aber dann fiel mir ein, dass das wohl Orestes' neue Schuhe sein mussten! Ich schlich geradewegs die Treppe runter in den Keller.

Der Computerraum war leer, aber Orestes' verfilzter brauner Pulli hing über der Lehne des Stuhls vor Mamas zweitbestem Computer. Ich setzte mich auf den Stuhl und schaute auf den Bildschirm. Ich dachte mir nichts dabei, sondern machte es einfach – ehrlich! Genau wie man mal zufällig in das Buch schaut, das jemand neben einem im Zug liest – man macht es einfach. Man kann es nicht lassen. Ich erschrak schon bei den ersten Worten. Ich las. Und las.

Das hier stand auf dem Bildschirm:

M: Orestes,
es schmerzt mich zu hören, wie hartnäckig du die Wahrheit leugnest. Wer auserwählt ist, ist auserwählt.
Eigirs Zustand ist sicher nur eine Phase in seiner Entwicklung hin zu einem höheren Wissen. Er wird erleuchteter als je zuvor wiederkehren. Dein Schicksal ist es, an seiner Seite zu stehen. Jetzt oder später.
Ich und alle anderen hier warten sehnsüchtig auf seine Rückkehr.
/M

O: Wenn Eigir wirklich irgendwelche besonderen Fähigkeiten besäße, dann hätte er es doch wohl verhindern können, einen Stromschlag zu bekommen und ins Koma zu fallen, oder?

Und wenn ich irgendwelche besonderen Fähigkeiten besäße, würde ich wohl kaum hier sitzen und dir Mails schreiben, sondern dich stattdessen auf magische Weise dazu bringen, nach Hause zu kommen.
Das ist alles Blödsinn.
Orestes

M: Wer auserwählt ist, ist auserwählt.
/M

O: Mesina,
glaub mir, ich bin auf keinen Fall zu irgendetwas auserwählt. Ich kann nicht mal eine Cola herbeizaubern! Und meine Schwester ist auch zu nichts auserwählt. Sie ist ein kleines Mädchen, das mit Teddybären spielt. Das mit dem Rutenkind sind bloß Märchen und Fantastereien.
Du musst nach Hause kommen.
Orestes

M: Ich bin zu Hause. Ich entscheide selbst, wo mein Zuhause ist.
/M

Ich hörte die Klospülung rauschen und eine Sekunde später stand Orestes in der Tür.

»Was machst du da?«, rief er. Seine Augen waren weit aufgerissen und so schwarz, dass es sich anfühlte, als ob mich gleich der Cruciatus-Fluch daraus treffen würde. Aber Orestes war nicht der Einzige, der fuchsteufelswild werden konnte!

»Was machst *du*?«, schrie ich zurück. »Was ist das hier? Mesina …? Warum steht da Mesina? Und warum schreibst du mit ihr?!«

Orestes brüllte nicht sofort zurück. Stattdessen zögerte er, bevor er weiterredete.

»Also ich … ich hab es geschafft, sie im Internet zu finden.«

»Das Mädchen, das verschwunden ist? Das nicht mal die Polizei finden konnte?«, hakte ich nach.

»Ja … Ich versuche, sie zu überreden, nach Hause zu kommen.« Er fuhr sich müde übers Gesicht, wie er es immer tut, wenn er Kopfschmerzen hat. »Aber es läuft nicht so gut.«

Ich sah zwischen dem Computer und Orestes hin und her. Ich war echt sauer auf ihn.

1. Warum machte er das hier heimlich? Ohne mir was davon zu sagen?

Er verteidigte sich damit, dass ich ja gesagt hatte, ich wolle nicht über Mesina reden. Dass ich nicht darüber nachdenken wolle, wie sie über Monate hinweg mit dem Orakel (also Eigir) geschrieben habe, genau wie ich. Also wollte er mich nicht beunruhigen.

2. Woher wollte er wissen, dass es wirklich Mesina war, mit der er mailte? Es könnte doch sonst wer sein! Jemand anderes von Eigirs Anhängern zum Beispiel. Der mehr über Orestes herauskriegen wollte … und über Elektra!

Er behauptete, er sei ganz sicher. Und außerdem schreibe er ja auch nichts Geheimes … Das bezweifelte ich!

3. Hatte er gar nicht daran gedacht, dass meine Mama das hier sehen könnte? Und sich wieder ganz extrem Sorgen machen würde?

Er meinte, er schreibe mit Mesina über ein geheimes Chatforum und Mama könne auf keinen Fall an das herankommen, was er geschrieben hatte.

Ich glaube, er unterschätzt Mama, ehrlich. Klar war sie bis auf Weiteres ein wenig außer Gefecht, doch sobald sie wieder gesund war, würde sie sicher herausfinden, was Orestes da machte. Aber in erster Linie dachte ich, dass das mit Mesina nichts war, was Orestes etwas anging!

»Dann musst du wohl die Polizei rufen!«, sagte ich. »Wenn du wirklich glaubst, dass Mesina in Gefahr ist, musst du die Polizei rufen.«

»Warum sollte die sie dazu bringen, nach Hause zu kommen?«, fragte er. »Wir wissen ja auch immer noch nicht, wo sie ist.«

»Ich weiß nicht, aber … Ich finde jedenfalls, dass du mit all dem hier aufhören solltest. Nicht, dass es dir so ergeht wie mir letztes Jahr!«

Orestes seufzte.

»Was immer ich sage, sie lässt sich nicht überreden«, meinte er. »Ich werde noch verrückt.«

»Das liegt daran, dass sie nicht überredet werden *will*«, stellte ich fest.

Orestes verstummte. Er vergrub das Gesicht in den Händen, nach einer Weile raufte er sich die Haare.

»Malin«, sagte er leiser als sonst, »ich habe hierauf superviel Zeit verwendet ... Ich versuche doch nur, sie zu finden ... sie dazu zu bewegen, aufzuhören ... Ich weiß nicht, was ich tun soll!«

Orestes, der Ritter des roten Schreibtischstuhls. War er ausgezogen, um alle von Eigirs Anhängern zu überzeugen? Er allein mit einem Computer gegen Menschen auf der ganzen Welt, die sich immer sicher waren, recht zu haben?

»Solange die glauben, dass Elektra oder ich zu irgendwas Geheimnisvollem auserwählt sind, werden sie uns nie in Frieden lassen. Ich werde immer Angst haben, dass sie sich Elektra schnappen. Dass sie versuchen, sie dazu zu bringen, mit ihnen zu kommen. Ich verstehe die nicht ... Warum wollen die nicht selbst denken? Warum wollen sie nur das machen, was Eigir sagt?«

Mein Herz klopfte wild. Denn *das* verstand ich genau. Das Schöne am Orakel war gewesen, dass man eben aufhören konnte, so viel selbst zu denken. Dass einem jemand anderes sagte, wie alles sein sollte ... Jemand, der immer recht hatte!

»Das liegt daran, dass es sich sicher anfühlt«, brachte ich hervor. »Es fühlt sich schön an, wenn einem jemand klar sagt, was richtig und was falsch ist.«

»Aber Eigir«, platzte Orestes heraus, »ist kein guter Mensch! Du weißt, dass ich ihn kenne! Er schert sich um niemand anderen oder etwas anderes als sich selbst, auch wenn er so tut als ob. Keine Chance, dass Mesina es dort gut hat!«

Nicht gut haben … Was, wenn ich zum Orakel abgehauen wäre? Und was, wenn ich dann erkannt hätte, dass ich es dort nicht gut hatte? Dass es dort stattdessen furchtbar war? Oder wenn ich mich dort nicht wohlgefühlt hätte. Wäre ich dann zurück nach Hause gekommen? Oder wäre ich mir viel zu dumm vorgekommen, um das zu tun?

»Ich glaube, du hast die falsche Taktik«, sagte ich zu Orestes. »Du machst, dass sie sich dumm vorkommt. Vielleicht solltest du stattdessen lieber zu ihr halten …«

»Zu ihr halten?«

»Ja … Fragen, was sie denkt, zum Beispiel. Sie um Erklärungen bitten.«

»Aber dann wird sie versuchen, mich von dem ganzen Wahnsinn zu überzeugen!«, rief er. Aber er sah nachdenklich aus. Ich glaubte, er würde auf jeden Fall über das nachdenken, was ich gesagt hatte.

»Übrigens habe ich den Code entziffert«, sagte ich.

VOGELS FLUG INS VERSETZTE HAUS war als Lösung herausgekommen. Was wir jetzt finden mussten, war ein versetztes Haus.

Dafür mussten wir bloß noch mal alle Bücher über das Lerum von früher durchsehen! Zum Glück gelang es mir, Orestes aus dem Computerraum zu locken, damit wir gemeinsam suchen konnten. Schon bald wussten wir mehr über das Lerum vor hundert Jahren als über das von heute. Immer wenn irgendwo was über ein Haus stand, das versetzt worden war, steckte ich an der Stelle ein Lesezeichen rein. Merkwürdigerweise wurden es einige! Es gab viele Häuser in Lerum, die versetzt worden waren.

Stellt euch mal vor, mit eurem ganzen Haus umzuziehen. Mit jedem einzelnen Stein. Mit jeder einzelnen Schraube. Was für ein Aufwand! Als wir mit allen Büchern fertig waren, hatten wir eine ganze Liste mit Häusern, die versetzt worden waren.

Das erste Haus auf der Liste war ganz in der Nähe der Bibliothek, entdeckten wir. »Holland House« hieß es, bestimmt, weil dort einmal Holländer gewohnt hatten. Da konnten wir genauso gut gleich auf dem Heimweg einen Blick drauf werfen.

Holland House war ein großes weißes Holzhaus. Es hatte zwei Stockwerke und einen Dachboden mit einem kleinen Fenster. Und dann war da noch ein Turm an der Seite des Hauses!

»Was für ein lustiges Haus!«, sagte ich zu Orestes. Wir wären supergerne näher herangegangen, hinter das Gartentor, um uns richtig umzusehen. Aber das ging nicht, denn der ganze Garten war voller Menschen, die buddelten, hüpften, schaukelten und kreischten. Kleinkinder.

»*Kindergarten*«, stand da auf einem Schild. Ich stellte es mir total gemütlich vor, in so einem alten Haus in den Kindergarten zu gehen, vor allem, wenn man in dem Turm da spielen durfte. Aber mit all den Kindern und Erzieherinnen draußen im Garten war es natürlich schwierig für Orestes und mich, nach Hinweisen zu suchen. Wir konnten ja schlecht einfach so auf das Kindergartengelände gestiefelt kommen, ohne einen guten Grund zu haben.

»Guck mal, Malin«, flüsterte Orestes. Er nickte in Richtung des Hauses. »Guck mal hoch zum Dach.«

Und da sah ich es auch: Ganz oben am Dachfirst, an einem der Giebel, gab es so was wie eine zusätzliche Verzierung. Ein Holzteil, total unnütz, einfach nur dort angebracht, damit es schön aussah. Und das war mit zwei fliegenden Vögeln verziert – einer, der nach rechts flog, und einer nach links. *Vogels Flug …*

Das musste es sein!

Wir mussten nicht mal mehr die anderen Häuser auf unserer Liste anschauen.

Orestes und ich ließen uns Zeit auf dem Heimweg vom Holland House. Ich radele so gern am Fluss entlang, es ist so schön dort mit all den kleinen Booten im Wasser. Ein kleines Stück vor uns auf dem Radweg erkannte ich zwei Personen, die langsam schlenderten und über den Fluss schauten. Die eine erkannte ich sofort an dem weißen, knöchellangen Kleid unter dem gestreiften Poncho. Das war Mona. Sie lächelte die Person neben sich an. Ich konnte denjenigen bloß von hinten sehen. Es war ein Mann in einem langen Kleid, einem Kaftan vielleicht? Auf dem Rücken trug er einen schwarzen, sportlichen Rucksack, der überhaupt nicht zu dem Kaftan passte und – den erkannte ich sofort wieder! Papa! Das musste Papa da vorne mit Mona sein!

Orestes hatte sie auch gesehen.

»Aber wenn Mama hier ist – wo ist dann Elektra?«, überlegte er und trat in die Pedale wie ein Irrer.

Wir hatten sie in weniger als einer Minute eingeholt.

»Mama!«, rief Orestes natürlich sofort. »Wo ist Elektra?«

»Hallo, ihr zwei«, sagte Mona. »Macht ihr eine Radtour?«

»Wo ist sie?!«, wiederholte Orestes.

»Sie ist bei Liv«, erwiderte seine Mutter mit einem Lächeln. »Nur kurz.«

Orestes schüttelte den Kopf und machte sich bereit, so schnell er nur konnte nach Hause zu fahren.

»Was macht ihr hier?«, fragte ich Papa. Selbst wenn ich wusste, dass er sich einen Kaftan mit einer riesigen Sonne auf der Brust gekauft hatte, als er anfing, zu Monas Treffen zu gehen, hatte er ihn normalerweise nicht im Alltag an. Was übrigens auch gut so ist. Papa sieht in dem Kaftan irgendwie verkleidet aus. Bei Mona hingegen wirkt es so, als ob sie in ihren seltsamen Kleidern geboren wurde und die ganzen Jeans-Normalos merkwürdig angezogen sind.

»Wir wollten uns nur mal anschauen, wo …«, setzte Mona an, aber Papa würgte sie ab.

»Wir wollten nur mal raus und uns den Fluss anschauen, mehr nicht«, sagte er. »Mona brauchte ein paar Wasserpflanzen, um daraus … Salben herzustellen.«

Mona schaute ihn überrascht an. Ich war ganz sicher, dass Papa gelogen hatte. Oder jedenfalls hatte er nicht die ganze Wahrheit gesagt. Aber warum?

»Dann sehen wir uns zu Hause«, meinte ich nur und fuhr hinter Orestes her, der mittlerweile schon weit voraus war.

Gerade als ich durch die Unterführung unter der Autobahn durchfuhr, fing es zu regnen an. Meine Muskeln brannten den langen Anstieg nach Hause hinauf und meine Beine waren ganz zittrig, als ich mein Fahrrad abstellte.

Schon an der Haustür strömte mir der Duft von Pfefferkuchen entgegen. Das ist echt der leckerste Duft, den ich kenne! Ich hängte die nasse Jacke auf, zog meine Schuhe und die durchweichten Socken in der Diele aus und tapste in die Küche. Mama saß neben der Spüle auf einem Küchenstuhl und hatte das kaputte Bein auf einem zweiten Küchenstuhl hochgelegt. Sie kramte in einer Küchenschublade.

»Super, da bist du ja!«, rief sie, als ich reinkam. »Ich suche die Pfefferkuchen-Ausstecher … Sie müssten eigentlich da sein, wo ich sie letztes Jahr hingepackt habe. Aber wo war das gleich?«

Ach, wie froh ich doch war, dass Mama sich gut genug fühlte, um Pfefferkuchen zu backen. Ich schlich rüber zu der Plastikschüssel mit dem Teig drin und lupfte das Geschirrtuch, das Mama darübergelegt hatte.

Aaah … Dieser Duft nach Zimt, Ingwer, Kardamom und Nelke … Mir wird ganz warm ums Herz, wenn ich den rieche. Es duftet nach Weihnachten und nach zu Hause, nach allem auf der Welt, das warm und schön und vertraut ist. Und außerdem schmeckt der Pfefferkuchenteig fast noch besser als die Kekse selbst.

Als ich genug geschnuppert hatte, half ich Mama, nach den richtigen Ausstechformen und Teigrollern zu suchen und das Backbrett hervorzuholen. Wir legten alles auf den Küchentisch, damit wir nebeneinander sitzen und den Teig ausrollen konnten. Es dauert ganz schön lange, den Teig ganz dünn auszurollen und dann die Kekse mit den Pfefferkuchenformen auszustechen. Und dann muss man sie noch supervorsichtig auf das Backblech heben, damit sie nicht kaputt gehen oder sich unterwegs zusammenfalten. Und zum Schluss müssen sie natürlich noch in den Ofen. Gerade richtig lange, dass sie hart und knusprig werden, aber nicht so lange, dass sie anbrennen. Wir haben immer ein Blech, das ein bisschen zu dunkel wird, bevor wir die perfekte Backzeit raushaben.

Mama macht immer die doppelte Menge Pfefferkuchenteig, weil wir so viele Kekse essen. Also müssen wir auch doppelt so viel ausrollen.

Ich schaltete Weihnachtslieder auf meinem Handy ein, damit wir in die richtige Stimmung kamen. Und dieses Mal hatte Mama nichts dagegen, obwohl wir immer noch erst November hatten.

Wir quatschten, während wir den Teig ausrollten und ausstachen und die Kekse hierhin und dorthin schoben. Mama erzählte mir von der Zeit, in der sie noch klein war, von all den leckeren Sachen, die Oma immer gebacken hatte, und wie sie und ihre Schwester immer versucht hatten, was aus den Keksdosen zu stibitzen.

Dieses Jahr war es mein Job, die Backbleche in den Ofen zu schieben und sie herauszunehmen, weil Mama auf einem Bein nicht zum Ofen hüpfen konnte.

Als ich das letzte Blech in den Ofen schob, bemerkte ich, dass die Pfefferkuchen nicht wie gewöhnlich die Form von Herzen, Sternen und Tannenbäumen hatten.

»Mama!«, rief ich. »Das sind ja Fische! Ich wusste gar nicht, dass wir auch eine Fischform haben.«

Mama lachte.

»Aber ja, die haben wir!«, erwiderte sie. »Du hast sie bekommen, als du klein warst. Du hast sie im Supermarkt ausgesucht und warst fest entschlossen, dass wir die haben mussten. Erinnerst du dich nicht?«

Ich schüttelte den Kopf. Nicht die geringste Erinnerung, echt.

»Dann haben wir sie vielleicht in den letzten Jahren nicht genug benutzt …«, meinte Mama. »Aber ich finde sie ganz schön. Irgendwie genau die richtige Größe. Größer als die Herzen, aber kleiner als die Tannenbäume.«

Schon wieder Fische, war alles, was ich denken konnte, als ich das Backblech mit den braun gebrannten Pfefferkuchenfischen betrachtete, die über das Backpapier schwammen.

Genau in dem Moment kam Papa heim.

»Hmmmm … wie das duftet!«, rief er fröhlich schon draußen aus der Diele. Er kam in die Küche, mit ganz roten Wangen. Der Kaftan hatte große, nasse Flecken über den Knien von dem vielen Regen.

»Oh, so lecker!«, sagte er und beugte sich über die Backbleche.

Mama und ich blickten ihn streng an.

»Ach so, ja … Zucker!«, meinte er dann und richtete sich auf. Er sah unendlich enttäuscht aus.

Mama schüttelte nur den Kopf.

Wir radelten am Fluss entlang. Die Lampen an unseren Rädern erleuchteten den nassen Radweg vor uns. Wir fuhren über die Wamme-Brücke und als wir uns genau in der Mitte der alten steinernen Brücke, unter der das dunkle Wasser des Säveån hindurchströmt, befanden, kam der Mond zum Vorschein. Er hing wie ein leuchtender gelber Teller über dem Fluss und machte die Nacht magisch und wild. Mein Herz hämmerte – immerhin war das, was wir vorhatten, verboten: mitten in der Nacht aufs Dach des Kindergartens zu klettern!

Orestes hatte ein Seil mit einem Haken am Ende dabei. Es sah aus wie eines dieser Dinger, die die Helden in Zeichentrickfilmen immer werfen, um jeden noch so steilen Berg und jede noch so hohe Mauer hochklettern zu können. Aber wir hofften natürlich, dass wir es heute nicht brauchen würden.

»Alles, was wir tun müssen«, sagte ich, als wir unsere Räder vor dem Holland House abgestellt hatten, »ist, die Feuerleiter bis zum obersten Stockwerk hochzuklettern. Dann ziehen wir uns vom Balkongeländer aus hoch aufs Dach. Und dann gehen wir übers Dach, bis wir zu dem Giebel mit den Vögeln kommen. Das kann ja nicht so schwer sein!«

In Filmen machen sie so was, als ob es nichts Leichteres gäbe. Aber das wirkliche Leben ist natürlich immer viel komplizierter als im Film.

Schon bei der Feuerleiter begannen die Probleme. Das erste Stück ging prima, ungefähr bis knapp über dem Erdgeschoss. Aber dann … Zwei Stockwerke sind ganz schön hoch, musste ich einsehen. Mir zog sich der Magen zusammen und es fühlte sich so an, als sei viel zu viel Luft um mich herum. Ich blieb unmittelbar unter dem Balkon stehen und umklammerte mit beiden Händen die nächste Sprosse.

»Was machst du?«, fragte Orestes. »Stimmt was nicht mit der Leiter?«

»Nee, nee«, gab ich zurück. Meine Hände klammerten sich superfest um die kalte Sprosse vor mir. Obwohl ich Handschuhe anhatte, brannten meine Finger vor Kälte. Ich atmete ein paarmal tief durch, dann fühlte ich mich besser. Ich wusste ja, dass es genauso einfach war, die Leiter hier oben hochzuklettern, wie weiter unten am Boden. Der Abstand zwischen den Sprossen war gleich und meine Füße waren auch in Ordnung. Nur dass es sich nicht so anfühlte.

Als wir oben am Balkon angekommen waren, musste ich ein Bein über das Geländer schwingen. Und das tat ich! Obwohl sich mein Magen noch weiter verkrampfte, und als Orestes nachgekommen war, stand ich immer noch da und schluckte.

»Alles in Ordnung?«, fragte Orestes.

»Klar«, erwiderte ich. »Nur ein bisschen außer Atem.« Ich wollte wirklich kein Problem mit dem Klettern haben, wenn Orestes auch keins hatte. Im Übrigen hatte ich kein Problem. Überhaupt nicht.

Aber als wir weiter hoch aufs Dach wollten, musste Orestes trotzdem vorgehen. Er war ein bisschen größer als ich und konnte sich besser vom Balkongeländer aufs Dach hochziehen. Ich stand daneben und hielt mich bereit, ihn zu packen, falls er abrutschte, damit er nicht runterfiel. Aber alles ging gut.

Dann war ich dran.

Orestes legte sich oben auf dem Dach auf den Bauch und klammerte sich mit den Füßen fest, damit er die Hand runterstrecken konnte. Ich hielt mich daran fest, während ich auf der Balkonbrüstung stand und versuchte raufzuklettern.

Da war so wahnsinnig wenig, an dem ich mich festhalten konnte, bloß Orestes' Hand und die Dachrinne neben mir, als ich einen Fuß vom Geländer heben und ihn auf das Dach schwingen musste.

Ich strauchelte. Ich falle!, dachte ich und eine schwindelerregende Sekunde lang wusste ich nicht, wo ich war. Aber Orestes packte meine Hand und meinen Arm und da kam irgendwie wieder Leben in mich und ich hangelte mich hinauf aufs Dach.

Aber irgendwas war geschehen. Es war, als ob ich einen Eisklumpen im Magen hätte. Meine Beine fingen an zu zittern. Ich kauerte mich zusammen und rollte mich um diesen Eisklumpen im Magen.

Mein Körper weigerte sich, sich zu bewegen.

Sei jetzt mutig, dachte ich. Sei mutig. Aber meine Beine weigerten sich zuzuhören. Mein Herz flatterte wie ein kleiner, verängstigter Vogel.

»Alles klar?«, wollte Orestes wissen. Er klang so ruhig wie immer.

Ich schüttelte nur den Kopf.

»Kein Problem, Malin«, sagte er. »Du kannst hier warten. Bleib nur still sitzen.«

Ich konnte nicht widersprechen. Ich hob nur den Kopf gerade so weit an, dass ich sehen konnte, wie Orestes – nicht mehr als ein dunkler Schatten, der bäuchlings auf dem Dachfirst lag – Stück für Stück vorankroch, auf die gegenüberliegende Seite des Dachs. Dann kniff ich die Augen zu.

Nach einer Weile war er zurück.

»Es geht nicht«, meinte er. »Ich komme an die Schnitzerei heran, aber gerade nur so. Ich finde nichts ... Vielleicht ist es etwas weiter drinnen, quasi unter den Vögeln.«

Das konnte doch nicht wahr sein! Jetzt waren wir schon hier oben und kamen trotzdem nicht an das Rätsel ran.

»Es ist meine Schuld«, wisperte ich. Ich, die nur hier kauern und nicht helfen konnte.

»Nee«, meinte Orestes. »Es hätte nichts genützt, wenn du dabei gewesen wärst. Du hast auch keine längeren Arme als ich ... Und ich kann mich auch nicht weiter vorlehnen, sonst falle ich runter. Wir müssen noch mal wiederkommen und etwas Langes mitbringen ... Einen Stecken oder irgendwas, mit dem wir beim nächsten Mal rumstochern können.«

Nächstes Mal … Ich hatte absolut nicht vor, jemals wieder auf ein so hohes Dach zu klettern!

Orestes musste mich den ganzen Weg vom Dach hinunter über den Balkon festhalten. Und auf der Feuerleiter blieb er dicht hinter mir.

»Immer ein Schritt nach dem anderen«, sagte er. »Ein Schritt nach dem anderen. Du schaffst das, Malin.«

Als wir unten angekommen waren, hatte ich immer noch total wackelige Beine und war kurz davor, in Ohnmacht zu fallen. Ich schämte mich so, dass ich Orestes kaum ins Gesicht sehen konnte.

»Du hast Höhenangst«, stellte er fest.

»Ich wusste das nicht!«, rief ich. »Das hatte ich noch nie!« Ich bin natürlich auch noch nie zuvor auf irgendwelchen Dächern herumgeklettert, daran könnte es liegen.

Ich zitterte immer noch.

»Du frierst ja«, meinte Orestes. Er machte einen Schritt auf mich zu und rubbelte meine Arme, wie man es mit jemandem macht, der ordentlich aufgewärmt werden muss.

»Ich bin nur im Weg …«, murmelte ich.

Orestes hörte auf zu rubbeln und schaute mir in die Augen.

»Du hast bloß Höhenangst«, sagte er. »Jeder hat vor irgendwas Angst. Große Höhen oder Wasser oder … irgendwas. Das ist doch nicht schlimm.«

Der Mondschein fiel über Orestes' blasses Gesicht. Seine Augen waren genauso dunkel wie der Himmel hinter ihm. Er sah aus wie eine Sagengestalt, wie ein Waldelbe.

Er konnte echt nett sein, Orestes. Aber ich fühlte mich trotzdem elend.

Schlussendlich kamen wir zu Hause an. Kalt und durchnässt und in meinem Fall zittrig. Und wir hatten immer noch keinen Hinweis.

Den ganzen Freitag über war ich hundemüde. Es war gut, dass die Schule schon gegen zwei aus war, weil ich nur heim wollte, ohne Umwege in mein Zimmer laufen und schlafen. Aber daraus wurde nichts, denn Orestes hatte eine geniale Idee! Gleich nach der Schule holten wir Elektra aus dem Kindergarten ab. Dann gingen wir den ganzen Weg am Fluss entlang Richtung Stadtmitte, über die Wamme-Brücke und zurück zum Holland House.

Ich ging mit Elektra durch das Gartentor. Sie hielt mich an der Hand und war genau richtig schmutzig nach einem ganzen Tag in ihrem Kindergarten. Ich hoffte, sie würde auch ein bisschen traurig aussehen.

Kleinkinder in Matschhosen und Gummistiefeln spielten überall im Garten und die Erzieherinnen passten auf sie auf bei all dem Gegrabe und Gerenne und Geheule und Gelache, das an der Tagesordnung ist, wenn Kindergartenkinder draußen sind. Aber trotzdem bemerkte eine Frau in einer roten Regenjacke sofort, dass wir auf das Grundstück kamen. Sie schaute uns erstaunt an.

»Hallo«, sagte ich. »Ich habe dieses kleine Mädchen dahinten gefunden!« Ich deutete vage in Richtung Fluss. »Gehört sie hierher?«

»Was?!« Die Frau sah geschockt aus. »War sie ganz allein? Sie ist keins von unseren Kindern … Meraf! Alex!«

Die beiden anderen Erzieherinnen in genau den gleichen Regenjacken kamen angerannt.

»Kennt ihr dieses Mädchen hier? Sie ist nicht zufällig die kleine Schwester von einem eurer Kinder, oder?«

Beide schüttelten den Kopf.

»Sie war superdicht am Flussufer«, unterbrach ich sie. »Ich hatte Angst, dass sie reinfallen könnte.«

Die Erzieherinnen fingen an, aufgeregt miteinander zu reden.

»Nein, wir müssen gleich die Polizei rufen«, meinte die mit den lehmverschmierten Matschhosen.

»Oder sollen wir noch etwas warten …«, überlegte eine andere. »Sollten wir nicht den Radweg ablaufen und schauen, ob jemand nach ihr sucht? Ist es schon lange her, dass du sie gefunden hast?«, fragte sie mich.

»Nee … also, ich bin direkt hierhergekommen. Ich dachte natürlich, dass sie hier aus dem Kindergarten ist.«

»Aber du bist dir ganz sicher, dass sie wirklich alleine war? Da war kein Erwachsener?«

»Nee, ganz sicher nicht«, erwiderte ich. Ich meinte, ein leises Plumpsen hinten aus dem Garten gehört zu haben. Ich hoffte, es war, was ich dachte. »Sonst hätte ich sie wohl kaum mitgenommen. Aber …«

»Was denn?«, fragten alle drei wie aus einem Mund.

»Ist dahinten nicht jemand, der aussieht, als würde er jemanden suchen …« Ich spähte hinaus auf die Straße.

Alle Erzieherinnen schauten in dieselbe Richtung und diese Gelegenheit nutzte ich.

Ich rannte los, in Richtung Straße, Elektra im Schlepptau …

»Nein, bleibt stehen!«, rief eine der drei und kam hinter uns hergerannt. »Lauft jetzt nicht weg, wir helfen euch!«

Aber ich blieb erst stehen, als die Frau, mit der ich zuerst gesprochen hatte, mich eingeholt hatte. Da drehte ich mich um. Genau wie ich gehofft hatte, starrten alle drei Erzieherinnen Elektra und mich an.

Eine Sekunde später kam Orestes um die Ecke gerannt. Er rief:

»Habt ihr meine Schwester gesehen?«

Jetzt starrten alle ihn an.

Elektra rief »Orestes!« und rannte mit ausgestreckten Armen auf ihn zu.

Als wir uns an der Wamme-Brücke wiedertrafen, erzählte Orestes, dass es ein Klacks gewesen war, sich in den Kindergarten zu schleichen und die Treppe hochzulaufen, während alle Erwachsenen mit Elektra und mir beschäftigt waren. Zum Glück war die Dachbodentür nicht verschlossen gewesen. Und das Fenster unter dem Giebel mit der Vogelverzierung ließ sich tatsächlich öffnen. Aber während er versuchte, das kleine braune Päckchen, das da oben hinter der Vogelschnitzerei versteckt war, zu lösen, fiel es ihm aus der Hand und plumpste hinunter, mitten in den Garten.

»Es war wirklich gut, dass du die Erzieherinnen dazu gebracht hast, in die andere Richtung zu schauen, als ich es aufgesammelt habe!«, meinte Orestes mit einem Lächeln. »Die kleinen Kinder haben mich alle angestarrt – aber sie haben keinen Mucks gesagt …«

Manchmal sind kleine Kinder doch das Beste, was es gibt.

Das Päckchen, das Orestes bei den Vögeln unter dem Dach gefunden hatte, war flach wie ein Kuvert und ziemlich groß. Und schwer. Viel zu schwer, um nur Papier zu enthalten. Wieder war es wohl mehr als nur ein Brief, was wir von Axel bekamen. Aber was? Wir beeilten uns, zu Orestes nach Hause zu kommen.

Praktikantin Liv stand draußen vor der Tür und schrubbte die Hauswand mit einer groben Bürste. Etwas von der schwarzen Farbe war verlaufen, aber man konnte deutlich sehen, dass jemand *Verpisst euch!* in großen Buchstaben auf die weiße Wand geschrieben hatte.

»Hi«, sagte sie mürrisch zu Orestes und mir und »Ja, na aber Hallo …« mit einem breiten Lächeln zu Elektra. Echt, alle lieben dieses Kind!

»Wo ist Mama?«, wollte Orestes wissen.

»Irgendwas holen«, antwortete Liv. »Salz, glaube ich … Aber ich kann doch auf Elektra aufpassen!«

Orestes warf ihr nur einen wütenden Blick zu. Zum Glück kam Mona in dem Moment und kümmerte sich um Elektra, sodass wir in Orestes' Zimmer gehen und die Tür hinter uns zumachen konnten.

Wir sahen einander gespannt an. Orestes nahm ein Lineal und schlitzte den Umschlag vorsichtig auf. Er drehte ihn auf den Kopf und eine rostfarbene Metallscheibe fiel heraus in seine Hand.

Sie war kreisrund, mit einem Loch in der Mitte, als könne man sie irgendwo befestigen, damit sie sich drehte. Am Rand entlang befanden sich kleine Spitzen, die sich stachelig anfühlten, wenn man mit dem Finger darüber fuhr. Und die Scheibe selbst war übersät mit Löchern, winzig kleinen Löchern in verschiedenen Mustern. Fast wie ein Sternenhimmel.

»Ach nee!«, rief ich. »Schon wieder so ein unerklärliches Ding!«

»Sieht so aus«, meinte Orestes.

Und dann war da natürlich noch ein neuer Brief.

Ich las den Brief laut vor:

London, den 30ten November 1893

Werter Bruder,
lass mich dir nun berichten, was sich ereignete, als ich mich zu Herrn G*s Heim begab, um die Schwedische Sonderbare Gesellschaft zum ersten Mal zu treffen.

Herr G* bewohnte eine Etage an einer von Göteborgs besseren Adressen.
Ich wurde von einer Magd willkommen geheißen, die mich schnurstracks in den Salon führte. Dort befanden sich bereits fünf Herren, auf deren Namen zu nennen ich verzichte. Allesamt waren gut gekleidet, ich befand mich eindeutig in einem begüterten Kreis. Herr G* hieß mich herzlich willkommen. Er stellte mich den anderen vor als einen »gelehrten und erfahrenen, wohl angesehenen Herren vom städtischen Straßenbauamt ...«
Man stellte mir sogar Fragen zur Bodenbeschaffenheit und meinen Erfahrungen, daraus in dieser Stadt Straßen und

Brücken angelegt zu haben. Meine Begeisterung über diese Fragen nahm möglicherweise ein klein wenig überhand – den Straßenbau in dieser Stadt, die im Großen und Ganzen auf Lehmboden gebaut ist, zu verantworten, hat beständig zu neuen Herausforderungen geführt.
Nach und nach bemerkte ich jedoch, dass sich die Fragen der Herren nicht konkret um den Bau von Straßen drehten. Stattdessen fragten sie sich, inwieweit es Abweichungen in der Stabilität der Erden gab, ob man möglicherweise irgendeine Art Muster daraus ablesen konnte … Sofort drehte sich die Diskussion abermals um die geheimnisvolle Erdstrahlung.

»Wir wissen«, fasste Herr G* zusammen, »wie die Sternenuhr anzuwenden ist. Wenn wir sie nur finden könnten! Wenn sie sich nicht in Nils Ericsons Nachlassenschaft befand – kann sie also in seines Bruders Besitz gelangt sein? Kann John Ericson in seinen Experimenten mit der Solarmaschine in Wirklichkeit bezweckt haben, die Erdstrahlung dafür auszunutzen? Ist es nicht so, dass die großen Erfolge der Brüder Ericson auf unterschiedlichen Gebieten darauf beruhen, dass sie die Sternenuhr angewendet haben?«
Alle fünf nickten.
Ich wollte protestieren! Dummköpfe, die sich nicht anzustrengen wünschen, glauben viel zu oft, dass etwas Magisches hinter Erfolgen stecken muss, die in Wahrheit jedoch durch fleißige Arbeit und Talent zustande kommen!

Aber stattdessen fragte ich vorsichtig nach, was sie über die Sternenuhr wussten.
Ich erhielt die fantastischsten Antworten!
Sie glaubten, mithilfe der Sternenuhr würde man besonders Glück bringende Zeitpunkte und Orte bestimmen können – was wiederum dazu führen würde, dass einem alles, was man sich vornahm, glücken würde. Zu diesen Zeiten und an diesen Orten würde man bewirken können, dass Erdstrahlung und Sternenfelder in Harmonie zusammenwirken wie die Töne eines Akkords, sodass sie im Gleichklang schwingen und sich gegenseitig zu einer ungeahnten Kraft aufschwingen würden. Wozu diese Kraft von Nutzen sein sollte – darüber hatten sie die unterschiedlichsten Ideen.
»Um die Natur zum Wohle des Menschen zu zähmen«, sagte jemand.
»Um unser geliebtes Vaterland in Skandinavien abermals gefürchtet und geehrt werden zu lassen«, sagte ein anderer.
»Um Krankheit und Tod zu überwinden«, meinte ein Dritter.
»Aber«, wandte ich hinterlistig ein, »ich bin mir nicht sicher, ob die Sternenuhr, die Nils Ericson mir zeigte, dieselbe war wie die auf dem Pergament.«
Dies veranlasste, genau wie ich es beabsichtigt hatte, Herrn G*, das Pergament mit der Zeichnung der Sternenuhr hervorzuholen. Er verwahrte es in einer Schatulle, eingeschlossen in seinem Schreibtisch. Ich habe nie das Lateinische studiert, daher konnte ich den Inhalt des Textes nicht recht verstehen. Aber die Bilder konnte ich studieren, die Symbole und Ziffern.

Die Gesellschaft löste sich nach ein paar Stunden auf. Ich verließ das Haus. Die Gedanken an die Sternenuhr ließen mich jedoch nicht mehr los. Dass es eine Beschreibung zu ihrer Anwendung gab! Meine Ruhmsucht wuchs. Ich lechzte danach, der Erste zu sein, der sich die Sternenuhr zunutze machen konnte – vielleicht sollte ich den anderen Mitgliedern der Gesellschaft enthüllen, wo sie sich befand? Selbst wenn das bedeutete, Fräulein Silvias Vertrauen zu verwirken? Ich entschloss mich, am nächsten Treffen der Gesellschaft teilzunehmen und mich erst danach zu entscheiden.

So brach eine unglückliche Zeit an. Die Treffen der Schwedischen Sonderbaren Gesellschaft wurden jeden Mittwochabend abgehalten. Und es wurden viele solcher Abende. Nach jedem Treffen beschloss ich, die Entscheidung, die Gesellschaft zu verlassen, ein weiteres Mal aufzuschieben. Im Laufe der Zeit lernte ich die anderen Herren in der Gesellschaft mehr und mehr kennen. Es waren keine sonderlich guten Bekanntschaften. Je mehr ich ihren Reden zuhörte, umso mehr kamen ihre Gier und Selbstzufriedenheit zum Vorschein. Ich hatte kein Interesse, mein Wissen über die Sternenuhr mit der Gesellschaft zu teilen.

Und doch ging ich weiter zu ihren Treffen, in der Hoffnung, zu gegebener Zeit an die Instruktionen auf dem Pergament zu gelangen.

Vielleicht war ich ebenso ruhmsüchtig wie die anderen. Besonders bestürzt war ich eines Abends, als Herr G* davon berichtete, wie er auf der Jagd nach Informationen über die

Sternenuhr einen sogenannten weisen Alten aufgesucht hatte, der in einer elendigen Kate irgendwo in den Wäldern Värmlands lebte. Er hatte den armen Alten sowohl bedroht als auch eingeschüchtert, doch als er einsehen musste, dass der Alte nichts von Wert wusste, hatte er sich drangemacht, die Kate niederzubrennen. Warum? »Solche da sollte es nicht geben!«, hatte Herr G* geschnaubt.

Stell dir nur vor, dass ich mich Herrn G* einst in Interessen und Ansichten nahe gefühlt hatte! Nun erschien es mir, als läge ein Abgrund zwischen uns.

Als ich an diesem Abend in mein Pensionszimmer zurückkehrte, hörte ich auf einmal Eulen rufen. Der Mond war voll und schien durch mein Fenster herein. In mir hörte ich Herrn G*s Stimme, wie er lachend von dem armen Alten erzählte. Nun hatte ich genug.

Ich kehrte zu Herrn G*s Haus zurück und fand die Haustür offen vor.

Ohne mich anzumelden, wie ein Dieb in der Nacht, schlich ich durch die Diele, hinein in den Salon, in dem wir uns zu treffen pflegten. Lautlos huschte ich zum Schreibtisch hinüber, in dem Herr G* das Pergament mit der Beschreibung der Verwendung der Sternenuhr verwahrte. Ich zog am Griff der Schublade. Sie war abgeschlossen.

Aber Herr G* war nachlässig gewesen, als er das Pergament wieder eingeschlossen hatte, sodass eine Ecke davon seitlich aus der Schublade hervorlugte. Dumm genug zog ich an dem Stück Pergament, in der Hoffnung, es durch den schmalen Schlitz herausziehen zu können ... Das alte Doku-

ment riss entzwei und ich stand mit nur einem Teil der Seite in meiner Hand da.
Just in dem Augenblick hörte ich, wie sich Schritte näherten. Plötzlich stand das Hausmädchen in seiner schwarzweißen Tracht vor mir.
»Wie soll ich das erklären?«, fuhr es mir durch den Kopf, doch das Mädchen stellte keine Fragen.
»Frau G* wünscht Sie zu sprechen«, sagte sie nur.
Ich richtete mich auf und versuchte, meine Verwunderung zu verbergen. Dann folgte ich der Dienstmagd durch die Wohnung, während ich das Stück Pergament zusammenfaltete und in meine Westentasche steckte. Was hätte ich anderes tun sollen?

GAINFWURDFYXINMXAMKIMUOF

Das Lied ist der Schlüssel.

Orestes' und Malins Zusammenfassung des dritten Briefs:

1. Axel beginnt, regelmäßig zu den Treffen der »Schwedischen Sonderbaren Gesellschaft« zu gehen. Sie finden jede Woche in einer vornehmen Wohnung in Göteborg statt, in der Herr G* wohnt.
2. Axel kann die anderen Mitglieder der Gesellschaft weniger und weniger leiden. Er hält sie für gierig und selbstsüchtig. Einer von ihnen hat sogar die Hütte eines armen alten Mannes niedergebrannt.
3. Er trifft sich trotzdem weiter mit der Gesellschaft, weil er mehr über die Anweisungen zur Sternenuhr herausfinden will, die Herr G* besitzt.

4. Schließlich verliert er die Geduld, er schleicht sich spät am Abend zurück in die Wohnung und versucht, die Anleitung zu stehlen.
5. Er findet die Anleitung in einer abgeschlossenen Schublade und kommt nur an eine Ecke davon (die er aus Versehen abreißt).
6. Er steht mit dem abgerissenen Stück Pergament in der Hand da, als er vom Hausmädchen der Familie entdeckt wird.
7. Das Hausmädchen sagt, dass Frau G* mit ihm sprechen möchte.
8. Der Brief endet mit dem Code:

GAINFWURDFYXINMAMKIMUOF
und der Hinweis lautet: Das Lied ist der Schlüssel.

»Ich finde, es klingt so, als ob Axel Silvia komplett vergessen hat«, stellte ich fest. »Er will nur noch rausfinden, wie er die Sternenuhr selbst verwenden kann. Wenn er die Anleitung in die Finger bekommen hätte, bin ich sicher, dass er schnurstracks wieder zurück nach Lerum gefahren wäre und die Uhr ausgegraben hätte!«

»Ja ...«, sagte Orestes nachdenklich. »Es wirkt so, als würde er hoffen, dass diese Erd- und Himmelskräfte genauso echt wären wie die Erdanziehungskraft oder die Elektrizität. Er hat wohl immer noch davon geträumt, sie zu entdecken.«

»Ja, und berühmt zu werden«, fügte ich hinzu. »Aber Silvia hat ja gesagt, dass diese Kräfte gefährlich sind! Dass niemand außer diesem Rutenkind aus der Zukunft sie gefahrlos anwenden kann.«

»Hm. Aber ...«, meinte Orestes, »die Leute sind immer schon gegen Neues gewesen! Egal, wie gut es auch war. Impfungen zum Beispiel oder Züge oder was auch immer. Es hat immer schon irgendwelche Besserwisser gegeben, die sich in die Ecke gestellt und behauptet haben, es sei zu gefährlich und alles würde schiefgehen! Aber man muss sich ja auch mal trauen, was auszuprobieren!«

Natürlich hatte Orestes recht. Aber Fräulein Silvia *wirkte* einfach nicht wie eine gewöhnliche Besserwisserin. Eher wie eine magische Gestalt, eine geheimnisvolle Elbe ... Ich hätte bestimmt auf Fräulein Silvia gehört, wenn ich ihr begegnet wäre. Nicht auf diese komische Gesellschaft da! Die wirkten fies, unangenehm. Leute, die einfach eine Kate abbrennen, nur weil sie es können.

»Und dann dieses Ding hier«, sagte ich. Ich fuhr mit den Fingerkuppen über die Oberfläche der Metallscheibe. Es kitzelte so lustig, als ich über die kleinen Löcher strich.

»Ich glaube, das gehört mit dem Code zusammen«, sagte Orestes. »Vielleicht muss man es über den Text legen oder so.«

Orestes drehte und wendete das Blatt mit dem Code drauf.

»Nichts«, meinte er, nachdem er es eine Weile probiert hatte. »Bisher jedenfalls.«

Ich behielt die Scheibe bei mir. Vielleicht konnten wir Papas Freunde vom Freilichtmuseum fragen, was das war. Orestes nahm den Zettel mit dem verschlüsselten Text mit.

Ich war sicher, dass er das *Code-Buch* aufschlagen würde, sobald er nach Hause kam, und nach der richtigen Chiffre suchen würde, die wir dieses Mal verwenden mussten.

Sonntag, Montag und Dienstag vergingen. Papa war immer den ganzen Tag unterwegs und wenn er spätabends heimkam, hatte er den Kaftan an und murmelte nur irgendwas, wenn man fragte, was er gemacht hatte. Solange ich in der Schule war, musste meine arme Mama ganz alleine auf dem Sofa sitzen. Es würde noch ein paar Wochen dauern, bis der Gips abkam, hatte der Arzt gesagt. Natürlich arbeitete sie trotzdem, mit ihrem Laptop auf dem Schoß.

Am Dienstagabend war ich so sauer, dass Papa nicht zu Hause war, dass ich ihn anrief. Sofort ertönte ein Brummen aus der Küche. Er hatte sich noch nicht mal die Mühe gemacht, sein Handy mitzunehmen!

Jetzt war es echt genug!

»Wo ist Papa eigentlich?!«, rief ich zu Mama rüber.

Sie saß da und las die Zeitung und antwortete, als sei es ihr total egal:

»Weiß nicht wirklich ...«

»*Weiß nicht?!*«, rief ich.

Mama blickte auf. Sie machte ein übertrieben verdutztes Gesicht, was mich noch wütender machte.

»Du kannst aufhören mit der Show«, sagte ich zu ihr. »Es ist zwecklos. Ich weiß, dass ihr euch trennen wollt.«

»Was?!«, rief Mama. Sie ließ die Zeitung auf den Boden fallen. Ich wusste, dass sie sie nicht wieder aufheben konnte, ohne den Gipsfuß zu bewegen.

»Was hat Papa jetzt schon wieder gesagt?«

»Nichts!«, rief ich. »Ich weiß es einfach!«

»Was weißt du?«, fragte Mama. »Zu mir hat er gar nichts gesagt!«

Nichts gesagt ... Hä?

»Aber du bist doch die, die ausziehen will«, sagte ich. »Ich hab doch gesehen, dass du die ganze Zeit Wohnungen googelst.«

»Tu ich gar nicht!«, rief Mama. »Oder ... Ja, na gut, tu ich schon. Aber nicht für mich ...«

Ich starrte sie an.

»Ach, Liebes«, seufzte sie. Sie hatte einen traurigen Blick. Und dann erzählte sie alles.

Meine Mama ist, wie ihr bereits wisst, ein Genie. Sie ist eine so geniale Programmiererin, dass sie in ihrem Beruf ein Superstar ist. Im Frühjahr wurde ihr ein echter Superjob in Japan angeboten, aber sie hat abgelehnt, weil sie natürlich nicht von uns hier in Lerum wegziehen konnte. (Und wir nicht dorthin ziehen wollten.) Aber jetzt läuft es nicht mehr so gut für die Firma, in der Mama arbeitet. Dieses Programm, an dem sie gearbeitet hat, das mit dem Pi-Projekt und dem *Fast Illinois Solver Code*, ist nicht rechtzeitig fertig geworden.

Und das bedeutet, dass ihre Firma kein Geld dafür bekommen hat. Und das wiederum bedeutet, dass sie Mamas Gehalt nicht bezahlen können. Beziehungsweise könnten sie bestimmt etwas davon auszahlen, aber nicht alles auf einmal oder wie auch immer. Ich hab nicht alles richtig verstanden, es klang alles sehr verzwickt. Aber ich habe verstanden, dass Mama weniger Geld verdient als normal. Und weil Papa zwar nicht mehr krank ist, aber trotzdem nicht richtig arbeitet, haben wir im Augenblick nur ganz wenig Geld. Also müssen wir vielleicht das Haus verkaufen und in ein kleineres Haus umziehen. Aber Lerum war sehr beliebt und deswegen war es momentan teuer, hier zu wohnen, sodass wir eventuell etwas weiter weg ziehen müssten. Vielleicht sogar in eine andere Stadt.

»Was?!«, rief ich. »Aber du kannst dir doch bestimmt einen anderen Job suchen?«

Doch so einfach war das nicht, denn offenbar hatte Mama auch jede Menge Aktien von ihrer Firma gekauft. Von ihren gesamten Ersparnissen. Und wenn sie als wichtigste Mitarbeiterin dort jetzt kündigt, geht die Firma ganz pleite und sie verliert ihr ganzes Geld aus den Aktien.

»Damals schien es eine gute Idee zu sein …«, erklärte Mama. »Und damals hatte Papa ja auch einen guten Job, da konnten wir das Risiko eingehen … Aber jetzt …«

Nee, also das ist klar. Papa hat nicht mehr richtig gearbeitet, seit er krank geworden ist. Damals hatte er diesen anstrengenden Job, war immerzu unterwegs, und wenn er mal zu Hause war, war er immer nur genervt und gestresst. Jetzt, wo er wieder gesund war, wollte er nicht wieder so einen Job haben, und das fand ich einfach nur gut. Obwohl klar war, dass er jetzt nicht mehr so viel Geld verdiente, wo er meistens mit Mona rumlief und den ganzen Tag im Wald Eichentriebe pflückte.

Arme Mama! Auf einmal kapierte ich, warum sie so beunruhigt war und die ganze Zeit arbeiten musste, obwohl sie einen gebrochenen Knöchel hatte. Sie machte sich Sorgen ums Geld!

Ich will nicht umziehen. Ich will weder in ein anderes Haus noch in eine andere Wohnung umziehen, ich will hier in unserem Haus wohnen bleiben! Und ich will schon gar nicht in eine andere Stadt ziehen! Ich will das einfach nicht. Ich habe doch schon immer hier gewohnt! Und jetzt, wo Orestes und Elektra hergezogen sind ... Wann soll ich mich denn mit Orestes treffen, wenn wir keine Nachbarn mehr sind? Und Elektra – zu wem soll sie die ganze Zeit rübergelaufen kommen, wenn wir nicht mehr hier wohnen?

Wenn wir doch nur mehr Geld hätten.

Wenn wir doch nur Geld gewinnen würden.

Ich überlegte, es noch mal mit meiner Fischekette als Pendel zu versuchen.

Ich würde fragen: SOLLEN WIR EIN LOS KAUFEN? Und wenn das Pendel auf JA schwingen würde, würde ich Papa sagen, er soll sofort ins Lottogeschäft gehen und ein Rubbellos kaufen. Aber ich glaubte eigentlich nicht wirklich daran, dass Pendel auf solche Fragen antworten konnten. Ich meine, wenn es so einfach wäre, dann könnte sich ja jeder ein

Pendel kaufen und dann hätten alle immer die richtigen Zahlen und so.

Geld, das für ein Haus reicht … Wie kommt man an Geld, das für ein ganzes Haus reicht? Aber – wie hatte ich das nur vergessen können? Ich hatte Geld. Oder besser gesagt: Orestes und ich hatten Geld. Etwas, das vielleicht sogar mehrere Hunderttausend wert war – die Sternenuhr.

Aber die konnten wir wohl nicht verkaufen, oder?

Dieses Mal war ich Mamas Meinung. Es wäre gut, wenn Papa arbeiten würde. Ein bisschen jedenfalls.

Da ich grade erfahren hatte, dass wir eine Familie mit Geldproblemen waren, mochte ich Mama und Papa nicht um etwas Extrataschengeld bitten, obwohl ich es gut hätte brauchen können. Ich war wohl ein bisschen zu oft mit Sanna im Café Stippvisite gewesen, denn ich hatte nur noch ein paar Münzen über. Und ich musste einen wichtigen Tag vorbereiten!

Orestes hat am 27. November Geburtstag. Das heißt, er ist im Sternzeichen Schütze geboren. Das Symbol für dieses Sternzeichen sieht aus wie ein Pfeil, den ein Strich kreuzt. Und genauso sieht das Muttermal aus, das Orestes am Arm hat. Und einer der Zeiger an der Sternenuhr sieht ebenfalls genauso aus. Ich *glaube*, das bedeutet, dass an Orestes etwas Besonderes ist. Elektra mag vielleicht das Rutenkind sein, aber Orestes muss auch auf irgendeine Weise mit der Sternenuhr zusammengehören ... Was ich aber sicher *weiß*, ist, dass morgen sein Geburtstag ist!

Normalerweise weiß ich nicht, wann einer meiner Klassenkameraden Geburtstag hat. Nur wenn ich zu Geburtstagsfeiern eingeladen werde, dann kaufe ich ein Geschenk. Aber Orestes ist eben Orestes, er ist fast schon Familie.

Da ich nicht mehr viel Geld übrig hatte, ging ich zum Rot-Kreuz-Laden.

Ich drehte und wendete ein paar Pullis, aber Klamotten kamen mir nicht unbedingt wie ein gutes Geschenk vor. Ich ging an der Ecke mit dem alten Spielzeug vorbei. Schaute das ganze Porzellanzeug durch und fand ein Porzellanschweinchen mit einer roten Weihnachtsmannmütze, das irgendwie lustig und goldig aussah. Dann kam ich zum Bücherregal. Dort gab es hauptsächlich Kinderbücher und ziemlich viele Taschenbücher. Ganz hinten auf einem der Regalbretter weckte ein dunkles, dünnes Büchlein meine Neugier, und ich schob ein zerfleddertes Nachschlagewerk beiseite, das im Weg stand.

Das Buch war länglich und schmal und hatte einen schwarzen Einband. Ich schlug wahllos eine Seite auf. Sie war in rote und weiße Spalten aufgeteilt, die voll von Zahlen waren. Nicht ein einziges Wort stand darauf. Nur Zeile über Zeile voller Ziffern. Superlangweilig und völlig unverständlich. Wozu sollte man das brauchen?

»Bist du auch wieder hier?«, sagte eine Stimme. Das war die alte Frau mit den glatten Haaren, von der ich dachte, dass ich sie von irgendwoher kannte. Ich zuckte zusammen.

»Ach nein, tut mir leid«, sagte sie. »Ich meinte wohl doch jemand anderen, der dir ähnlich sieht ... Das sind Divisionstabellen«, fuhr sie fort und deutete auf das Buch, das ich in der Hand hielt. »Die sind alt. So was hatte man vor langer Zeit in Kassen ... bevor es Taschenrechner gab. Aber heute braucht so was natürlich kein Mensch mehr!«

Niemand? Da traf es mich wie ein Blitz: Wenn wir umzogen, wenn wir nicht mehr hier wohnten, dann konnte Orestes nicht mehr ständig zu uns rüberkommen und unsere Taschenrechner oder Computer und so benutzen. Dann würde er Mathetabellen brauchen!

Ich kaufte das Buch. Und ich kaufte einen kleinen, bescheuerten Becher, der wie ein Bär aussah, einfach weil er lustig war.

»Ach was, da ist ja Malin!«, rief eine Stimme neben mir, als ich grade aus dem Rot-Kreuz-Laden rauskam.

Ein älteres Paar stand draußen und guckte ins Schaufenster. Und diese zwei kannte ich wirklich: Es waren Inga und Torsten Rosén, die früher neben uns gewohnt haben, bevor Orestes und seine Familie dort eingezogen sind. Sie selbst waren nach Åtorp gezogen, ich nehme mal an, sie wohnen nicht weit von Gerda entfernt.

»Wie geht es dir, Malin?«, wollte Inga wissen. »Wie geht's Mama? Und Papa? Ich hab gehört, ihm geht's jetzt besser?«

Inga war echt gut darin, Fragen zu stellen. Ich erzählte, dass Mama sich den Fuß gebrochen hatte, aber dass es Papa besser ging und dass es mir natürlich auch gut ging.

»Und was sind das für Leute, die in unser altes Haus eingezogen sind? Stören sie euch? Die haben ja wohl irgendeinen komischen Beruf! Ist das so New-Age-Kram, den die machen? Bloß Trommeln und so! Halten sie das Haus in Ordnung? Oder sind sie nur schlampig? Es sieht alles so unordentlich aus ... Und sie haben doch wirklich meinen schönen Rosenbusch weggenommen!«, sagte Inga leicht angesäuert. Torsten sagte nichts. Er kam wohl nicht dazu.

Zum Glück mussten sie weiter, bevor ich auf alle ihre Fragen antworten musste, denn es war Rentnertreff in Dergården.

Als ich heimkam, fand ich das *Lerumer Tagblatt* auf dem Küchentisch.

Lerumer Tagblatt – Dienstag, 25.11.

Sachbeschädigung in Garten

Im Almekärrsväg in Lerum ist ein Garten über längere Zeit Ziel von schwerwiegender Sachbeschädigung geworden. Pflanzen wurden ausgerissen, Blumentöpfe verwüstet und zuletzt sogar eine übelriechende Flüssigkeit auf der Terrasse des Grundstücks ausgeschüttet. Die Polizei ermittelt zu den Vorkommnissen und fordert die Anwohner in der Umgebung auf, die Augen offen zu halten. Kontaktieren Sie umgehend die Polizei, wenn Sie Informationen zu diesen Vorkommnissen haben. ■

Es musste Monas Garten sein, der in dem Artikel gemeint war. Salz hatte also nicht dagegen geholfen.

Ich hatte vor, Orestes die weltbeste Geburtstagsüberraschung zu bereiten. In der Schule gratulierte ich ihm bloß, aber als ich heimkam, holte ich seine Geschenke. Ich hatte das Buch und den Becher in schönes Papier eingewickelt. Und ich hatte ein paar Schmerztabletten – ganz gewöhnliche, wie ich sie von Mama und Papa bekomme, wenn ich krank bin – aus dem Medizinschrank genommen und sie in dem Becher versteckt. Damit Orestes ein bisschen mehr Hilfe als nur Minztee bekommen würde, wenn er das nächste Mal Kopfschmerzen hatte.

Es machte niemand auf, als ich bei Orestes klopfte, aber die Tür war nicht abgeschlossen, wie immer.

»Hallo, hallo!«, rief ich in der Diele. Keine Antwort. Ob Orestes nicht zu Hause war?

Von der Diele aus konnte ich direkt ins Wohnzimmer schauen. Mona hatte eine neue Topfpflanze gekauft, die neben dem Sofa stand. Sie reichte fast bis zur Decke hinauf und hatte große, grün gefiederte Blätter wie eine kleine Palme. Funkelnde Steine hingen an Fäden von den Zweigen wie Weihnachtsbaumschmuck. Als ich näher heranging, erkannte ich, dass die Steine irgendeine Art Kristalle waren. Ich stupste einen an und er fing an, an dem Zweig zu baumeln, hin und her … Ich glaubte fast *hören* zu können, wie er sich bewegte. Ein schwaches, sausendes Geräusch. Ich hielt den Stein wieder an und hielt ihn mir ans Ohr, versuchte, richtig zu lauschen.

Genau in dem Augenblick klopfte es an der Tür und gleichzeitig waren schwere Schritte von der Kellertreppe zu hören. Es waren Mona und Liv, die da heraufkamen, beide trugen schwer aussehende Kartons.

»Ich mache die Tür auf, Liv«, sagte Mona. »Du kannst die restlichen Dosen aus der Garage holen!« Es klapperte in der Küche und hörte sich so an, als ob Mona und die Praktikantin dabei waren, ungefähr zweihundert Flaschen und Dosen auf die Küchenarbeitsplatte zu stellen.

Mona eilte hinaus in die Diele, wo die Tür geöffnet wurde und jemand hereinkam. Ich hatte nicht einmal Zeit gehabt, Hallo zu sagen! Niemand wusste, dass ich da neben dem Sofa stand, den Kristall in der Hand. Es fühlte sich blöd an, als ob ich mich absichtlich reingeschlichen hätte.

Ich hörte, wie Mona jemanden willkommen hieß, aber die Person, die reingekommen war, murmelte zuerst nur etwas. Dann fing sie an, aufgeregt zu schluchzen und zu weinen.

»Schon gut, komm rein!«

Monas Stimme klang ruhig und tröstlich. Sie waren auf dem Weg ins Wohnzimmer. Und da stand ich! Ich wollte auf keinen Fall, dass sie mich sahen! Mal ganz zu schweigen davon, dass es extrem peinlich war, dass ich grundlos dort herumstand, während Mona Besuch von jemandem hatte, der weinte! Ich hasse es, wenn Leute weinen. Ich bekam Panik, tauchte hinter dem Sofa ab und lag hinter ein paar Sitzkissen wie versteinert da.

»Schon gut, schon gut ...«, tröstete Mona. Ich hörte das Ratschen eines Streichholzes, das entflammte, und roch Kerzenduft. Monas sanfte Schritte wurden von den Teppichen fast ganz verschluckt, wie sie umherging und die Kerzen anzündete, bevor sie in die Küche verschwand.

Sie kam beinahe sofort wieder zurück und setzte sich neben die andere Person auf das Sofa. Das Weinen klang wie das einer Frau. Ich versuchte über den Kissenrand zu linsen, konnte aber ihr Gesicht im Halbdunkel nicht gut erkennen.

»Ich habe mich bloß gefragt ...«, sagte die Stimme zwischen zwei Schluchzern. »Ich habe mich gefragt, ob du mir vielleicht helfen kannst ... ob du sie finden kannst!«

»Am besten erzählst du von Anfang an«, hörte ich Monas Stimme sagen. »Und trink währenddessen deinen Tee. Majoran. Der tröstet.«

Ich hörte das Klappern eines Bechers und dann wieder die Stimme, dieses Mal scharf:

»Aber ich will nicht, dass noch jemand anders zuhört!«

Ich erstarrte zu Eis! Hatte sie mich hinter den Kissen gesehen?

Doch Mona bat Liv, die sich offenbar in der Tür herumgedrückt hatte, so lange etwas anderes zu machen.

Oh nein, die Kundin würde sicher über irgendwas total Persönliches reden ... und ich würde es nicht vermeiden können, alles mit anzuhören. Warum war ich nur so bescheuert gewesen, mich hinter den Kissen zu verstecken? Ich atmete so leise und ruhig, wie ich nur konnte.

Eine Weile war es still. Die Frau schien sich zu sammeln, denn die Schluchzer wurden weniger. Dann platzte sie heraus:

»Mesina, meine Mesina!«, und fing wieder an zu weinen.

Und auf einmal wusste ich, dass die Frau auf dem Sofa Mesina Molins Mutter sein musste.

Sie begann zu erzählen.

»Mesina war ein entschlossenes Kind. Lieb, aber ... eigensinnig. Sie hatte schon immer ihre eigenen Ansichten, war ein bisschen einzelgängerisch ...«

Während die Mutter von Mesina erzählte, hörte ich, wie es draußen an der Haustür knackste. Ich nahm an, dass Liv versuchte, sich rauszuschleichen, ohne zu sehr zu stören, aber genau in dem Moment fing die Mutter wieder an, lautstark zu schluchzen.

»Ich weiß noch«, schniefte die Mutter, als sie sich wieder beruhigt hatte, »was ich immer geantwortet habe, wenn sie mit ihren Fragen ankam: ›Was ist richtig, was ist falsch?‹ Kommt darauf an, sagte ich. Mesina wurde wütend. Sie wollte eine Antwort. Sie wollte es ganz genau wissen! ›Wie soll ich wissen, was ich tun soll?‹, fragte sie. ›Wenn niemand weiß, was richtig ist!‹ Ich hab mir da nicht solche Gedanken drüber gemacht«, fuhr die Mutter fort. »Ich dachte wohl, das gibt sich wieder, wenn sie älter ist, aber dann ... verschwand sie! Es war eine Sekte, das war es. Die haben sie weggelockt!

Und da war jemand, der sich das Orakel nannte, der die Sekte angeführt hat … Die Polizei meint, er sei jetzt wohl weg, aber Mesina ist trotzdem nicht nach Hause gekommen! Wo ist sie, kannst du mir das sagen?«

Ich fragte mich, was in Mona vorging. Wenn jemand wusste, wer das Orakel, also Eigir, war, dann sie. Aber sie ließ sich nichts anmerken.

»Wie alt ist Melina?«, fragte sie.

»Nicht Melina. Mesina heißt sie …«, sagte die Mutter und schnäuzte sich. »Ich habe ihren Vater im Italienurlaub kennengelernt – und ihn dann nie wiedergesehen. Es gab immer nur Mesina und mich … Sie ist jetzt sechzehn … bald siebzehn! Sie war erst fünfzehn, als sie verschwand.«

»Hat sie sich gar nicht gemeldet?«

»Einmal nur. Gleich nachdem sie verschwunden war … Sie schickte eine Nachricht, dass es ihr gut ginge, aber dass sie nie wieder heimkommen wolle … Sie hat noch nicht mal geschrieben, wo sie ist!« Die Stimme erstickte in Schluchzern.

Mona machte leise, ruhige, tröstende Laute.

»Wann wurde Mesina geboren?«, fragte sie dann.

»Vierzehnter März«, antwortete die Mutter. Mir wurde eiskalt. Vierzehnter März – genau wie ich!

»Fische also«, stellte Mona kurz fest. Dann fing sie an, ihre Karten aus dem Kartenspiel auf dem Tisch auszulegen.

»Merkwürdig …«, sagte sie. »Ich sehe einen starken Willen, genau wie du gesagt hast.« Ich konnte hören, wie Mona weitere Karten auf der Tischplatte auslegte. »Die Karten sagen, dass sie zu Hause *ist* … Vielleicht fühlt sie sich da, wo sie ist, zu Hause. Aber auch, dass sie bald fortgehen wird. Und du – sie ist nicht weit weg. Sie ist gar nicht weit von hier weg. Sondern ganz in der Nähe.« Mona legte noch ein paar Karten aus, bevor sie weitersprach: »Ganz nah. Und es geht ihr gut. Aber sie wird bald eine Reise machen …«

»Glaubst du, dass sie heimkommt?«, wisperte die Mutter.

»Das wird nicht deutlich«, erwiderte Mona. »Aber es gibt Hoffnung.«

Ich lag schon so lange unter den Kissen versteckt, dass es anfing, in den Beinen zu kribbeln.

Als Mona und die Besucherin endlich vom Sofa aufstanden und ich hörte, dass sie draußen in der Diele waren, wagte ich mich zu strecken und mit dem Kopf hinter den Kissen aufzutauchen. Ich konnte Monas Rücken flüchtig in der Diele erkennen und Mesina Molins Mutter, die Handschuhe und Mütze anzog. Und ich erkannte noch jemanden. Ein Schatten und ein dunkelhaariger Kopf bewegten sich im Flur in Richtung Schlafzimmer. Orestes hatte auch gelauscht!

Als die Tür hinter Mesinas Mutter zufiel, drehte er sich um und schaute mir direkt in die Augen.

Ich rannte hinter Orestes her auf sein Zimmer. Er machte die Tür hinter uns zu.

»Mesina«, sagte er.

Ich nickte.

»Du hast recht«, sagte ich. »Sie muss zurückkommen. Ihre arme Mutter!« Es versetzte mir wirklich einen Stich, wenn ich an die Tränen der Mutter dachte. »Du musst versuchen, sie zu überreden!«

»Ich tue, was ich kann!«, meinte Orestes ernst. »Aber im Moment läuft es nicht so gut.« Er erzählte, dass Mesina nicht mehr auf seine Nachrichten antwortete. Und er konnte sie auch nirgends sonst im Netz finden. »Aber ich schwöre, dass ich es weiter versuche!«, sagte er und sah auf einmal traurig aus. »Ich schwöre.«

Ich glaube, er konnte mir ansehen, dass ich kurz vorm Weinen war. Die Wahrscheinlichkeit, dass Orestes Mesina dazu überreden konnte heimzukommen hielt ich für nicht so groß. Aber er musste es trotzdem mit allen Mitteln versuchen! Jedes Schluchzen, dass ich da draußen mit angehört hatte, hätte genauso gut auch von meiner Mama oder meinem Papa kommen können. Mir tat Mesinas Mutter so leid. Und wir – Mesina und ich – hatten am selben Tag Geburtstag ... War das der Grund, warum das Orakel uns beide kontaktiert hatte? Mir brummte der Kopf und ich stand eine ganze Weile schweigend da.

»Was hast du da eigentlich gemacht?«, wollte Orestes schließlich wissen. Ach ja!

»Alles Gute zum Geburtstag«, sagte ich und streckte ihm meine Geschenke entgegen.

Orestes lächelte, als ob er noch nie ein Geburtstagsgeschenk bekommen hätte.

Er freute sich riesig über die Geschenke, fast ein bisschen *zu* sehr. Er würde die Schmerztabletten in dem Becher versteckt halten, meinte er. Und er fand die Tabellen toll, sagte, dass sie interessant seien, und schlug das Buch wieder und wieder auf.

»Du, Orestes«, sagte ich und musste schlucken, »du wirst sie vielleicht brauchen können.«

Und dann erzählte ich ihm alles über Mamas Job und dass unser Geld nicht reichte und wir umziehen mussten. Ich weiß, dass es Schlimmeres gibt, als umzuziehen. Aber als ich Orestes davon erzählte, war es, als ob ein Kloß in meinem Hals anschwoll, und ich war schon wieder kurz davor zu weinen.

»Aber, Malin!«, sagte Orestes auf einmal. »Die Sternenuhr! Wir verkaufen sie, dann haben wir Geld.«

Ich schluckte ein Schluchzen hinunter.

»Ich weiß«, erwiderte ich. »Aber ich will nicht.«

Ohne die Sternenuhr würden wir nie herausfinden, ob es Erdenströme und Sternenfelder gab. Ob die Kraftkreuze Papas Herz heilen konnten. Oder ob Elektra ein Rutenkind war oder nicht. Wie sollte ich da aufhören können, mich zu fragen, was Silvia mit ihrem geheimnisvollen Lied meinte und warum die Sternenuhr für die Zukunft wichtig war?

Ich glaube, ich hätte lieber dieses Wunderwerk in meinem Leben, als an einem bestimmten Ort zu wohnen.

Man kann daran glauben oder nicht, dass Sternenfelder und Erdenströme lenken, was geschieht. Dass das, was wie ein Zufall wirkt, eigentlich eine Bedeutung hat. Aber das hier ist wirklich passiert.

Die letzte Stunde am Freitag war vorbei und Ante und ich hatten gemeinsam daran gearbeitet, unser Projekt fertig zu bekommen. Ante war richtig gut darin, Texte zu schreiben, echt. Das Schwierige daran war nur, ihn dazu zu bringen, es zu tun, statt mit seinen Kumpels über irgendwelche Computer- und Fußballspiele zu quatschen.

»Was machst du da?«, rief ich, als Ante auf einmal anfing, in meinen Sachen herumzukramen.

»Mein Radierer ist weg ... Hast du ihn vielleicht? Wo ist dein Schlampermäppchen?«

Er packte meinen Rucksack, der am Stuhl hing, und war drauf und dran, darin herumzuwühlen. Aber ich zog den Rucksack an mich und da ...

Die Metallscheibe mit den Löchern drin, die wir hinter den Vögeln am Holland House gefunden hatten, klatschte auf den Klassenzimmerboden.

»Was ist das?«

Ante war schneller als der Blitz.

Er hatte sich die Scheibe auf dem Boden geschnappt, noch bevor ich mich danach bücken konnte. Er fummelte an der Scheibe herum, betatschte die Zacken. Ante ließ sie gar nicht mehr aus den Augen

»Gib sie mir!«, forderte ich. Aber das tat er natürlich nicht. Er strich mit der Hand über die rostrote Oberfläche.

»Was machst du damit?«, fragte er.

»Weiß nicht …«, erwiderte ich. »Ich weiß ja nicht mal, was das ist! Ich hab sie irgendwo gefunden.« Wie sollte ich mich jetzt rausreden!? Wo ich die Scheibe doch extra in den Rucksack gesteckt hatte, damit niemand sie zufällig zu Hause finden würde.

»Irgendwo?«, wiederholte Ante.

»Bei … beim Roten Kreuz«, schwindelte ich. »Sie war in einem Kästchen mit Krimskrams, das ich gekauft habe.«

»Aber ich weiß, was das ist«, meinte Ante. »Das ist Musik. Meine Uroma hat jede Menge davon.«

Musik? Ich dachte, ich hätte mich verhört. Und Ante weigerte sich, es weiter zu erklären. Ich könne mitkommen und es mir anschauen, sagte er. Aber nur, wenn ich gleich nach der Schule mit ihm mitgehe.

Ich hätte natürlich gerne Orestes mitgenommen. Aber ich wusste nicht, ob Ante sich darauf einlassen würde. Deshalb erzählte ich weder Orestes noch sonst wem davon. Ich brachte nur schnell meinen Turnbeutel nach Hause, holte das Rad aus der Garage und rollte den Hügel hinunter zum Supermarkt.

Dort wartete Ante, genau wie wir es ausgemacht hatten. Er hatte natürlich ein sportliches Fahrrad mit bestimmt einer Million Gängen. Aber er ließ mich vorausfahren, zumindest so lange, bis wir auf dem Radweg am Flussufer waren. Dort überholte er mich, aber nur, um in Schlangenlinien von einer Seite des Wegs zur anderen zu pendeln, während er gleichzeitig versuchte, auf dem Hinterrad zu fahren. Jedes Mal schaute er sich nach mir um, wie um sich zu versichern, dass ich auch wirklich gesehen hatte, was er machte. Ich ignorierte ihn, so gut es ging.

Genau wie beim letzten Mal schloss Ante die Tür zu Gerdas Haus selbst auf.

»Ich bin's bloß«, rief er, und genau wie beim letzten Mal kam Mops Silvia angerannt.

»Ich muss nur erst kurz mit ihr raus«, meinte Ante. Ich folgte ihm und kam mir irgendwie blöd vor, während er mit Silvia auf und ab ging und schließlich ihre Kackwurst in einem kleinen schwarzen Plastikbeutel aufsammelte.

Ante war quasi ein anderer Mensch als in der Schule, jemand, der sich um einen Hund kümmern konnte, ohne sich wie ein Trottel aufzuführen, und der lieb zu seiner Urgroßmutter war. Gerda war in die Küche gekommen, als wir wieder im Haus waren. Sie wollte uns unbedingt etwas zu essen anbieten, also half Ante ihr, Brötchen, Butter, Käse und wieder diese Limo auf den Tisch zu stellen.

Gerda wollte von Ante wissen, wie es beim Fußball lief, und Ante fing an, jedes Detail seines letzten Spiels bis hin zum kleinsten Freistoß oder wie das heißt zu erzählen.

Nach drei Käsebrötchen kam es mir so vor, als hätte Ante total vergessen, warum ich mit ihm hier war.

»Die Scheibe«, sagte ich schließlich.

»Ach ja«, meinte Ante. »Wir wollten sie uns anschauen.«

Aber bevor wir in Gerdas Wohnzimmer mit all den alten Sachen gehen konnten, mussten wir zuerst die Küche aufräumen.

Gerda setzte sich in ihren Sessel. Sie sah aus, als ob sie sich ausruhte, aber sie beobachtete uns mit ihrem gesunden Auge genau.

An einer der Wände stand ein altes Möbelstück, einen Sekretär nennt man das, glaube ich. Das ist so was wie eine Kommode, nur dass man eine kleine Tischplatte daran herunterklappen kann. Die Tischplatte war mit jeder Menge Krimskrams auf kleinen Häkeldeckchen vollgestellt.

Ante legte die Hand auf eine kleine Holzkiste, die halb versteckt hinter drei Porzellanfiguren stand.

»Das brauchen wir«, meinte er.

Er nahm die Kiste und stellte sie in die Mitte von Gerdas Couchtisch. Dann fing er an, in einer der Schubladen im Sekretär zu kramen.

Die kleine Kiste war aus dunklem Holz und auf der Oberseite mit verschnörkelten Blumenmustern bemalt. SYMPHONION, stand auf dem Deckel. Ich strich vorsichtig darüber. Seitlich stand eine kleine Kurbel aus Metall hervor.

Ante hörte auf, im Sekretär herumzukramen. Er hielt einen Pappkarton in der Hand.

»Hier sind die Platten«, sagte er und hob den Deckel ab.

In dem Karton lagen mehrere rostrote Metallscheiben mit Löchern, genau wie die, die ich gefunden hatte. Oder zumindest fast genauso. Sie hatten einen Aufdruck, Wörter, die abgewetzt und schwer zu lesen waren.

WALZER ELEGANT, stand auf einer. Und CONCERTINA D-DUR, auf einer anderen.

»Gib mir deine Platte«, forderte Ante. Ich kramte die Scheibe aus meinem Rucksack hervor und gab sie ihm. Er verglich sie mit einer der Scheiben aus dem Karton. Sie waren genau gleich groß im Durchmesser. Und genau gleich dick. »Wusste ich es doch!«, rief er.

Jetzt nahm Ante die Holzkiste, auf der SYMPHONION stand, an sich. Er öffnete den Deckel. Im Inneren waren kleine, blanke Metallzinken, aber Ante steckte die Platte einfach nur auf einen kleinen Stift, der in der Mitte der Kiste hochstand, und schloss den Deckel. Er drehte ein paarmal an der Kurbel, die an der Kiste angebracht war, dann ließ er sie los.

Klare Töne strömten daraus hervor in den Raum. Es klang so, als ob kleine Glöckchen in der Kiste ertönten.

Wir wurden ganz still.

Es war eine sonderbare Melodie, die erklang. Ein bisschen traurig und verloren, aber doch so schön, dass man sie gerne noch mal hören wollte.

»Dieses Lied habe ich noch nie zuvor gehört …«, sagte Gerda aus ihrem Sessel.

Es war schon komplett dunkel, als ich von Gerdas Wohnung heimradelte. Das Wasser des Flusses war tiefschwarz und alle Lichter spiegelten sich darin.

Ich summte die Melodie den ganzen Weg über, wollte sie nicht vergessen.

Sobald ich zu Hause war, ging ich in mein Zimmer. Ich schlug eines der leeren Notenhefte auf, die ich zum Üben von Musiktheorie benutze, und schrieb die Melodie auf, so gut ich mich daran erinnern konnte.

Ein gutes Gehör nennt man das, wenn man sich an eine Melodie erinnert und sie entweder nachspielen oder in Notenschrift niederschreiben kann. Ich bin da ganz gut drin.

Aber ich musste auch versuchen, sie zu spielen, um zu sehen, ob sie korrekt war. Also holte ich das Cello aus seiner Ecke.

Ich atmete tief durch, versuchte mich zu sammeln. Es ist nicht so wichtig, dass ich konzentriert bin, wenn ich anfange zu spielen. Es ist wichtiger, einfach loszulegen. Sobald ich spiele, kommt die Konzentration von selbst. Nur atmen und die Schultern und Arme locker lassen.

Mein Cello war ein klein wenig verstimmt. Ich lauschte und stimmte es neu, drehte an den Schrauben. C-G-D-A ... Ich strich mit dem Bogen über zwei Saiten auf einmal. Ich habe gelernt, zu hören, wenn es richtig klingt, wenn die unterschiedlichen Töne zusammen so klingen, wie sie sollen.

Als das Cello richtig gestimmt war, begann ich, die Melodie zu spielen. Ton für Ton. Manchmal musste ich das, was ich aufgeschrieben hatte, korrigieren.

Die sonderbare Melodie erfüllte mein Zimmer. Von meinem Bogen, über die Saiten und den Resonanzkörper des Cellos hinaus durch das s-förmige Loch, schon war sie da. Und sobald ich sie spielte, wusste ich, dass es die Melodie zu Silvias Lied war, das sie vor so langer Zeit an beinahe demselben Ort, an dem ich mich jetzt befand, gespielt und gesungen hatte. In der Nähe des Almekärsshofs in Lerum, Västergötland, und auf genau demselben Instrument. Es war, als ob das Cello es wiedererkennen würde.

In meinem Kopf konnte ich den Text des Liedes hören:

Etwas ist gekommen,
Etwas wurd' genommen.
Nun da Bergmanns Macht
Über die Erd' hat gebracht
Getös' ohne Ende, ohn' Unterlass Gebraus,
Menschenwege breiten sich aus.
Wir ersehnen dich, Rutenkind, in Menschengestalt.
Dich, das gewahren soll die vergessene Kraft,
Wenn die Sterne sich treffen in der Mittsommernacht,
Wo sich kreuzen die Wege und die Schiene glänzt kalt.
Vögel folgen deinem Weg über Land,
Sternenuhrs Pfeil weist in deine Hand,
Sternenfelder sich krümmen und Erdenströme schlagen,
Nur du kannst Macht übers Kräftekreuz haben.

Ich spielte lange.

Als ich ins Wohnzimmer runterkam, saß Mama auf dem Sofa und sah ganz verträumt aus. Sie hatte eine leere Teetasse vor sich.

»Schöne Melodie, das«, sagte sie. »Wie heißt sie?«

»Weiß ich nicht«, erwiderte ich. »Ist bloß eine alte Melodie. Ich weiß nicht, ob sie einen besonderen Namen hat.«

»Malins Melodie«, meinte Mama und lächelte.

Orestes war natürlich enttäuscht, dass er die Spieldose nicht hatte sehen können. Und ein bisschen sauer, dass ich ihn nicht mit zu Gerda genommen hatte. Aber gleichzeitig war er zufrieden, dass ich herausbekommen hatte, was es mit der geheimnisvollen Scheibe auf sich hatte.

Er fand jede Menge Fakten über Spieldosen heraus und schrieb alles in sein Notizbuch.

SPIELDOSE

Die Töne werden von kleinen Metallzinken erzeugt, die angehoben und wieder losgelassen werden – genau wie in einer kleinen Spieluhr mit Walzen.
Die Spieldose besteht aus einer Holzkiste. Darin befinden sich Metallzinken. Wenn man die Zinken anschlägt, entstehen die Töne, die in der Kiste widerhallen. Um die Zinken anzuschlagen, verwendet man Scheiben mit eingestanzten Löchern. Diese verhaken sich mit den Metallzinken und schlagen sie an, sodass Töne entstehen. Aber natürlich muss sich dafür die Platte drehen! Also hat die Kiste einen Mechanismus, auf den man die Platte aufsetzt, und eine Feder, die man aufzieht, damit die Platte sich dreht. Dann kann man die Melodie hören. In jede Platte ist eine Melodie eingestanzt. Die Löcher in der Platte bestimmen die Melodie.

»Ich glaube, die Platte ist eine Nachricht«, meinte Orestes. »Ganz klar sind die Löcher irgendeine Art Code, den man lösen muss.«

Code? Aber es war doch eine Melodie ... eine richtig schöne Melodie sogar. Konnte Axel uns nicht einfach nur die Melodie zu Silvias Lied geschickt haben? *Das Lied ist der Schlüssel*, stand doch in dem Brief!

Aber das glaubte Orestes nicht. Warum sollte sich Axel etwas aus Melodien machen! Nein, Orestes war sich sicher, dass die Platte ein Geheimnis verbarg, das entschlüsselt werden musste.

»Vielleicht kann man die Löcher in Morsezeichen übersetzen. Genau wie in diesen Telegrafenstreifen, die Wheatstone erfunden hat. Wäre das nicht fantastisch? Wenn man ein

Computerprogramm schreibt, das die Anordnung der Löcher analysiert vielleicht ...«

Seine Augen leuchteten auf. In Gedanken war er schon auf halbem Weg runter in unseren Keller, saß vor Mamas zweitbestem Computer in unserem Vorratsraum und grübelte und grübelte, das war mir klar.

Und vielleicht hatte er recht.

»Okay«, meinte ich, »wir können es ja mal probieren.«

Am Sonntag war schon der erste Advent. Ich liebe den ersten Advent, denn da fängt die Weihnachtszeit so richtig an. Papa und ich mussten alle Fenster alleine mit Adventssternen und Lichterbögen schmücken, denn Mama konnte mit ihrem gebrochenen Bein natürlich nicht mithelfen. Dann zündeten wir die erste Kerze auf dem Adventskranz an und aßen Pfefferkuchen (Papa natürlich nicht) und am Abend spielte ich beim Adventskonzert in der Kirche Cello im Orchester, genau wie immer.

Ich liebe es, wenn die Musik die ganze Kirche erfüllt und alle singen, dann kann man richtig in die Musik eintauchen. Ich schaute hinauf zur Decke und sah die gemalten Engel und Wolken dort oben und dachte an Axel und Gerda und alle anderen, die hier leben oder genau hier gewohnt haben, wo ich heute lebe. Und die hier Weihnachten gefeiert haben. Mama und Papa saßen nebeneinander auf der Kirchenbank, genau wie es sein soll. Und ich beschloss für mich, dass jetzt alles, wirklich alles gut werden würde.

Als wir heimkamen, packte ich sofort das Cello aus, denn es ist nicht so gut, wenn es in seinem schwarzen Koffer herumsteht. Dann nahm ich den Zettel, auf dem ich die Noten zu Silvias Lied aufgeschrieben hatte. Ich konnte es nicht lassen, ich spannte den Bogen und spielte es noch mal. Aber es klang falsch. Ich hatte einen Fehler gemacht, als ich die Noten aufgeschrieben hatte, das merkte ich jetzt erst. Es war nicht die Note C, sondern B. Ich nahm einen Stift, radierte aus und …

Warum war mir das nicht schon früher aufgefallen? Die Noten waren ja auch Buchstaben: B-G-E-A … Hier war doch der Hinweis, unser Lösungswort, genau vor unseren Augen! Oder zumindest Ohren!

»Das war eine schöne Melodie, die du eben gespielt hast«, meinte Papa, der die ganze Zeit im Wohnzimmer gesessen und zugehört hatte. »Wie heißt sie?«

»Ach …«, machte ich, »das war nur was, das ich mir ausgedacht habe.«

»Denk dir mehr aus, Spätzchen«, meinte er.

Ich setzte mich neben ihn aufs Sofa.

»Was machen wir Weihnachten?«, fragte ich.

»Dieses Jahr bleiben wir einfach nur zu Hause«, sagte Papa.

»Schön«, fand ich. Manchmal fahren wir zu Verwandten in anderen Teilen des Landes und das ist natürlich auch cool. Aber ich mag es so gern, einfach nur zu Hause zu sein und es sich gemütlich zu machen und unseren eigenen Weihnachtsbaum in der Wohnzimmerecke stehen zu sehen.

Ich lehnte mich an Papa, setzte mich so dicht neben ihn, dass ich sein Herz schlagen hören konnte.

Du-dum. Du-dum. War das nicht etwas unregelmäßig?

»Geht's dir gut?«, wollte ich wissen.

»Was? Sicher«, erwiderte er. »Bin nur ein bisschen müde ...« Er sah mich nachdenklich an. »Malin«, fragte er dann, »machst du dir immer noch Sorgen wegen meines Herzens? Und des Herzschrittmachers?«

Ja, wollte ich rufen, denn ich mache mir deswegen fast ununterbrochen Sorgen.

Aber ich zuckte stattdessen nur etwas unbestimmt mit den Schultern, weil ich Papa das nicht sagen wollte.

Aber Papa ging eine dicke Broschüre holen, in der beschrieben war, wie der Herzschrittmacher funktioniert.

Er erklärte mir, was ein Herz macht, wenn es Blut in jede einzelne Ader im ganzen Körper pumpt. Er erklärte, dass ein gesundes Herz nie ganz gleichmäßig schlägt. Stattdessen beschleunigt oder verringert es die Geschwindigkeit – oder Frequenz – der Schläge ständig. Je nachdem, was der Körper grade braucht. Und er sagte, dass der Herzschrittmacher, der sein Herz am Schlagen hält, so gut gemacht ist, dass er auch die Geschwindigkeit des Herzschlags ändern kann.

Immer ein klein wenig anders. Genau wie es sein soll.

Es stellte sich heraus, dass wir ein Problem hatten. Ich war ganz sicher, dass die Noten zu Silvias Lied das Lösungswort für unsere Chiffre ergaben. Aber wir wussten nicht, wie lang das Lösungswort war. Oder mit anderen Worten: Wir hatten keine Ahnung, ob wir uns die ersten zwei, drei, vier oder fünf (oder noch mehr) Noten des Liedes rauspflücken mussten, um sie in das Quadrat der Playfair-Chiffre einzusetzen. Wenn es überhaupt eine Playfair-Chiffre war …

»Ich muss zu euch rüberkommen«, meinte Orestes entschlossen. »Wir brauchen die Computer!« Ich sah ihn sorgenvoll an. »Nicht für das mit Mesina«, fügte er dann hinzu. »Um die Chiffre zu lösen!«

Deswegen kam Orestes am Montag gleich nach der Schule mit zu mir nach Hause. Seltsamerweise stand die Tür sperrangelweit offen.

»Hallo, hallo, ich bin wieder da!«, rief ich wie immer und erwartete eigentlich, Mamas Stimme aus dem Wohnzimmer zu hören.

»Hallo«, sagte eine mir unbekannte, tiefe Stimme. Aus dem Obergeschoss!

Ich starrte Orestes an. Ich hatte schon so lange von Gespenstern und Geistern und Axel fantasiert, dass ich jetzt fast glaubte, dass er es war …

Wir hörten schwere Schritte auf der Treppe. Ein völlig fremder Mann kam runter in die Diele.

»Hey!«, meinte er und lächelte uns mit ungewöhnlich weißen Zähnen an. »Roger Bondmark. Immobilienmakler.«

Makler. Das sind so Leute, die anderen dabei helfen, ihr Haus zu verkaufen. Und dieser Makler lief im ganzen Haus herum und schaute sich alles an, Fußböden und Decken und den Geschirrspüler, einfach alles. Dabei murmelte er die ganze Zeit etwas vor sich hin, deshalb nahm ich an, dass er überlegte, wie viel unser Haus wert war.

Nachdem wir Mama auf dem Sofa begrüßt hatten, verzogen Orestes und ich uns in den Computerraum im Keller, aber auch da tauchte er nach einer Weile auf.

»Geräumiger und vielseitig verwendbarer Hobbyraum oder Spielzimmer für Kinder unterschiedlichen Alters«, meinte er. Ich weiß, dass der Makler keine Schuld hatte, dass wir umziehen mussten. Aber ich konnte ihn so was von nicht leiden.

Mama war an diesem Abend auch nicht bester Laune. Sie meinte, ihr Bein täte weh, aber ich glaube, sie war auch traurig wegen des Hauses. Papa war der Einzige, der fröhlich war. Er werkelte an seinen ganzen kleinen Topfpflanzen herum, bevor er sich mit dem *Lerumer Tagblatt* niederließ.

»Guckt mal hier!«, rief er und zeigte uns einen Artikel.

Lerumer Tagblatt – Montag, 1.12.

Therapie-Praxis in Almekärr

Wir treffen Mona Nilsson, die eine Therapie-Praxis in ihrem Haus in Almekärr eröffnet hat. Die Therapie basiere auf dem Einklang von Mensch und Natur, berichtet sie. Es stecke mehr hinter der Wirklichkeit, als das Auge sehen kann. Die Philosophie dahinter hat sie selbst entwickelt und nennt sie »Helionautik«.

»Wir betrachten das Leben als ein Netzwerk«, sagt sie. »Wir alle bilden Muster, die ineinander verlaufen. Es ist wichtig, sich um den Menschen in seiner Gesamtheit zu kümmern.«
Monas Praxis erfreut sich großer Beliebtheit und bietet Behandlungen für Mensch und Tier an. ■

»Ooooh«, stöhnte Mama nur und ließ die Zeitung auf den Boden fallen.

Unsere neue Klasse ist ziemlich anders als die alte. In unserer alten Klasse hat es ungefähr eine Woche gedauert, bis wir uns darauf geeinigt hatten, welches Lied wir bei der Schulabschlussfeier singen würden. In der neuen Klasse geht alles viel schneller. Wir sind zwar erst in der Siebten, aber alle haben bereits beschlossen, dass wir, wenn wir nach der Neunten abgehen, die weltbeste Klassenfahrt machen werden. Aber die weltbeste Abschlussfahrt wird natürlich auch nicht die weltbilligste Klassenfahrt, das ist allen klar. Was bedeutet, dass wir schleunigst anfangen müssen, dafür Geld zu sammeln. Und irgendwann, ich weiß nicht mehr so genau, wie es dazu gekommen ist, haben wir beschlossen, selbst gemachte Adventskränze zu verkaufen, um das Geld zusammenzubekommen.

Sanna schlug sofort vor, dass sie, Orestes, Ante und ich helfen würden, unsere Kränze zu verkaufen. Ich weiß nicht, ob sie das gemacht hat, weil sie glaubt, dass Ante auf mich steht. Aber ich brachte es nicht fertig, sie zu fragen. Am Freitag mussten wir alle Adventskränze in der Schule abholen und fingen dann direkt an, sie auch zu verkaufen.

Wir hatten uns Elektras Kinderwagen ausgeliehen, um die Kränze darauf zu laden. Dann wechselten wir uns ab, den Wagen zu schieben und bei den Leuten zu klopfen und zu fragen, ob sie welche kaufen wollten.

Ich bin keine gute Verkäuferin. Ich versage schon beim ersten Schritt, nämlich bei fremden Leuten an der Tür zu klingeln. Das finde ich superstressig. Zum Glück hatten weder Sanna noch Orestes ein Problem damit. Meist schickten wir Sanna vor, denn sie ist die Fröhlichste von uns und hatte außerdem eine Weihnachtsmannmütze auf. So brauchten Orestes und ich nur neben ihr zu stehen, mit unseren Adventskränzen in der Hand.

Ante wollte bloß den Kinderwagen schieben. Seltsam, denn sonst war er immer derjenige, den man am meisten hört und sieht.

Wir liefen die Straßen um die Schule herum langsam ab und blieben an jeder Tür stehen. Es sah so schön aus mit all den Lichtern in den Gärten. Wenn in allen Fenstern Lichtbögen und Adventssterne leuchten, wirkt jedes Haus so gemütlich, dass ich am liebsten dort einziehen möchte. Mama und ich machen normalerweise Anfang Dezember einen Spaziergang und zählen alle Adventssterne, die wir sehen, aber das ging dieses Jahr natürlich nicht.

Es war, als wir an der Tür eines Reihenhauses klingelten, dem letzten in der Reihe. Ich zuckte zusammen, als ich sah, wer uns die Tür aufmachte, denn ich erkannte sie sofort. Ich musste mich selbst beruhigen, dass sie mich ja nicht kannte – ich hatte ja hinter einem Haufen Kissen versteckt gelegen, als ich sie das letzte Mal gesehen hatte. Es war Mesina Molins Mutter.

Zum Glück war Sanna so gut im Reden, denn sobald sich die Tür geöffnet hatte, brachte ich kein Wort heraus. Wir durften in die Diele kommen, während Mesinas Mutter hektisch nach ihrem Portemonnaie suchte, um die zwei Kränze zu bezahlen.

»Das ist so eine coole Tasche, fast wie die, die du hast«, meinte Sanna und zeigte auf einen bunten Rucksack, der an einem Garderobenhaken hing. Der Rucksack war mir schnuppe, ich stand da und starrte eine Reihe Fotos an der Wand an. Auf dem ersten war ein pausbäckiges Baby zu sehen, das breit in die Kamera lachte. Auf dem zweiten ein kleines Kind mit runden Wangen und Stirnfransen, und auf dem dritten dasselbe Kind, nur etwas größer und ohne Stirnfransen. Auf jedem Foto in der Reihe wuchs das Kind, es bekam längere Haare, ein schmaleres Gesicht und auf dem letzten Bild erkannte ich Mesina. Da sah sie genauso aus wie auf dem Foto in der Schule. Hoch auftoupierte Haare und dunkel geschminkte Augen. Ernster Blick.

»Danke und frohe Weinachten«, wünschte Sanna, als wir gingen. Aber sobald wir auf der Treppe waren, fragte sie: »Was ist denn mit dir passiert? Du siehst ja aus, als hättest du ein Gespenst gesehen!«

»Das war Mesina Molins Mutter«, antwortete ich. »Hast du nicht die Fotos gesehen?«

»Das ist sie?«, fragte Orestes und sah aus, als wolle er zum Haus zurückgehen. Als ob er Mesina dort finden könnte! Das war wohl der einzige Ort auf der Welt, von dem wir sicher wussten, dass sie dort nicht war.

Als Ante mitbekam, worüber wir redeten, musste er sich natürlich gleich wieder zum Affen machen.

»Das Geistermädchen!«, rief er. »Geeeeeiiiiist …« Noch bevor ihn irgendjemand aufhalten konnte, rannte er in den Garten. Er verschwand um die Hausecke.

»Was macht er?«, fragte ich.

Orestes schüttelte nur den Kopf und packte den Griff des Kinderwagens.

»Kommt, wir gehen«, meinte er. »Der wird schon nachkommen.«

Sanna und ich gingen zögerlich hinter Orestes her. Und Ante kam natürlich auch ein paar Minuten später nach. Er rannte ziemlich schnell hinter uns her und meinte, er hätte in Mesina Molins Zimmer reingeguckt.

»Woher willst du wissen, dass es ihr Zimmer war?«, fragte Sanna.

»Weil es ein Mädchenzimmer war, ist doch klar«, meinte Ante. »Es war genauso, als ob sie immer noch darin wohnen würde – nur dass es verlassen wirkte!«

Ich erschauderte. Und fragte mich, ob meine Eltern mein Zimmer auch so gelassen hätten, wie es war, wenn ich verschwunden wäre …

Schlussendlich hat Orestes die Chiffre gelöst! Oder fast jedenfalls.

Er hatte ja gehofft, sein Computerprogramm würde die Chiffre lösen. Er hatte ein kleines Programm geschrieben, das Playfair-Chiffren mit unterschiedlich vielen Buchstaben als Schlüsselwort ausprobierte, aber das führte zu nichts. Orestes war kurz davor gewesen aufzugeben, meinte er. Aber dann kam ihm der Gedanke, dass es stattdessen vielleicht eine Vigenère-Chiffre war, die Art Verschlüsselung, die Axel in seinen ersten Briefen an uns verwendet hat. Und der Haken war, dass das ganze Lied das Schlüsselwort war!

Eine Melodie kann man ja in Noten aufschreiben, die etwas darüber sagen, welche Töne in der Melodie vorkommen. Und die Noten sind nach verschiedenen Buchstaben benannt. Als ich also Silvias Lied aufschrieb, benutzte ich diese Noten hier:

B G E A A B G E A B G E A A G #F G #F E B G E A

Und es waren die Noten, also die Notenbuchstaben, die das Schlüsselwort ergaben! Wenn also das Lied mit den Noten B-G-E-A begann, bedeutete das, dass der erste Buchstabe im Code mit dem Schlüsselbuchstaben B verschlüsselt war, der zweite mit G, der dritte mit E, der vierte mit A ... und so weiter. So ein Code ist superschwer zu knacken! Orestes sah unerträglich zufrieden aus, dass es ihm gelungen war, die Chiffre zu lösen.

Als er die Buchstaben einsetzte, erhielt er die Lösung:

Code	G	A	I	N	F	W	U	R	D	F	Y	X	I	N	M	X	A	M	K	I	M	U	O	F
Schlüssel	B	G	E	A	A	B	G	E	A	B	G	E	A	A	G	F	G	F	E	B	G	E	A	B
Klartext	f	u	e	n	f	v	o	n	d	e	s	t	i	n	g	s	u	h	g	h	g	q	o	e

Das bedeutete vielleicht: »Fünf von des Tings ...« – aber dann?

Ich war es, die darauf kam, was an Orestes' Lösung falsch war. Ich hatte zwar die Namen der Noten aufgeschrieben, aber eine der Noten hatte, was man ein Kreuzvorzeichen nennt. Das sieht so aus: # und bedeutet, dass man die Note um einen Halbton erhöht. Orestes hatte bei seiner Lösung das #-Zeichen einfach übersprungen und den Buchstaben F eingesetzt, der direkt dahinter stand. Aber ich wusste ja, dass man #F wie FIS ausspricht! Und jetzt war auch die Lösung richtig!

Der Code war: GAINFWURDFYXINMXAMKIMUOF

Code	G	A	I	N	F	W	U	R	D	F	Y	X	I	N	M	X	A	M	K	I	M	U	O	F
Schlüssel	B	G	E	A	A	B	G	E	A	B	G	E	A	A	G	F	I	S	G	F	I	S	E	B
Klartext	f	u	e	n	f	v	o	n	d	e	s	t	l	n	g	s	s	u	e	d	e	c	k	e

FÜNF VON DES TINGS SÜDECKE war der Klartext.

Des Tings? Konnte das das Tingshus sein? Das ist ein altes Gerichtsgebäude in der Stadtmitte von Lerum. Wir warfen einen Blick auf Axels alte Karte und dort war das Gebäude tatsächlich eingezeichnet, zwischen all den geschlängelten Erdstrahlungslinien. Super! Dann mussten wir nur noch dorthin radeln!

Aber es war schon der zweite Advent und total vereist draußen. Wir hatten beide keine Spikereifen auf dem Fahrrad, also mussten wir den ganzen Weg in die Innenstadt von Lerum laufen.

Die Innenstadt war weihnachtlich geschmückt. Leuchtende Weihnachtsdekorationen waren zwischen den Laternenmasten aufgehängt und ein riesengroßer Tannenbaum stand mitten auf dem Marktplatz. In mir kribbelte es, denn selbst wenn ich natürlich kein kleines Kind mehr bin, finde ich Weihnachten doch etwas Besonderes.

Das Tingshus ist das große hellgraue Holzhaus gegenüber vom Marktplatz. Es ist ein komisches Haus, denn es hat eine Glocke oben auf dem Dach. Wie eine kleine Kirchenglocke. Ich hab keine Ahnung, wozu die gut sein soll, ich habe sie noch nie läuten hören.

»Das Gerichtsgebäude von Lerum. Erbaut 1892«, las ich das Schild draußen vor der Tür vor. »Dasselbe Jahr, in dem auch das Bahnhofsgebäude errichtet wurde!«

Also hatte es das Haus auf jeden Fall schon gegeben, als Axel Lerum 1893 verlassen hatte.

Im Tingshus hat vor langer Zeit etwas stattgefunden, das man Ting nannte. Das war so was wie ein Gericht, ich nehme mal an, da hat man geklärt, wem welche Kuh gehörte und solche Sachen. Heute treffen sich Rot-Kreuz-Gruppen oder die Pfadfinder im Tingshus, und gerade heute fand dort ein Weihnachtsmarkt statt. Ein Feuer brannte in einem Eisenkorb draußen im Garten vor dem Haus und dicke grüne Tannenzweige waren auf beiden Seiten der Tür angebracht. Man konnte Lose und Christbaumschmuck kaufen und die ganze Zeit gingen Leute ein und aus.

Orestes und ich standen da und starrten das Haus an. Graue Holztäfelung, große weiße Fenster. Orestes und ich waren uns einig, dass die Südecke die ganz links sein musste, wenn man auf die Eingangstür schaute.

»Fünf von des Tings Südecke – Axel muss fünf Meter meinen«, überlegte Orestes. »Er war ja trotz allem Ingenieur.«

Wir stellten uns ganz dicht an die Hausecke und fingen genau gleichzeitig an, mit großen Schritten auszumessen. Ein Meter ... wir kamen ins Wanken und lachten. Zwei Meter ... Drei Meter ... wir blieben stehen.

»Es muss ungefähr ...«, sagte ich.

»Genau ... dort ...«, meinte Orestes und streckte den Zeigefinger aus.

»Stimmt«, erwiderte ich.

Wir hatten wieder mal ein Problem. Ein lebendes Problem, ein gigantisches, zehn Meter hohes Problem. Ein riesengroßer Kastanienbaum wuchs direkt vor unserer Nase.

Nachdem wir die Kastanie eine ganze Weile angestarrt hatten, ohne dass uns das weitergeholfen hätte, gingen wir hinein zum Weihnachtsmarkt. Wir kauften zwei Zimtschnecken, zwei Becher Weihnachtspunsch und suchten uns einen freien Platz in der Sitzecke.

»Vielleicht können wir um die Kastanie herum graben?«, schlug ich vor. Als wir im Frühjahr den Hinweis an der Amtmannseiche gesucht hatten, wurden wir auch neben dem Baumstumpf fündig.

»Aber«, gab Orestes zu bedenken, »die Amtmannseiche gab es schon, als Axel etwas *daneben* vergraben hat. Aber diese Kastanie hier, die sieht zwar riesig aus, aber sie kann höchstens hundert Jahre alt sein! Also wächst die Kastanie mit ihren ganzen Wurzeln über dem, was hier vielleicht in den 1890er-Jahren vergraben wurde!«

Es sah zweifelsohne hoffnungslos aus. Schweigend saßen wir da und tranken unseren Weihnachtspunsch.

Bevor wir wieder gingen, kaufte ich bei der Rot-Kreuz-Frau mit den glatten Haaren, die auch immer im Secondhandladen ist, zwei Lose. Ich gewann eine große Dose Salzlakritzfische. War ja klar.

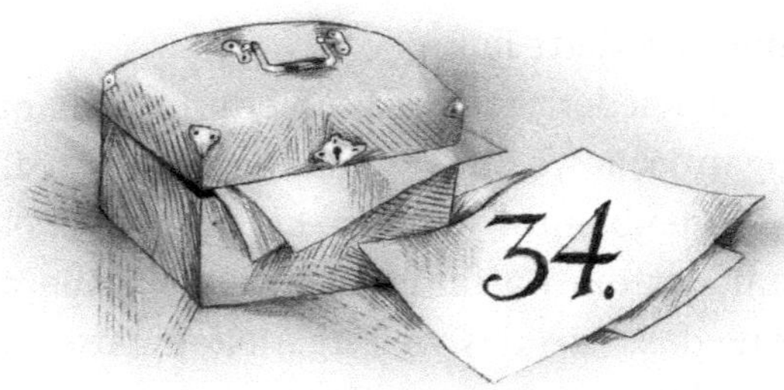

Ein paar düstere Dezembertage vergingen, an denen wir in der Schule fast jeden Tag Klassenarbeiten schrieben und Abgabetermine hatten. Nie zuvor hatten wir so viel zu tun. Es war in gewisser Hinsicht Glück, dass Mama zu Hause war, denn dann konnte ich nachmittags mit ihr reden, wenn ich vor lauter Stress nicht einmal die ersten Fragen der Hausarbeit verstehen konnte.

»Erledige immer nur eine Sache auf einmal«, riet sie mir. »Einen kleinen Schritt nach dem anderen, dann schaffst du es schon.«

Aber sie selbst war auch total gestresst, das merkte man daran, dass sie superfrüh anfing zu arbeiten und tausend Telefonate führte. Und vielleicht am allermeisten an ihren vielen tiefen Seufzern. Und Papa war weiterhin fast nie zu Hause!

Ein paarmal versuchte ich, mit Orestes zu lernen. Aber das war irgendwie schwierig, weil er sich im Gegensatz zu mir überhaupt nicht aus der Ruhe bringen lässt. Er ist eher der Typ, der eine Frage einfach nicht beantwortet, wenn sie ihm merkwürdig vorkommt, während ich immer gleich mehrere Seiten schreibe ... Er war jedes Mal nach kürzester Zeit mit seinen Aufgaben fertig und ging dann runter in den Computerraum. Eigentlich wollten wir immer noch was zusammen machen, wenn ich fertig war, aber ich brauchte viel zu lange.

So richtig lustig war es eigentlich nur das eine Mal, als Ante und ich uns bei ihm zu Hause getroffen haben, um unser Schwedisch-Projekt fertig zu machen. Ante wohnt in einem supermodernen Haus und es fühlte sich alles ein bisschen fremd an. Seine Mutter war zu Hause. Sie trägt immer schicke Klamotten und ist so zurechtgemacht, als ob sie zu einer Party ginge, obwohl es nur ein ganz normaler Tag ist. Ich dachte immer, dass solche Leute irgendwie steif sein müssen und Leute wie mich, die sich morgens grade mal die Haare hochbinden, nicht ausstehen können. Aber in Wirklichkeit war sie supernett und lustig. Sie machte uns einen Obstsalat und nachdem die Schwedisch-Hausarbeit fertig und abgeschickt war, spielten Ante und ich ein witziges Computerspiel.

Die ersten Tage in dieser Woche hatte ich also keine Zeit, so viel über Axels Hinweise nachzudenken. Aber zwischendurch kamen mir ab und zu Axel und Silvia in den Sinn. Die hier in Lerum an denselben Orten gewesen waren wie ich, nur zu einer anderen Zeit. Jetzt, wo ich von ihnen wusste, fielen mir die ganzen alten Häuser auf, wie das Tingshus oder das Holland House. Ich entdeckte graue Steinmauern zwischen modernen Einfamilienhäusern und die Überreste einer alten Mauer direkt neben einer neuen. Und wenn es dunkel ist, kommt es mir beinahe so vor, als ob ich auch die Menschen von früher sehen könnte. Altmodisch schwarz gekleidete Männer und Frauen, die die Straße entlanggehen oder an einer Pforte warten …

Am Mittwoch hatten wir Weihnachtsfeier mit dem Orchester und ich rannte danach den ganzen Almekärrsväg bergauf, weil es mir so vorkam, als würde mich schon seit der Brücke ein Schatten verfolgen! Aber natürlich hatte ich mir das nur eingebildet. Das wurde mir klar, als ich zu Hause angekommen war und mich im Schein der Küchenlampen wieder sicher und geborgen fühlte. Mir war grade wieder warm geworden, als ich das *Lerumer Tagblatt* entdeckte, das auf dem Küchentisch lag. Und das hier stand darin:

Lerumer Tagblatt – Mittwoch, 10.12.

Die Kastanie – nur noch eine Erinnerung

Der große Kastanienbaum vor dem Tingshus wurde heute Morgen von der Stadtverwaltung gefällt.
»Der Baum fiel einem Missverständnis zum Opfer«, sagt Ewa Sahlbrand von der Gemeinde. »Eigentlich sollten nur ein paar kleinere Büsche entfernt werden.«
Die Empörung unter denen, die im Laufe des Vormittags zum Tingshus gekommen sind, um am wöchentlichen Treffen des Roten Kreuzes teilzunehmen, ist groß.
»Dieser stattliche Baum! Wozu sollte es gut sein, ihn zu fällen?«, sagt Arvid Lidhult. »Sein grünes Dach hat uns Sommer für Sommer Schatten gespendet … und im Herbst Kastanien, mit denen die Kinder spielen konnten. Was für ein Jammer!«
Die Stadtverwaltung bedauert das Versehen. ■

Das konnte doch nicht wahr sein! Aber es stand im *Lerumer Tagblatt*, also musste es wohl stimmen! Die Kastanie vor dem Tingshus, die uns für unseren nächsten Hinweis im Weg stand, war gefällt worden! Hätte ich den anderen Weg von der Musikschule genommen, hätte ich es sicher mit eigenen Augen gesehen. Stellt euch mal vor, dass der Baum nur wenige Tage nachdem wir dort gewesen waren, gefällt werden würde! Jetzt hatten wir eine neue Chance – jetzt, wo der Baum weg war, konnten wir vielleicht an den nächsten Hinweis gelangen! Ich wollte zu Orestes rennen, bemerkte aber, dass seine Turnschuhe ohnehin schon in unserer Diele standen, also stürmte ich runter in den Computerraum.

Da saß er vor dem Bildschirm, wie immer. Er sah blass und müde aus. Versuchte er immer noch, Mesina zu finden?

»Vergiss den Computer!«, rief ich. »Wir brauchen einen Spaten!«

Der Baumstumpf und die riesigen Wurzeln waren bereits weg, als Orestes und ich in der Innenstadt ankamen. Zurückgeblieben war ein ebenmäßiger Fleck Erde an der Stelle, wo der Baum gestanden hatte.

»Die Wahrscheinlichkeit ist wohl nicht sehr groß, dass es hier noch irgendwelche geheimnisvollen Rätsel gibt«, meinte Orestes. Aber er stach den Spaten trotzdem in den Boden, dass er in der Erde knirschte.

Ja, wir hatten einen Spaten dabei. Ja, wir gruben, obwohl die Geschäfte noch geöffnet hatten und es vor Leuten wimmelte, die uns sehen konnten. Einige guckten natürlich. Aber es dauerte fast eine halbe Stunde, bis ein Mann zu uns kam und wissen wollte, was wir dort machten.

»Ich habe hier im Frühjahr ein Schmuckstück verloren«, behauptete ich. »Ich dachte, wir könnten es vielleicht wiederfinden, jetzt, wo der Baum weg ist.«

»Keine Chance«, sagte der Mann. »Die haben die ganze Erde rund um den Baum ausgeschachtet. Dann haben sie das Loch mit neuer Erde aufgeschüttet. Wenn du den Schmuck hier verloren hast, ist er bestimmt mit der alten Erde abtransportiert worden.«

Es war also aussichtslos. Wir hatten keine Ahnung, wohin die alte Erde gebracht worden war. Ich wurde wieder müde, alle Energie war verpufft.

Nichts lief, wie es sollte.

Die letzte Spur, der letzte Hinweis von Axel war weg. Mama suchte nach einem neuen Haus und arbeitete zu viel. Papa war fast nie zu Hause – warum eigentlich? War es wirklich so viel schöner mit Mona als mit Mama und mir?

Am Abend saß ich eine ganze Weile mit meiner Fischekette als Pendel in der Hand da, aber mir fiel nichts ein, was ich es fragen konnte. Oder aber ich hatte Schiss vor der Antwort.

Schon am nächsten Tag war ein neuer kleiner Baum an dieselbe Stelle gepflanzt worden, an der der alte gestanden hatte. Es war kaum mehr als ein Zweig und niemand wusste, wer ihn gepflanzt hatte.

Es war Freitagnachmittag und es gab zumindest eine gute Nachricht: Mama hatte eine neue, leichtere Schiene bekommen. Als ich von der Schule heimkam, hörte sie auf zu arbeiten und zeigte mir, wie sie zwischen der Küche und dem Wohnzimmer hin- und herhüpfen konnte.

»Morgen werde ich versuchen, runter in den Keller zu gehen!«, schnaufte sie, weil sie schon auf dem kurzen Stück zwischen den Zimmern ganz außer Atem gekommen war.

»Wie cool«, meinte ich und fragte lieber nicht, wie es im Job lief oder wo Papa sich herumtrieb. Mama holte Zwieback und die Waldbeermarmelade vom letzten Sommer hervor. Dann fragte sie, wo »dieser komische Tee« sei, und ich holte Monas Beutel mit dem Ringelblumentee, der im Schrank hinter den Gewürztütchen versteckt war, hervor.

Ich deckte Teller und Becher auf dem Couchtisch im Wohnzimmer auf.

»Was ist das denn?«, rief Mama aus der Küche. Ich hörte, wie sie ihre Krücken nahm und in die Diele hinaushüpfte. Die Haustür wurde geöffnet. Jetzt stand sie draußen auf der Treppe.

»Was um alles in der Welt machen die denn hier?«, rief sie.

Ich stellte mich neben sie.

Ein großer weißer Reisebus war in unsere Sackgasse eingebogen. Unser Teil der Straße ist kurz, tatsächlich kaum mehr als ein Wendeplatz. Normale Autos können hier wenden, aber Busse definitiv nicht – dafür ist es zu eng.

»Die müssen sich verfahren haben ...«, meinte Mama genau in dem Augenblick, als sich die Türen des Busses mit einem Zischen öffneten. Eine Welle von Leuten schwappte heraus, genau bis vor unsere Tür.

Alle, die aus dem Bus ausstiegen, waren entweder ganz in Schwarz oder ganz in Weiß gekleidet. Ansonsten waren sie alle so unterschiedlich, wie man sich nur vorstellen kann. Eine Frau in schwarzem Blazer, Rock und Strumpfhose mit sorgfältig hochgesteckten Haaren stand neben einem Mann, der einfach nur ein weißes Laken mit einem ausgeschnittenen Loch in der Mitte über den Kopf gezogen hatte. Viele von ihnen trugen Kaftane, manche auch seltsame Mützen oder Hüte. Manche waren ganz schick, in Kleidern und Anzügen, andere hatten ganz normale Alltagssachen an.

Es bestand kein Zweifel daran, dass diese Leute hier nicht zu uns wollten. Sondern zu Mona.

Die ganze Gruppe schritt langsam die Auffahrt zu Monas Haus hoch, eine lange Schlange von Menschen, wie ein schwarz-weißer Zug, der hinter den Büschen verschwand.

Mama und ich starrten ihnen bloß hinterher. Als der Bus leer war, versuchte die Fahrerin, vom Wendeplatz zurückzusetzen. Sie kam allerdings nicht weit. Hinter dem Bus stand nämlich noch einer!

Als auch die Leute aus dem zweiten Bus im Haus verschwunden waren, brachte ich Mama in die Küche zurück und ging ihnen nach.

»Ich muss gucken, was Orestes macht! Und was da drinnen vor sich geht«, sagte ich zu Mama.

»Okay …«, gab sie zögerlich zurück. »Aber du lässt dich doch wohl nicht in irgendwelche Merkwürdigkeiten reinziehen?«

»Natürlich nicht, Mama«, sagte ich und tätschelte ihr die Wange. »Trink in aller Ruhe deinen Tee …«, fügte ich mit mütterlicher Stimme hinzu. »Außerdem ist ja Orestes auch noch da.«

»Aber du kommst gleich wieder nach Hause, ja?«, rief Mama mir hinterher, während ich die Haustür hinter mir zuwarf.

Ich winkte ihr nur durch das Küchenfenster zu.

»Der Mond ist halb!« Mona war auf eine Bank geklettert, die mitten im Garten aufgestellt war. Sie trug ein Kleid, dessen linke Seite ganz schwarz und die rechte Seite ganz weiß war.

Die weiß und schwarz gekleidete Menschenmenge versammelte sich um sie herum. Praktikantin Liv versuchte, die Leute dazu zu bringen, sich dicht nebeneinander zu stellen, damit alle Platz hatten. Bestimmt trampelten auch einige in den Beeten herum. Ich blieb ganz hinten an der Terrassentür stehen. Ich fühlte mich ein wenig fehl am Platz, wie ich so dastand in meinen blauen Jeans und dem orangenen Pulli, als würde ich die Stimmung zerstören.

»Beim letzten Halbmond, in der dunkelsten Nacht, wollen wir den Mond feiern mit Artemis, Diana!«, sprach Mona weiter. »Auf den ständigen Wechsel! Auf das, was kommt und geht! Auf Gemeinsamkeiten und Unterschiede! Auf Schwarz und Weiß! Begegnet dem Unbekannten mit Freude, begegnet ihm mit Liebe! Lasst das Fest beginnen!«

Monas kurze Ansprache ging in Jubel unter.

Dann eilten alle zurück ins Haus, denn draußen war es eisig kalt. Ich musste zur Seite springen, um vor der Terrassentür Platz zu machen.

Ganz zum Schluss kamen Mona und ein Mann in schwarzen Jeans und einem schwarzen Poloshirt. Papa. Das hätte ich mir ja denken können.

»Hallo, Liebes!«, sagte er. »Wie schön!«

Superschön, dachte ich. Er vergnügte sich hier, während Mama alleine zu Hause war! Ich wollte ihm schon sagen, dass er heimgehen solle, kam aber nicht dazu, denn plötzlich bildete sich eine Menschenschlange zwischen Papa und mir. Die war auf dem Weg ins Wohnzimmer, das bereits mit Leuten vollgestopft war. Von irgendwoher war Musik zu hören und ich vermutete, dass alle bald anfangen würden zu tanzen.

»Was ist das hier für ein Fest?«, fragte ich, als ich Papa wieder zu Gesicht bekam.

»Wie immer halt ... Ich weiß nicht so genau«, meinte er. »Halbmondfest hat Mona es genannt. Ich glaube, die meisten sind ganz einfach hier, um neue Leute kennenzulernen.

Und dann soll es wohl noch so eine Zeremonie geben, bei der man sich von dem Alten verabschiedet und das Neue willkommen heißt …«

»Also ein bisschen wie Neujahr?«, fragte ich.

»Ja … vielleicht«, meinte Papa. »Nur ein bisschen mehr schwarz-weiß.«

Ich fragte lieber nicht weiter nach, sagte Papa Tschüss und zog los, Orestes suchen.

Ich klopfte an seiner Tür, aber als niemand antwortete, öffnete ich sie vorsichtig. Das Zimmer war leer. Auf Orestes' Schreibtisch lagen ein paar aufgeschlagene Bücher. Zwei Schreibtischschubladen standen offen und als ich hineinschaute, erblickte ich ein heilloses Durcheinander aus Schreibheften und Stiften … Ich lächelte ein wenig in mich hinein. Wer hätte gedacht, dass Orestes so unordentlich sein konnte!? Das fühlte sich irgendwie gut an.

Dann stand auf einmal Orestes im Raum.

»Was machst du da?«, fragte er überrascht.

»Nur nach dir suchen«, erwiderte ich. »Ich hab von zu Hause aus gesehen, dass bei euch was los ist, da wollte ich nur schauen, wie's dir geht.«

Orestes schüttelte den Kopf und schob die beiden Schreibtischschubladen wieder zu. Er sah leicht verärgert aus.

Er machte definitiv nicht beim Halbmondfest mit. Orestes trug ja oft ein weißes Hemd, aber heute hatte er stattdessen seinen braunen Strickpulli und die grüne Jogginghose an. Sicher das am wenigsten Schwarz-Weiße, das er im Kleiderschrank hatte.

»Ich versuche, da draußen alles ein bisschen im Auge zu behalten«, erklärte er. »Damit zumindest nicht zu viele Sachen kaputtgehen. Ansonsten ist das Halbmondfest ganz gut, vergleichsweise.«

»Wie jetzt, gut?«, fragte ich.

»Bleib hier, bis das Essen aufgetischt wird, dann verstehst du es«, gab Orestes zufrieden zurück.

Und das tat ich.

Etwas später standen Orestes und ich in der Diele und aßen unglaublich leckere halbmondförmige Teigtaschen, während wir uns mit Zwillingsbrüdern aus Halmstad unterhielten. Es war richtig nett, zumindest bis wir kapierten, dass sie nur aus uns herausbekommen wollten, wie sie Praktikanten bei Mona werden konnten.

»Das wäre bestimmt extrem cool«, meinte einer der beiden, und Orestes wusste nicht, in welche Richtung er schauen sollte.

Die Leute auf dem Fest hatten angefangen, wild miteinander die Kleider zu tauschen, sodass mittlerweile fast alle sowohl schwarze als auch weiße Teile anhatten.

Um Mitternacht verstummte auf einmal die Musik. Alle halfen mit, die Lichter zu löschen. Mona ging voran und führte die Menge wieder in den Garten hinaus. Eine lange Schlange aus schwarz-weiß gekleideten Menschen folgte ihr schweigend. Die weißen Kleidungsstücke leuchteten gespenstisch in der Dunkelheit. Die schwarzen sah man gar nicht.

Der Mond hing dicht über dem Wald. Es war ein perfekter, leuchtender Halbkreis und mir lief es eiskalt über den Rücken, als ich ihn erblickte.

»Schwarz und Weiß! Wasser und Stein! Auf das Gleichgewicht der Gegensätze! Auf das, was kommt, und das, was geht!«, rief Mona. Sie hob die Arme und plötzlich wurde der Wald hinter ihr erleuchtet, wie von Millionen kleiner Lämpchen, die dort hinten über die Äste verstreut waren! Es war wie ein Wunder, als ob sich die Sterne über den Wald herabgesenkt hätten. Alle im Garten jubelten!

Es dauerte bloß eine Sekunde, dann erloschen die kleinen Lichter plötzlich wieder und alle verstummten.

Ein Schrei, der einem das Blut in den Adern gefrieren ließ, war aus dem Wald zu hören. »Au ... au ... auuu. Was zum Teu... aaaauuuu!«

Ich hörte Schubsen und Knuffen da draußen zwischen den Leuten in der Dunkelheit. Orestes knipste die Lichter im Haus wieder an, und als er gerade damit fertig war, kamen Mona und Papa zur Terrassentür herein. Sie stützten jemanden zwischen sich, der abwechselnd stöhnte und fluchte. Eine Gestalt in einem großen, dunklen Mantel.

Ich erkannte ihn.

Es war Torsten Rosén. Der etwas seltsame Mann, der in diesem Haus gewohnt hat, bevor Orestes und seine Familie eingezogen sind.

Mona sorgte dafür, dass sich Torsten in der Küche hinsetzte.

»Was ist geschehen?«, flüsterte ich Papa zu.

»Wir haben Torsten da draußen gefunden …«, antwortete er. »Er hatte eine große Schere dabei und versuchte, die Kabel der Lichterketten durchzuschneiden, die Mona dort aufgehängt hatte. Nur dass wir in genau dem Moment, in dem er das tat … den Strom eingeschaltet haben … Uff, ich hoffe wirklich, dass alles noch mal gut gegangen ist.«

Torsten wirkte eher wütend als verletzt. Er hatte sich da draußen im Dickicht ein Hosenbein zerrissen, außerdem hatte er einen Schmutzfleck mitten auf der Stirn, aber das wusste er natürlich nicht.

Er hockte auf einem Stuhl und murmelte etwas von »was für komische Leute hier rumlaufen …« und »einfach den Garten umgraben …« und »Ingas Rosenbusch zerstören …«.

»Es fällt ihm sicher schwer, das Alte loszulassen«, sagte Mona mehr zu sich selbst. Sie versuchte, Torsten dazu zu bringen, eine Teigtasche zu probieren, doch er schüttelte nur den Kopf.

Aber das ist das Seltsame: Da ist doch irgendetwas Magisches an Mona. Es muss Torsten gewesen sein, der den ganzen Herbst über versucht hat, Mona zu vertreiben. Hundert kleine, gemeine Sachen hatte er gemacht. Blumentöpfe zerstört, Schilder runtergerissen und so weiter. Aber jetzt, wo er da in der Küche saß, konnte er doch Monas Freundlichkeit nicht widerstehen. Er nippte ein bisschen widerwillig an dem Tee, den Mona ihm hingestellt hatte. Und dann probierte er doch die Teigtaschen. Und schließlich murmelte er:

»Sie ist vielleicht doch ein nettes Mädel …«

Das Mädel, das war Mona.

Wie macht sie das nur?

Inga kam vorbei und holte Torsten ab. Sie blieb eine Weile und redete und redete, wie es ihre Art ist. Ich glaube, sie versuchte zu zeigen, dass sie nicht beide komplett irre waren. Inga lobte Mona schließlich sogar dafür, dass ihr Gemüse im Sommer so gut gewachsen war.

»Und ihr habt auch keine Nacktschnecken? Wie hast du das hinbekommen?«, fragte sie.

»Salz – hilft gegen alles«, erwiderte Mona.

Vielleicht tut es das wirklich.

Am nächsten Nachmittag traf ich mich mit Sanna. Sie wollte schon wieder zum Roten Kreuz – irgendwie kommt es mir so vor, als sei ich dort neuerdings ständig! Aber ich ging trotzdem mit, denn dann musste ich nicht so viel über verlorene Hinweise nachdenken. Sanna verschwand direkt zwischen den Kleiderständern, wie üblich.

Ich schaute mich noch mal bei den Büchern um. Dieses alte Lexikon, das mir beim letzten Mal schon aufgefallen war, stand immer noch da. Daneben stand ein dickes Buch mit einem goldenen Aufdruck auf dem Rücken. Es war verblichen und staubig, aber trotzdem schön. Ich wurde neugierig und zog es heraus.

Die Buchdeckel waren dunkelrot, fast schwarz. Auf der Vorderseite war ein in Gold geprägtes Bild. Es zeigte verschiedene Messinstrumente, einen Zirkel und einen Globus. Unter den Instrumenten stand der Titel: *Das Buch der Erfinder*.

Es kribbelte mir in den Fingern, als ich den Einband aufschlug. Ich schaute zuerst auf die Titelseite. *Das Buch der Erfinder,* stand da noch mal. Und dann: *Überblick über die Ent-*

wicklung der industriellen Arbeit in allen Bereichen. Band zwei. Naturkräfte und deren Nutzung.

Und dann ganz unten auf der Seite: *Stockholm 1873.*

1873! Das hier war ein richtig altes Buch!

Auf der ersten Seite gab es Abbildungen von ernst dreinblickenden Leuten in gemalten Rahmen, sodass sie wie Gemälde aussahen. Es waren natürlich nur alte Männer, nicht eine einzige Frau. Ich schaute mir die Innenseite des Buchdeckels an. Dort stand ein mit verschnörkelter Handschrift geschriebener Name: *Axel Åström.*

Axel! Das Buch hatte Axel gehört! Mein Herz pochte wild.

Ich schlug das Buch hastig zu, als Sanna mich rief.

»Das hier, ja?«, meinte die Rot-Kreuz-Frau mit den glatten Haaren, als Sanna das Kleid, das sie sich ausgesucht hatte und das ihr natürlich viel zu groß war, auf den Tresen legte.

»Ich will den Stoff verwenden«, erklärte sie der Frau, die nickte und das Kleid in eine Tüte stopfte.

»Und du willst dieses alte Buch haben …«, sagte sie, nachdem ich ihr *Das Buch der Erfinder* gegeben hatte. Ich haspelte irgendwas vor mich hin, dass ich es schön fand. Als ob man verpflichtet sei zu erklären, warum man etwas kaufen wollte! Aber das Buch war auch wirklich schön – innen gab es schwarz-weiße Zeichnungen von verschiedenen seltsamen Gegenständen. Orestes würde es lieben.

Die Rot-Kreuz-Frau nahm das Buch mit hinter den Tresen und als sie zurückkam, war es in Zeitungspapier eingewickelt und in einer Tüte verpackt.

»Nur für den Fall, dass es zu regnen anfängt«, meinte sie.

Sanna und ich kauften uns noch was Süßes und machten es uns damit bei mir zu Hause gemütlich. Als sie nach Hause gegangen war, packte ich sofort das Buch aus und legte es auf meinen Schreibtisch.

Ich blätterte vorsichtig zwischen den dicken, vergilbten Seiten hin und her. Das Buch enthielt neben Text jede Menge Abbildungen – Bilder von Erfindern, Waagen, Messinstrumenten. Plötzlich fiel mir auf, dass in der Mitte des Buches einige Seiten fehlten, die Seiten 467 bis 474! Stattdessen lag dort ein altes Blatt Papier, sauber zusammengefaltet. Konnte das … ein Brief sein? Ich faltete das Papier zur Hälfte auseinander und erkannte die Schreibmaschinenschrift sofort.

Werter Bruder,
mein letzter Brief schloss damit, dass ich beim Versuch ertappt wurde, das Pergament mit der Beschreibung der Sternenuhr aus Herrn G*s Schreibtisch zu stehlen …

Ich traute meinen Augen nicht! Das hier war ein Brief von Axel! Mehr als das – das hier war der Brief, nach dem wir gesucht hatten, der, in dem Axel erzählte, was passiert war, nachdem er versucht hatte, die Gebrauchsanweisung der Sternenuhr von Herrn G* zu stehlen! Was machte der nur in dem Buch?

Als ich den Briefbogen ganz auffaltete, fiel etwas heraus, etwas Weißes, das zu Boden segelte und neben den runden

Holzfüßen meines Schreibtischs landete. Ich bückte mich und hob es auf.

Es war ein kleiner Fetzen, nicht mehr als eine abgerissene Ecke von einem Blatt Papier, das viel dicker war als das Briefpapier. Irgendwie stumpf, dunkelgelb, fast wie Pappe. Als ich das Stück Papier umdrehte, kam das Bild eines Mondes zum Vorschein. Er war mit dicken, fließenden Strichen gemalt ... Daneben sah ich eine Linie, die an einer Schraube endete. Das sollte eine gespannte Saite darstellen, glaubte ich. Eine gespannte Saite, genau wie auf dem Bild des Monochords, und rings herum standen in Druckschrift geheimnisvolle Worte und Zeichen!

Ich sah auf die Uhr. Es war halb zwei. Noch eine halbe Stunde, bis der Rot-Kreuz-Laden schloss.

Ich rannte den ganzen Weg in die Innenstadt und das Regenwasser tropfte nur so auf den Boden, als ich ganz außer Atem im Laden ankam. Die Frau hinter dem Tresen wirkte beinahe erschrocken. Es war nicht die mit den glatten Haaren, von der ich das Buch gekauft hatte, sondern eine andere. Ich nahm meine Mütze ab und bemühte mich, höflich zu klingen, als ich fragte:

»Entschuldigen Sie ... Ich habe hier heute Vormittag ein altes Buch gekauft.«

»Jaaa ...?«, machte die Frau.

»Und ... Also, ich habe mich gefragt, ob Sie wissen, wo das Buch herkommt? Also wer es abgegeben hat?«

»Auf so was achten wir meistens nicht ...«, begann sie, aber ich fiel ihr ins Wort.

»Es ist ein sehr altes Buch. Aus dem neunzehnten Jahrhundert. Davon bekommt ihr doch bestimmt nicht so viele, oder?«

Jetzt lächelte die Frau.

»Ach, nein, ich glaube, ich weiß. Wir haben teilweise sehr alte Sachen bekommen, als Gerda Bengtsson umgezogen ist. Sie mussten ja das alte Haus komplett leer räumen. Einen Teil hat das Freilichtmuseum bekommen, aber die konnten ja auch nicht alles nehmen.«

»Gerda Bengtsson?«, hakte ich nach. Das war ja Antes Uroma. Na klar! Wer sonst hätte Axels alte Sachen abgeben können? »Wissen Sie, wie lange Sie das Buch schon haben? Ich meine, ich war vor ein paar Wochen schon mal hier, aber da habe ich es nicht gesehen. Dann ist es vielleicht gerade erst abgegeben worden?«

Aber darauf konnte sie mir keine Antwort geben. Außerdem müsse sie jetzt den Laden zumachen, meinte sie. Sie schubste mich fast schon hinaus auf die Straße.

Wie hatte Axels Brief auf diese Weise auftauchen können? War das bloß Zufall? Oder waren es tatsächlich die Muster zwischen den Erdenströmen und den Sternenfeldern, die alles steuerten? Denn es konnte wohl nicht … jemand anderes sein?

Während ich heimging, dachte ich weiter über Axel nach. Auf dem Bild, das ich von ihm gesehen hatte, sah er dem Mann, von dem ich den allerersten Brief bekommen hatte, so ähnlich …

Das war ein komischer Zufall. Aber es gab trotzdem keinen Zweifel, meinte Orestes. Überhaupt keinen Zweifel daran, dass das der nächste Brief von Axel war, der zusammen mit dem abgerissenen Fetzen Pergament im *Buch der Erfinder* gelegen hatte.

Außerdem war es auch mehr als deutlich, dass die Seiten über das Monochord, die wir mit dem ersten Brief bekommen hatten, die Seiten 467 bis 474 waren, die im *Buch der Erfinder* fehlten! Alles passte zusammen.

Ob Antes Familie das Buch dem Roten Kreuz gespendet hatte, als Gerda aus ihrem alten Haus ausziehen musste? Ob der Brief da schon darin gelegen hatte? Aber laut Axels letztem Hinweis sollte sich der nächste Brief doch draußen vor dem Tingshus befinden, genau unter dieser Kastanie?

Wir verstanden zwar nicht, wie das alles zusammenhing. Aber den vierten Brief lasen wir natürlich trotzdem.

London, den 20ten Dezember 1893

Werter Bruder,

mein letzter Brief schloss damit, dass ich beim Versuch ertappt wurde, das Pergament mit der Beschreibung der Sternenuhr aus Herrn G*s Schreibtisch zu stehlen. Während ich dem Hausmädchen folgte, um Frau G* kennenzulernen, schämte ich mich schrecklich. Wer hätte je von mir geglaubt, dass ich zum Dieb werden würde? Nicht nur ein-, sondern gar zweimal hatte ich mich von der Sternenuhr dazu verleiten lassen, unredliche Wege einzuschlagen!

Ich wurde in einen prachtvollen Raum geführt. Ein Feuer prasselte in einem Kamin und der Rest des Zimmers war von Petroleumlampen und Wachskerzen wohl erleuchtet. In einem Sessel vor dem Kamin saß eine Frau. Ihr Haar war weißgrau und sie hatte ein Schultertuch um sich geschlungen, dessen Stoff im Feuerschein schimmerte. In einem Augenblick hörte mein Herz auf zu schlagen. Ich dachte, es wäre sie – Silvia!

Aber sobald ich näher trat, musste ich einsehen, dass ich mich getäuscht hatte. Die Dame im Zimmer hatte ein rundes, ernstes Gesicht. Ihre Augen waren hellblau. Und obwohl sie so schön anzusehen war, glichen ihre Züge in keinster Weise denen von Fräulein Silvia.

»Willkommen, Herr Åström!«, sagte sie. »Ich freue mich, dass Ihr herkommen wolltet …«

Sie bat mich, mich zu setzen.

Dann saß sie eine Weile schweigend da und blickte aus dem Fenster.

»Es ist sternenklar heute Nacht«, sagte sie schließlich. »Und Neumond.«

Sie schenkte mir ein kleines Lächeln. Ich saß unverständig da. Sie erhob sich und ging rasch zu einem kleinen, reich verzierten Kästchen, das auf einem Tisch mitten im Raum stand. Sie legte etwas hinein und kurbelte an einem kleinen Rad. Ich begriff sofort, dass es sich um eine Spieldose modernerer Art handelte. Sie war wirklich auserlesen, ihre Töne schollen rein und klar durch den Raum. Ich erkannte die Melodie sofort wieder. Es war dieselbe, die Fräulein Silvia auf dem Cello gespielt hatte, vor so vielen Jahren. Ich wurde von großer Rührung ergriffen. Auf einmal wusste ich, dass die Sehnsucht, die ich in meinem Herzen verspürte, rein gar nichts damit zu tun hatte, über mächtige Kräfte herrschen zu können. Auch nichts damit, Damen und Herren in prächtigen Räumlichkeiten zu imponieren oder als Bezwinger der Sternenuhr berühmt zu werden. Es war doch Fräulein Silvia, nach der ich suchte! Sie war es, die ich zu finden hoffte, und mit ihr das Glück, an das ich mich aus meiner Jugend erinnerte.

Frau G* beobachtete mich genau. Ohne Zweifel sah sie, welchen Eindruck die Musik auf mich machte. Als die letzten Töne verklungen waren, sagte sie:

»Wissen Sie, ich habe sie kennengelernt.«

»Wen?«

»Jene, welche Ihr sucht. Ich war damals jung, kaum mehr als ein Mädchen. Ein wenig jünger als sie selbst, möchte ich meinen.«

Die Dame spielte mit den Fingern an ihrem Schultertuch, während sie sprach.
»Sie war sehr überzeugend ... Silvia. Aber das wissen Sie wohl schon ... Axel?«
Ich zuckte zusammen. Ich hatte ihr nie meinen Vornamen genannt.
»Gnädige Frau?«, sagte ich und wollte mich schon erheben.
»Setzen Sie sich, setzen Sie sich«, erwiderte sie. »Ich weiß, wer Ihr seid. Sie hat es mir erzählt. Und sie hat auch mich dazu angestiftet, etwas zu entwenden. Einen wertvollen Gegenstand, den ich verborgen halten sollte, bis der Richtige auftauchen würde. Und ich denke, die Zeit ist gekommen.«
Sie saß ein Weilchen schweigend da. Dann begann sie zu erzählen.

»Damals lebte ich in London, müsst Ihr wissen ... Mein Vater arbeitete dort einige Zeit in der 50er-Jahren ...« Sie erklärte, wie sie Fräulein Silvia zwischen den Bäumen im Regent's Park kennengelernt hatte, diesem riesigen Park mitten in London. Zunächst überrascht, auf Schwedisch angesprochen zu werden, und dann froh über die Gesellschaft, hatte sie angefangen, sich mit Fräulein Silvia regelmäßig auf ihren Nachmittagsspaziergängen zu treffen.
»Wir waren die besten Freundinnen«, sagte Frau G* verträumt. »Sie wurde wie eine Schwester für mich. Und sie konnte so schön singen! Die Platte, die wir angehört haben, ließ ich viel später anfertigen, um die Melodie, die sie immer gesungen hat, jederzeit anhören zu können.«

Nach und nach hatte Fräulein Silvia Frau G* von der Sternenuhr erzählt. Silvia wusste, dass die Brüder Ericson die Sternenuhr bereits als Kinder gefunden hatten. Waren sie vielleicht in Zwist darüber geraten, wer sie besitzen sollte? Aus irgendeinem Grund hatte Nils Ericson auf jeden Fall den größten Teil der Sternenuhr in seinem Besitz gehabt, während John Ericson nur ein einziges kleines Teil davon besaß. John Ericsons Teil war ein Zeiger, der das Symbol des Mondes trug und von äußerster Wichtigkeit für die Funktion der Sternenuhr war. Zeitensteller wurde er genannt.

Fräulein Silvia hatte ihr berichtet, wie ich ihr dabei geholfen hatte, den größeren Teil der Uhr zu retten, indem ich ihn Nils Ericson raubte. Und dass sie nun Frau G*s Hilfe benötigte, um den Zeitensteller von John Ericson zu stehlen.

Frau G* hatte eines Abends die Gelegenheit genutzt, als ihr Vater und dessen Gäste speisten. Sie hatte die Schuhe abgestreift, um sich lautlos in das Zimmer schleichen zu können, welches John Ericson während seines Aufenthalts bei ihnen bewohnte. Just in dem Moment, in dem sie die Klinke herunterdrückte, spürte sie, wie sie etwas unter dem Fuß stach.

»Vielleicht zählt es daher nicht richtig als Diebstahl«, sagte Frau G*. »Ich fand ihn doch wie durch Zufall …«

Sie strich mit der Hand über ihr Schultertuch und löste die Brosche, die das Tuch am Hals zusammenhielt. Sie drehte das Schmuckstück in ihrer Hand um und machte etwas

Kleines auf dessen Rückseite los. Es war eine Nadel aus gelblichem Metall. Lang und schmal, mit einem Symbol ganz am Ende. Eine Mondsichel.

»Der Zeitensteller ...«, wisperte sie und drückte ihn mir in die Hand.

Der Zeiger war nicht groß. Konnte etwas so Kleines und Leichtes wirklich von ausschlaggebender Bedeutung für die Sternenuhr sein?

Darauf hatte Frau G* keine Antwort.

»Stellt Euch nur vor, mein Mann wüsste, dass ich ihn all die Jahre hatte ...«, sagte sie langsam.

»Sie haben ihm nie davon erzählt?«, fragte ich verwundert.

»Er hat nie gefragt!«, rief sie aus. »Nicht ein einziges Mal ist es ihm in den Sinn gekommen, dass ich etwas zu seiner Suche nach geheimem Wissen und verborgenen Kräften beitragen könnte. Nicht ein einziges Mal ist es ihm in den Sinn gekommen, dass ich verstehen könnte ... Nein, daran muss er die Schuld bei sich selbst suchen! Er forscht nach verborgenen Dingen, kann aber nicht einmal das erkennen, was direkt vor seiner Nase ist!«

Aber, warnte sie mich, ich solle das Interesse ihres Mannes und seinesgleichen an dieser Sache nicht unterschätzen. Sie hatte genau zugehört, über was in der Gesellschaft all die Jahre gesprochen wurde.

»Fräulein Silvia«, erklärte Frau G*, »wusste, dass das auserwählte Kind bei einer Sternenbegegnung in der Mittsommernacht die Macht über die Sternenuhr übernehmen konnte. Bei solchen Sternenbegegnungen sind die Erden-

ströme nämlich besonders stark – und die Macht des Rutenkindes über die Sternenuhr würde segensreich sein. Doch entgegengesetzte Verhältnisse könnten einen spiegelbildlichen Effekt haben. Die Erdkräfte werden während einer Mondfinsternis geschwächt – und wenn gleichzeitig Wintersonnenwende ist, können sie gar für einen Augenblick ganz erlöschen. Zu einem solchen Zeitpunkt kann ein Rutenkind ebenfalls die Sternenuhr übernehmen. Aber ob der Effekt segensreich sein würde oder nicht, weiß niemand …«
Die Sternenuhr wirkt also zusammen mit dem Rutenkind, welches sie verwendet, genauso, wie zwei Saiten gemeinsam erklingen können, um einen Ton zu erzeugen. Es erscheint einleuchtend, dass diese sich aufeinander einstellen, damit das Instrument richtig angewandt werden kann – möglicherweise ergibt sich diese Einstellung, wenn das Rutenkind die Sternenuhr just in dem Augenblick in seinem Besitz hat, wenn die Erdkräfte besonders stark werden oder – im Gegenteil – ganz erlöschen. Dies wird das Rutenkind der Zukunft herausfinden müssen.

Selbst habe ich Fräulein Silvia noch nicht gefunden. Ich setzte daher meine Reise fort. Da Fräulein Silvia zuletzt in London gesehen wurde, habe ich mich dorthin begeben. Einen einzelnen Menschen in dieser großen Stadt zu finden, erscheint unmöglich. Aber vielleicht werden Erdenströme und Sternenfelder meine Schritte leiten, sodass ich sie doch noch finde, bevor mein Leben sich dem Ende zuneigt.

Ich habe nun alles zusammengefasst, was ich über diese Sache weiß. Und den Zeitensteller habe ich dir ja bereits gesandt. Möge er die Zukunft erreichen, wie Fräulein Silvia es gewünscht hat.

Die Antwort liegt im Spiegel.

Dein Freund
Axel

Malins Notizen:

1. Axel lernt Frau G* kennen.
2. Frau G* setzt eine Spieldose in Gang, die eine Melodie spielt, die er wiedererkennt – Silvias Lied. (Die Platte, die wir zuvor gefunden haben, gehört sicher zu ihrer Spieldose!!!)
3. Frau G* erzählt, dass sie Fräulein Silvia vor vielen Jahren in London kennengelernt hat.
4. Fräulein Silvia hat sie gebeten, etwas von John Ericson zu klauen – einen Zeiger, der zur Sternenuhr gehört.
5. Frau G* hat den Zeiger noch und gibt ihn Axel. Sie nennt ihn Zeitensteller. (Davon hat sie ihrem Mann nie erzählt.) (Geschieht ihm recht!)
6. Axel verlässt die Gesellschaft. Er reist nach London, um seine Suche nach Silvia fortzusetzen.
7. Er sagt, er habe den Zeitensteller bereits geschickt! (Aber wo ist er dann?!)
8. Er glaubt, dass das Rutenkind, das die Sternenuhr benutzen will, dies auch bei einer Mondfinsternis tun kann, wenn gleichzeitig Winter-

sonnenwende ist. Dann herrschen spiegelverkehrte Verhältnisse zu denen bei der Sternenbegegnung an Mittsommer im letzten Sommer.

9. Mit »Die Antwort liegt im Spiegel« beendet Axel seinen Brief.

»Aber wir haben den Zeitensteller ja gar nicht gefunden«, platzte ich heraus. »Den Axel angeblich schon geschickt haben will!«

Ich ging in Gedanken alle Sachen durch, die wir bis jetzt zusammen mit den Briefen bekommen hatten. Die Musikplatte war es jedenfalls nicht. Konnte er irgendwo in dem Blasinstrument stecken? Oder ... wie blöd ich doch war! Ein Zeiger! Der musste sich doch irgendwo an einer Uhr befinden!

»Orestes, hol die goldene Uhr!«, befahl ich. »Ich glaube, ich weiß, wo der Zeitensteller ist!«

Ich hatte geglaubt, Orestes hätte die goldene Uhr am selben Ort versteckt wie die Sternenuhr, also irgendwo in der Garage oder im Keller. Aber er drehte sich nur zum Bücherregal um, zog das dickste Buch heraus und holte die Uhr dahinter hervor.

Die Uhr war genauso, wie ich sie in Erinnerung hatte. Blank und rund. Ich schaute mir die Zeiger genau an. Der Minutenzeiger war lang und schmal, aber der Stundenzeiger ... Sah das nicht wie ein Halbmond aus, da, ganz an der Spitze des Zeigers? Ich zeigte es Orestes, aber er meinte:

»Schön. Aber der ist viel zu klein, um zur Sternenuhr zu gehören! Schau dir doch die Stelle an, an der er an der Uhr befestigt wird – das kann gar nicht passen. Dafür ist der Zeiger viel zu kurz.«

Orestes hatte natürlich wie so oft recht. Der Stundenzeiger an der Uhr war dünn und schwarz und obwohl er alt war, wirkte er doch viel zu neu, um zur Sternenuhr zu gehören. Die Uhr war vielleicht aus den 1890er-Jahren, aber die Sternenuhr war zweifellos viel älter. Mehr als vierhundert Jahre, glaubten wir.

Orestes legte die Uhr zurück in die Schatulle.

»Hey, du«, meinte ich. »Die Sternenuhr hast du aber an einem sichereren Ort versteckt, oder?«

»Die Sternenuhr habe ich an einem richtig sicheren Ort versteckt«, versicherte mir Orestes.

Er sah zufrieden aus.

Also hatten wir diesen Zeitensteller nicht. Aber wir hatten auf jeden Fall die Sternenuhr. Die vielleicht funktionieren würde, wenn eine Mondfinsternis wäre ...

»Gibt es bald eine Mondfinsternis?«, fragte ich.

»Die gibt es sogar ziemlich oft«, antwortete Orestes. »Immer dann, wenn die Erde zwischen dem Mond und der Sonne steht, sodass der Mond im Schatten liegt. Und wir ihn nicht mehr sehen können.« Das wusste ich natürlich, das hatten wir in der Schule.

»Aber wann?«, fragte ich. »Wann passiert das?«

»Das nächste Mal ...«, erwiderte Orestes, »am neunzehnten Dezember! Am Freitag! Dann ist Vollmond und die Mondfinsternis findet abends gegen sieben statt.« Orestes zeigte mir den Kalender. In ihm standen alle Mondphasen, aber auch die Länge der Tage und Nächte. Und es zeigte sich, dass in dieser Nacht, genau am neunzehnten, ausgerechnet auch die längste Nacht des Jahres war! Wintersonnenwende!

Was für ein unglaublicher Zufall! Schon wieder!

»Wir müssen es versuchen!«, fand ich. »Wer weiß, wann das wieder geschieht! Dass Wintersonnenwende und Mondfinsternis zusammenfallen! Ob wir den Zeitensteller haben oder nicht, wir müssen es versuchen! Wir könnten vielleicht zu einem richtig starken Kraftkreuz gehen ... Wir nehmen Elektra mit und geben ihr die Sternenuhr genau im Moment der Mondfinsternis in die Hand ... und dann ...« Es kribbelte richtig in mir, jetzt wo sich alle Puzzleteile zusammenfügten.

»Und dann? Was dann?«, fiel mir Orestes ins Wort. Er sah unglaublich gelangweilt aus.

»... passiert ... etwas«, schloss ich. Ich wusste natürlich nicht wirklich, was genau passieren würde. Würde Elektra dann »Macht über die Sternenuhr erlangen«? Wenn ich darüber nachdachte, war das vielleicht doch nicht sehr wahrscheinlich ... Und Orestes schaute auch nicht sonderlich ermutigend drein.

War ja auch klar – Sternenuhren, Kraftkreuze, Frequenzen und Mondfinsternisse. Orestes glaubte an nichts davon. Und das tat ich vielleicht auch nicht. Aber ich wollte daran glauben! Ich wollte so gerne, dass es geheimnisvolle Kräfte gab und dass wir sie benutzen konnten, Orestes und ich. Dann würden wir dafür sorgen, dass alles gut wurde. Sowohl für uns und Elektra als auch für unsere Eltern und auch für die Zukunft und das Leben, wie der, der mir den allerersten Brief gegeben hat, gesagt hatte.

»Nur ein Mal!«, forderte ich. »Dann müssen wir die Sternenuhr vielleicht verkaufen … Aber wir können es doch versuchen, nur einmal. Der Neunzehnte ist ja schon am Freitag!«

»Okay«, stimmte Orestes zu, obwohl er mit dem Kopf schüttelte. »Probieren können wir es ja mal … Aber falls nichts passiert«, fügte er hinzu, »versprichst du, dass es dann reicht? Dass wir dann bewiesen haben, dass nichts Geheimnisvolles an der Sternenuhr ist? Dass wir uns dann nicht länger mit diesen Erd- und Himmelskräften beschäftigen müssen? Dass wir uns dann darauf konzentrieren, Eigirs Anhänger davon zu überzeugen, dass alles, was er gesagt hat, bloß erfunden war? Damit die uns in Frieden lassen! Wenn wir Mesina überzeugen können, sie zu verlassen, gelingt es uns vielleicht auch bei anderen!«

Ich nickte.

Aber *irgendwas* würde auf jeden Fall mit der Sternenuhr passieren, da war ich ganz sicher.

Wir untersuchten natürlich auch das Stück Pergament.

Die Seite mit dem Mond darauf war, wie mir jetzt klar wurde, ein sehr altes Bild des Monochords. Beziehungsweise *monochordum,* wie es in verschnörkelten Buchstaben über dem Bild geschrieben stand. Es war eine Saite, die auf ein Brett gespannt war, und ganz oben an dem Brett war eine Verzierung, die wie eine Schnecke aussah, genau wie bei meinem Cello. Dort oben an der Schnecke wurde die Saite von einer geheimnisvollen Hand gespannt, die aus einer Wolke hervorkam. Ungefähr in der Mitte des Bretts war das Bild des Mondes. Rings um das ganze Brett herum waren Kreise unterschiedlicher Größe gezeichnet und überall waren kleine Striche und sonderbare Markierungen. Ich erkannte das Wort AQUA, was Wasser bedeutet, und TERRA, was Erde heißt.

Ich fand, dass diese Kreise da den Linien auf der Rückseite der Sternenuhr ähnelten, die die Erdenströme darstellen sollten. Und dass eines dieser Symbole merkwürdig nach einem Fisch aussah. Aber davon sagte ich Orestes nichts.

»Das ist ein schönes Bild«, meinte Orestes, nachdem er den Pergamentfetzen eine Weile betrachtet hatte. »Aber es bildet ja bloß die Natur ab … auf eine irgendwie künstlerische Art. Vibrierende Saiten kann man ja auch wissenschaftlich beschreiben, nämlich als Frequenzen. Das ist grundlegende Physik.«

»Hmmm«, machte ich, während ich noch überlegte, ob diese Zeichnung irgendwas mit den Erdenströmen und Sternenfeldern zu tun haben könnte. »Bloß dass man heutzutage solche Frequenzen, glaube ich, nicht mit so viel anderem

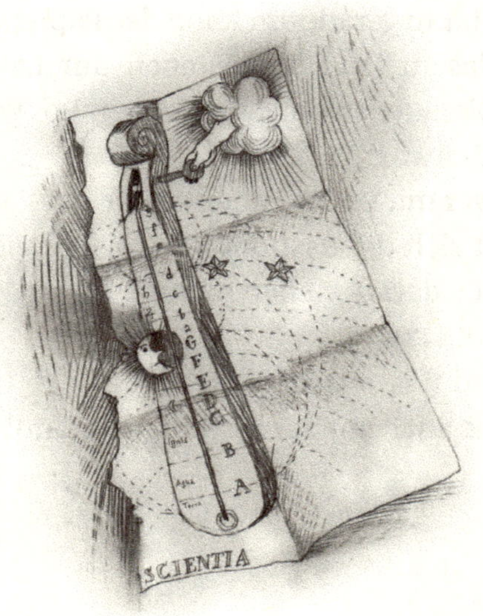

verknüpfen würde! Meinst du nicht, dass das vielleicht bedeuten soll, dass das da neben TERRA, zum Beispiel, die Frequenz der Erde ist? Und die des Wassers neben AQUA?«

Stellt euch mal vor, alles würde auf unterschiedlichen Frequenzen vibrieren!

Töne.

Kristalle.

Magnetfelder.

Das Herz.

Dann hängen doch vielleicht Dinge mit derselben Frequenz zusammen!

Vielleicht haben sogar Menschen Frequenzen! Wie Rutenkinder!

»Du meinst irgendeine Art von Resonanz?«, hakte Orestes nach. Er fing an, mehr über Vibrationen und Laute zu erzählen und davon, dass sogar die Elektronen, die um Atome kreisen, unterschiedliche Frequenzen haben, aber ich hörte nur mit halbem Ohr hin.

Denn ich hatte gerade am Rand des Papiers noch ein Wort entdeckt, das in Druckbuchstaben auf Latein dastand – SCIENTIA. Die Buchstaben SC waren in Rot geschrieben, die anderen in Schwarz.

Und ich war mir vollkommen sicher, dass, wo auch immer auf der Welt sich der Rest der Beschreibung der Sternenuhr befand, FIDES darauf stehen musste.

FIDES SCIENTIA.

Glaube und Wissenschaft.

Genau was auch auf der Sternenuhr stand!

Die ersten Tage der Woche verflogen irgendwie nur so. Alle Klassenarbeiten waren geschrieben, alle Noten standen fest und unsere Schwedisch-Lehrerin hatte Ante und mir für unsere Schwedisch-Arbeit zum Glück ein »gut« gegeben. Die Woche vor den Ferien ist immer ziemlich lustig in der Schule, denn die Lehrer sind so gut drauf, dass sie sich immerzu gegenseitig veralbern. Und dann gibt es in jedem einzelnen Fach eine Weihnachtsstunde, in der wir Filme anschauen.

Trotzdem wünschte ich mir nichts sehnlicher, als dass die Schule endlich aus wäre, denn danach würden wir

1. die Sternenuhr ausprobieren und
2. Weihnachtsferien haben.

Ich entschloss mich, einen Spaziergang in die Innenstadt zu machen, um nach Weihnachtsgeschenken für Mama und Papa zu suchen. Obwohl der Weg am Fluss entlang etwas länger ist als der neben der Schnellstraße, nahm ich ihn. Es ist einfach viel schöner, an einem Fluss entlangzugehen als an einer Schnellstraße.

Ich überquerte die Brücke bei dem großen Spielplatz und ging dann auf dem Radweg an den feinen Häusern und den kleinen Bootsanlegern am Fluss vorbei. Neben dem alten Gewächshaus war ein großer weißer Kastenwagen geparkt und zwei Mädchen überholten mich auf ihren Fahrrädern, ansonsten begegnete mir keine Menschenseele.

Und dahinten waren die Reihenhäuser, wo Gerda wohnte!

Ich wollte bei ihr zum Fenster hineinschauen, vielleicht konnte ich ihr zuwinken. Doch da, in Gerdas Garten, war Ante!

Ich winkte ihm und er winkte zurück, doch dann fing er an, rings um seine Füße zu schauen.

»Was machst du?«, rief ich lachend. Es sah so lustig aus, wie er sich vor und zurück drehte.

»Wo ist Silvia hin …?«, fragte er.

»Da!«, rief ich und zeigte auf sie. Der Hund schlich sich gerade in einen kleinen Verschlag neben Gerdas Haus. Ich rannte los, ging auf die Knie und kroch in den Verschlag, um sie rauszuziehen. Sie hatte sich hinter einer Kiste mit lauter altem Zeug versteckt.

Da lag eine Fahrradpumpe, glaube ich, und … ein Vorhängeschloss. Ein großes Vorhängeschloss, das in der Mitte durchgesägt war. Genau so eins hatte an der Tür zu dem Erdkeller am Almekärrshof gehangen, als wir das erste Mal dort waren. Mir wurde eiskalt.

»Kannst du mir mal erklären, was das soll?«

Ante erblickte die Überreste des Vorhängeschlosses in meiner Hand. Er schnallte sofort, dass ich es geschnallt hatte.

»Malin, es ist nicht, wie du denkst!«, sagte er blitzschnell.

»Was denke ich denn?«, fragte ich, während ich zurückwich.

»Du glaubst, dass ich euch hinterherspioniere – du denkst, dass ich versuche, euch zu verarschen …«

Ich wich weiter zurück.

»Aber ich versuche doch nur, euch zu helfen!«, rief Ante. »Es ist ja kaum zu glauben, wie ungeschickt Orestes und du euch anstellt!«

»Ungeschickt!«, hörte ich mich selbst sagen. »Wie meinst du das?«

»Ja, na ja – ihr kriegt nicht mal ein Vorhängeschloss auf! Ihr müsst wohl schon ein bisschen mehr tun, um das Rätsel zu lösen! Ihr könnt doch nicht einfach brav vorbeigehen: ›Ach nein, herrje, es ist ja abgeschlossen … Hoppla, wir können da nicht reingehen, weil es ja verboten ist …‹ Ihr müsst auch mal ein bisschen was riskieren!«

»Also hast du das Schloss aufgebrochen?«

»Ja, das habe ich! Und dann habe ich jede Menge alte Kisten weggeräumt, damit ihr die richtige Stelle findet!«

»Aber woher wusstest du, wonach wir gesucht haben?«

Das war wirklich total unbegreiflich! Wir hatten doch mit niemandem darüber geredet!

»Ich … hab's immer gewusst …«, gab Ante leise zu.

»Ja, das hat er!«, sagte eine Stimme hinter mir. Ich zuckte zusammen und fuhr herum. Eine Dame mit glattem grauen Haar stand vor Gerdas Haustür. Es war dieselbe Frau, die sonst immer beim Roten Kreuz an der Kasse steht, und jetzt wusste ich auch, woher ich sie kannte. Das war ja Antes Oma! Gerdas Tochter!

»Vielleicht wissen wir auch noch ein bisschen mehr darüber ...«, sagte sie und sah zu Ante. Der warf ihr einen dankbaren Blick zu.

»Komm, lass uns reingehen und uns noch ein wenig unterhalten«, meinte sie und schloss die Tür auf. »Na, nun komm schon«, forderte sie mich auf. »Ich beiße nicht.«

Ante und ich konnten einander nicht anschauen, während wir in der winzigen Diele unsere Jacken aufhängten und die Schuhe auszogen. Es war echt ein bisschen lästig, dass die Diele so eng war, denn es ist ziemlich schwierig, jemanden nicht anzuschauen, wenn man beim Schuheausziehen die ganze Zeit mit ihm zusammenstößt. Ich spürte, wie meine Wangen knallrot wurden.

Konnte es sein, dass Ante ebenfalls hinter den alten Geheimnissen her war, die Axel versteckt hatte? Dass er deshalb nur so getan hatte, als ob er mit mir befreundet sein wollte, vielleicht sogar schon seit dem Frühjahr? Was, wenn er es sogar eingefädelt hatte, mit uns in eine Klasse zu kommen, nur deswegen?

»Vielleicht erzähle ich es am besten«, meinte Antes Oma. »Dann kann Mama es richtigstellen, falls irgendwas falsch ist.« Gerda nickte in ihrem Sessel.

»Wie du bereits weißt, Malin, hat Axel bei meinem Urgroßvater mütterlicherseits zu Hause gelebt. Und dass er sich ganz plötzlich davongemacht hat, nachdem er in Pension gegangen war. Alle dachten, er sei für immer verschwunden. Doch dann kam ein Brief ...« Sie schaute zu Gerda rüber, die nickte. »Dann kam ein Brief an Gerdas Großvater, Axels Freund. Und mit dem Brief schickte er etwas Wichtiges mit. Axel bat meinen Urgroßvater, das geheimnisvolle Ding zu verstecken und niemals irgendjemandem davon zu erzählen. Und mein Urgroßvater tat wie ihm geheißen. Doch dann wurde er unruhig. Es erschien ihm heikel, etwas so Wichtiges oder Kostbares auf eine so unsichere Weise zu hinterlassen. Wie leicht konnte nicht alles zusammen in falsche Hände geraten? Es reichte ja, dass eine neue Mauer gebaut oder ein Schacht ausgehoben ... oder eine Kastanie gepflanzt wurde.« Sie schaute mich eindringlich an.

»Also hat Urgroßvater seinen Kindern von dem Geheimnis erzählt. Und die wiederum ihren Kindern. Und so weiter ... bis zu Anton.«

Sie nickte in Richtung Ante.

»Nee, nee«, meinte Ante, »Mama hat mir kein Sterbenswörtchen davon erzählt. Das warst doch du, Oma. Und Uroma auch. Aber Mama ist bloß wütend geworden!«

»Deine Mama hat Lerum wohl ein wenig satt, fürchte ich«, sagte Antes Oma leise. »All das Alte satt. Sie hat schon immer von hier weggewollt ... Sie meint es gut. Sie will nur nicht, dass du dich verpflichtet fühlst, den Rest deines Lebens hier zu bleiben!« Sie tätschelte Antes Hand.

Ante zuckte mit den Schultern und wirkte so, als ob es ihm ohnehin schnurzpiepegal war, ob er den Rest seines Lebens hier oder woanders verbringen würde.

»Also hat Ante uns geholfen …«, sagte ich langsam. »Als wir nicht in den Erdkeller reinkamen … Da wusste er schon, dass der Hinweis dort vergraben war!«

Ante und seine Oma warfen sich einen Blick zu.

»Ja«, gab sie zu. »Beziehungsweise – wir konnten ja nicht sicher sein. Wir waren natürlich nie dorthin gegangen und hatten nachgeschaut. Wir waren ja nicht dazu bestimmt, das Rätsel zu lösen …«

Ante starrte die Tischplatte an. Mich beschlich das Gefühl, dass er vielleicht doch das eine oder andere selbst rausgefunden hatte.

»Und das *Buch der Erfinder*?«, fragte ich. »Habt ihr auch dafür gesorgt, dass das auftauchte?«

»Der Brief, den ihr mit dem *Buch der Erfinder* bekommen habt, lag unter der Kastanie begraben. Aber da kam man ja nicht dran …«

»Dann wart ihr das mit dem Baum!« Ich konnte es kaum glauben. Weder Ante noch seine Oma oder Uroma hätten doch einen ganzen Baum abgesägt. Wie hätte Gerda mitten in der Nacht mit einer Motorsäge hantieren können?!

»Nein, nein«, sagte die Oma. »Es war schon die Stadtverwaltung, die den Baum gefällt hat. Genau wie es in der Zeitung stand.«

»Aber sie wurde vielleicht ein bisschen in die richtige Richtung geschubst, oder sagen wir besser die falsche …«, fiel Gerda von ihrem Sessel aus ein. »Nur ein winzig kleiner Schubs …« Sie zwinkerte und nickte und wirkte geheimnisvoller denn je.

»Aber wir waren es, die die Papiere in Verwahrung genommen haben, sobald der Stumpf abtransportiert war. Wir konnten ja nicht riskieren, dass die Straßenarbeiter sie fanden. Oder dass sie die Stelle asphaltierten oder so«, fuhr Antes Oma fort. »Und dann habe ich sie in das *Buch der Erfinder* gelegt, weil ich dachte, dass du sie dort finden würdest.«

»Also habt ihr uns an der Nase herumgeführt?«, fragte ich. »Die ganze Zeit? Wir hätten keins der Rätsel lösen müssen, weil ihr immer schon gewusst habt, wo alle Briefe versteckt waren? Ihr hättet uns genauso gut auch alles auf einmal erzählen können?«

»Oh nein«, sagte Gerda. »Ganz und gar nicht. Wir mussten doch sichergehen, dass ihr es wart, die alle Rätsel lösen konnten. Ihr und sonst niemand. Wie hätten wir sonst wissen sollen, dass ihr die Rutenkinder seid?«

Sie hatten das alles also nur für uns ausgeheckt ... schon seit Gerda auf dieser Séance gewesen war und all das über »Silvias Stein« von sich gegeben hatte. Sie wollten, dass wir die Briefe fanden. Also gab es keine geheimnisvollen Zufälle. Keine Synchronizität. Erdenströme und Sternenfelder waren es nicht, die unsere Schritte geleitet hatten. Sondern ein paar alte Damen vom Roten Kreuz!

Genau in dem Augenblick klingelte mein Handy mit einer Nachricht: »Hey, wo bist du? Um fünf gibt's Abendessen!« Mama. Ich musste auf direktem Weg nach Hause.

Nachdem ich schon Jacke, Schal, Handschuhe, Mütze und meine Winterstiefel angezogen hatte, fiel mir ein, dass da ja noch jede Menge Fragen waren, auf die ich unbedingt eine Antwort haben musste. Ich ging noch mal in voller Montur zurück ins Wohnzimmer.

»Der Brief«, sagte ich. »Der allererste Brief. Den ich letzten Winter von dem Mann mit der Pelzmütze bekommen habe – wart das auch ihr?«

Gerda schüttelte langsam den Kopf.

»Wisst ihr, wer das war?«

Sie schüttelte noch mal langsam mit dem Kopf.

»Da steckt mehr hinter all dem, glaube ich«, meinte sie. »Mehr, als wir verstehen.«

Ihr blaugraues gesundes Auge schaute mich direkt an.

Aber ich wusste trotzdem nicht, ob ich ihr glauben sollte.

Es war, wie wenn man die Luft aus einem Ballon lässt. Das ganze Abenteuer, all das Magische, war einfach weg. Als ich an diesem Tag von zu Hause losgegangen war, war ich voller Vorfreude gewesen, hatte den Freitag herbeigesehnt, an dem die Ferien beginnen würden.

Aber jetzt konnte ich an nichts mehr glauben. Wenn Ante und seine Familie hinter all dem steckten, was ich für Zufälle gehalten hatte – wie konnte es dann noch irgendetwas Magisches geben? Es war, wie Orestes immer gesagt hatte: alles bloß Hirngespinste und Fantastereien. Es gab weder Wunder noch magische Kräftekreuze.

Wir konnten die Sternenuhr genauso gut sofort verkaufen. Wenn sie denn so wertvoll war, wie Orestes glaubte. Ansonsten war es für alles zu spät. Zu spät, um genug Geld zusammenzubekommen, dass wir weiter hier im Almekärrsväg wohnen konnten. Viel zu spät, als dass noch rechtzeitig irgendwelche Wunder geschehen könnten.

Ich versuchte wirklich, glücklich zu sein. Ich dachte daran, dass Papa wieder gesund war und dass Mama und er sich nicht scheiden lassen würden – war das nicht wundervoll genug? Aber stattdessen musste ich immer wieder daran denken, dass Ante bestimmt nur so getan hatte, als ob er mit mir befreundet sein wollte, damit er diesen Familienauftrag erfüllen konnte. Und ich weinte mich an diesem Abend in den Schlaf, weil ich so enttäuscht war.

Ich hörte Schritte die Treppe raufgerannt kommen. Jemand hämmerte gegen die Tür. Ich war noch nicht mal richtig wach, bevor sie aufgerissen wurde und Orestes hereingestolpert kam. Er sah so fröhlich aus, dass ich nicht mal dazu kam, ihn deswegen anzumotzen.

»Malin!«, rief er. »Weißt du, was passiert ist?«

»Nee, was?«, murmelte ich. Wie konnte er an einem Schultag vor dem Frühstück hier so reinplatzen? Warum hatte Mama ihn reingelassen?

»Sie kommt!«

»Hm – was?« Ich gähnte und rieb mir die Augen.

»Morgen! Sie kommt morgen her!« Er war so aufgeregt, dass er nicht mal stillstehen konnte.

»Orestes, wovon redest du?«, fragte ich schließlich. Und dann erzählte er der Reihe nach.

Er war wieder mit Mesina in Kontakt gekommen. Er hatte ihr ein paarmal geschrieben. Und diesmal war er meinem Rat gefolgt und hatte ihr Fragen gestellt. Ihr zugehört. Und jetzt, ganz plötzlich, hatte sie beschlossen, nach Hause zu kommen. Sie wollte morgen zum Lerumer Bahnhof kommen. Sie glaube nicht mehr daran, dass Eigir zurückkommen würde, hatte sie geschrieben. Ihre Familie wollte sie nicht treffen, noch nicht. Aber Orestes wollte sie gerne kennenlernen.

Nach diesen Neuigkeiten hätte ich Orestes von all dem erzählen sollen, was ich am Vortag erfahren hatte. Dass Ante zugegeben hatte, dass seine Oma und Uroma das mit den Briefen und Hinweisen eingefädelt hatten. Ich fragte mich, wie viele von all den »Zufällen«, die sich in der letzten Zeit ereignet hatten, eigentlich von ihnen geplant gewesen waren.

Aber ich erzählte es nicht. Ich schaffte es irgendwie nicht. Ich wollte nicht, dass Orestes mir noch einmal erklären musste, dass die Welt eben so funktionierte. Dass es keine Wunder gab und keine Kräfte, die das Schicksal in die richtige Richtung lenkten, aber jede Menge leichtgläubige Menschen hingegen schon. Solche wie mich.

Und jetzt konnte ich nicht mal mehr hoffen. Wir hatten zwar die Sternenuhr, aber nicht den Zeitensteller. Wir wussten zwar den genauen Zeitpunkt – also wann die Mondfinsternis eintreten würde –, aber nicht den Ort, an dem die Sternenuhr richtig funktionieren würde. Es war Zeit aufzugeben.

Aber das tat ich dann doch nicht. Und das lag natürlich an Elektra, der auserwählten, magischen Elektra, die vielleicht eher ein Reißauskind als ein Rutenkind war. Sie war das nächste Mitglied der Familie Nilsson, das an diesem Tag unerwartet in meinem Zimmer auftauchte. Am Nachmittag, als ich gerade die allerschwerste Technikübung mit dem Bogen auf dem Cello spielte, tauchte sie auf.

Sie nahm mein kleines Windlicht mit dem Teelicht darin vom Schreibtisch. Ich stellte es zurück.

Sie schnappte sich meine Stiftedose und drehte sie auf den Kopf, sodass alle meine Stifte auf den Boden prasselten. Ich sammelte sie wieder auf.

Sie holte die alte Schatulle vom Fensterbrett. Ich nahm sie ihr weg – oder zumindest versuchte ich es, denn sie ließ nicht los. Sie hielt den Deckel fest, der sich in dem Augenblick öffnete, wodurch Elektra das Gleichgewicht verlor. Sie stolperte rückwärts und landete auf dem Hintern, während das Kästchen gleichzeitig scheppernd auf dem Boden aufschlug.

Elektra zog die Mundwinkel nach unten und ich bekam Angst, dass sie sich richtig wehgetan hatte. Aber ich versuchte ruhig zu bleiben, wie man es mit Kleinkindern machen soll. Ich lächelte sie nur breit an und wedelte mit ihrem Teddy und schon vergaß sie, dass sie eigentlich weinen wollte.

Die Schatulle war kaputtgegangen, als sie auf den Boden gefallen war. Das Scharnier war abgebrochen und nur ein kleines Stück des Deckels hing noch daran. Ich stopfte die Bruchstücke hastig in meine Hosentasche, damit Elektra sie nicht in die Finger bekam, denn sie sahen scharfkantig aus. Der Rest des Deckels war auf dem Teppich aufgeprallt und unter mein Bett gesprungen. Ich fischte ihn darunter hervor, dann sammelte ich die Schatulle selbst auf und stellte sie zurück aufs Fensterbrett. Der Deckel lag auf dem Kopf da. Als ich ihn in die Hand nahm, erhaschte ich den Blick von jemandem, der mich ernst ansah. Ein dunkles Auge … oder nein, ich hatte mich nur wieder vor mir selbst erschreckt. Es war mein eigenes Auge, das ich erblickte, als es sich in der runden, blanken Oberfläche auf der Innenseite des Deckels spiegelte. Genau wie in einem Spiegel. Ein Spiegel …

Ich schaffte es, Elektra mit mir die Treppe runterzulocken, und dann gingen wir Hand in Hand über den Wendeplatz zu ihr nach Hause. DER SPIEGEL HAT DIE ANTWORT, dachte ich. Das hatte Axel geschrieben. Aber ich musste mich selbst daran erinnern, dass ich ja nicht mehr an Geheimnisse glaubte. Elektra blieb neben dem Briefkasten stehen und wühlte in einigen welken Blättern am Boden herum. Genau hier hatte ich in der Winternacht den ersten Brief bekommen … Wovon Gerda behauptete, nichts zu wissen. Alle Briefe, die wir von Axel bekommen hatten, waren *alt* – das sah man ihnen an. Und die Sternenuhr und all die anderen Sachen waren auch alt, ungewöhnlich und fantastisch. Konnten Ante und seine Familie wirklich etwas so Kompliziertes eingefädelt haben, nur um uns zu testen? Sicher hatten sie ein bisschen getrickst, damit Axels Briefe ganz sicher bei Orestes und mir ankamen. Aber die Familie war dieser Aufgabe in Wahrheit schon seit dem neunzehnten Jahrhundert nachgekommen! Mehrere Generationen hatten schon dazu beigetragen, Axels Geheimnis zu bewahren und das Rutenkind zu finden. War das nicht ein Beweis dafür, dass es mit der Sternenuhr etwas Wichtiges auf sich hatte? Dass sie wirklich magisch war und keine Fälschung? Alles, was in den Briefen stand, stimmte ja. Und jetzt noch der Spiegel …

Als ich von zu Hause weggegangen war, war ich fast sicher, dass es kein Geheimnis gab. Aber als ich vor Orestes' Haus ankam, war ich sicher, dass es doch eins gab. Wo könnte Axel also den Zeitensteller versteckt haben?

Als die goldene Uhr in der Schatulle gelegen hatte, hatte sie sich in der Innenseite des Deckels gespiegelt ... Aber die Zeiger der goldenen Uhr waren viel zu klein, das hatten wir ja schon herausgefunden ... wenn nicht ...

Ich dachte an die goldene Uhr, daran, wie wir an der Schraube ganz oben gedreht hatten, um sie in Gang zu setzen. Daran, wie schwer sie war. Was, wenn sich etwas *in* der Uhr befand?

Ich hämmerte hart gegen Orestes' Tür.

Die Uhr war weg. Verschwunden. Gestohlen.

Orestes wühlte wie ein Irrer hinter den Büchern im Bücherregal herum, aber die Uhr war einfach nicht mehr da.

»Wer kann sie genommen haben?«, wollte ich wissen.

Orestes war kreidebleich im Gesicht.

»Ich war so blöd«, sagte er knapp. Das hatte ich ihn ja noch nie sagen hören! »Hier laufen einfach zu viele Leute im Haus rum ... All diese Kunden und Freunde von Mama! Jeder könnte sie genommen haben.« Seine Augen wurden pechschwarz.

»Und die Sternenuhr?«, hakte ich nach. Orestes warf mir bloß einen Blick zu, dann verschwand er aus dem Zimmer. Ich blieb noch eine Weile auf seinem Bett sitzen, unsicher, ob ich ihm hinterhergehen sollte oder nicht. Dann hörte ich

Orestes wieder den Flur entlangkommen. Er sah erleichtert aus.

»Sie ist noch da«, meinte er. Er setzte sich neben mich aufs Bett. »Aber in unserer Garage hat auch jemand rumgewühlt!«

Wir saßen nebeneinander auf dem Bett und sagten nichts. Wer konnte es sein, der in Orestes' Haus herumschnüffelte? Ein Dieb vielleicht? Die Uhr war ja immerhin aus Gold.

»Warum wolltest du eigentlich die Uhr noch mal haben?«, fragte Orestes. Und da erzählte ich ihm, worauf ich gekommen war.

»Tja ... vielleicht«, meinte Orestes zu meiner Idee, dass der Zeitensteller in der Uhr versteckt sein könnte. »Aber wäre wohl genug Platz im Uhrwerk?« Er saß eine Weile schweigend da. »Der Spiegel hat die Antwort«, sagte er dann und seufzte genervt. »*Warum* konnte dieser Axel nicht mal irgendwas geradeheraus sagen!«

»Er wollte sehen, ob wir schlau genug sind, seine Rätsel zu lösen«, erwiderte ich. »Er wollte nicht, dass die Antworten in die falschen Hände gelangten.«

»Hm«, machte Orestes. Gerade das mit dem Schlausein ist doch ganz sein Ding. Er glaubt vielleicht nicht so wirklich an die Sache mit den Erdenströmen und Sternenfeldern und Kraftkreuzen. Aber er wollte natürlich unbedingt beweisen, dass er schlau genug war, die Rätsel zu lösen, dass er sich trotzdem ins Zeug legte.

»Was wissen wir bis jetzt?«, fragte er. »Wir wissen, dass Axel glaubt, ein Rutenkind könne Macht über die Sternenuhr erlangen, wenn es sie zur Wintersonnenwende in der Hand hält und gleichzeitig eine Mondfinsternis ist. Aber wir wissen nicht, wo das stattfinden muss. Der Code, den Axel vor langer Zeit in den Baum geritzt hat, lautet USKKMR. Von Anfang an meinte er, dass der Code mit dem Namen des Rutenkindes als Schlüsselwort den Ort ergibt. Aber galt das vielleicht nur beim letzten Mal? Als gleichzeitig Mittsommer und die Sternenbegegnung war?«

»Ja«, antwortete ich. »Letztes Mal ergaben das Schlüsselwort Elektra und der Code USKKMR die Kreuzung zwischen der Q- und H-Linie auf Axels Karte. Da draußen bei Nääs. Wenn es stimmt, ich meine, wenn Elektra wirklich das Rutenkind ist ... müssen wir dann wieder raus zur QH-Kreuzung?«

»Aber das mit der Wintersonnenwende ...«, überlegte Orestes. »Es wirkt so, als müsste jetzt alles genau andersherum sein als an Mittsommer. Schwarz gegen Weiß ...« Er hörte sich fast so an wie Mona auf dem Halbmondfest. Diese Gedanken waren eigentlich sehr untypisch für ihn.

»Ich hab's!«, rief ich. »Gib mir Zettel und Stift.«

DER SPIEGEL HAT DIE ANTWORT. Ich war sicher, dass ich recht hatte! Ich schrieb den Code von dem Baum bei Silvias Stein auf.

USKKMR. Ich verwendete die Vigenère-Chiffre, die zu diesem Code gehört. Und als Schlüssel nahm ich – nicht Elektra, sondern ihren Namen rückwärts. Wie in einem Spiegel! ARTKELE ... Und als ich die Chiffre gelöst hatte, ergab das ... nichts.

»Mist!«, sagte ich und drückte mit dem Stift so fest auf, dass die Spitze abbrach.

Orestes zuckte mit den Schultern. Ich sah ihm richtig an, wie er sich zusammenreißen musste, damit nicht aus ihm herausplatzte: Was habe ich dir gesagt?

Aber trotzdem! Ich versuchte es noch einmal. Aber ich verwendete nicht Elektras Namen. Stattdessen setzte ich ORESTES rückwärts ein … USKKMR und SETSERO … Und das ergab CORSIA!

Schlüssel	S	E	T	S	E	R
Code	U	S	K	K	M	R
Klartext	c	o	r	s	i	a

Corsia? Korsika kannte ich, das war eine Insel im Mittelmeer. Aber die konnte Axel wohl nicht meinen …?

»Corsia«, überlegte ich laut. »Ist das vielleicht wieder ein lateinisches Wort?«

Orestes runzelte die Stirn und sah mich mitleidig an.

Ich starrte so fest auf den Zettel mit der Chiffre, dass irgendwann die Buchstaben vor meinen Augen verschwammen. Und dann, ganz plötzlich, wurde es mir klar! Konnte Cors für Kreuz stehen?

»Kreuz IA!«, rief ich. »Die Kreuzung zwischen I und A, das muss es sein!«

»Nee«, meinte Orestes. »Das kann alles bedeuten …«

»Doch, ganz bestimmt«, gab ich zurück. »Guck doch!« Ich faltete meine Karte mit den Erdenströmen aus. Die Linie, die mit A beschriftet war, und die Linie, die mit I beschriftet war – die kreuzten sich irgendwo draußen im Wald! Bei den Steilhängen am Bach. Nicht direkt neben Silvias Stein, sondern auf der anderen Seite vom Bach, tiefer im Wald.

»Da müssen wir hin!«, sagte ich. Mein Herz hämmerte wie wild. »Und Elektra ist nicht das Rutenkind – das bist auf jeden Fall du, Orestes!«

Da fiel mir auf, dass Orestes reglos auf dem Bett saß. Er sah ganz und gar nicht glücklich aus. Sein Herz überschlug sich nicht wie meins. Er wollte nicht das Rutenkind sein.

»Wir sollten da auf jeden Fall hingehen«, meinte ich. »Bitte ... Wir hatten das doch schon ausgemacht. Wo doch eh nichts passieren wird ...« Das war meine Art geworden, Orestes zu überreden, merkte ich jetzt. Da ja nichts passieren würde, könnte er genauso gut mitkommen. »Und wenn ich verspreche, mit zu dem Treffen mit Mesina zu kommen? Kommst du dann am Abend mit in den Wald?«

Orestes' Miene hellte sich ein bisschen auf, als ich ihn an Mesina erinnerte.

»Also gut«, seufzte er. »Aber danach verkaufen wir die Sternenuhr, versprochen? Damit du und deine Eltern hier wohnen bleiben könnt.«

Ich nickte. Alles, was ich brauchte, war eine einzige Chance. Kreuz IA – das konnte kein Zufall sein. Es musste etwas bedeuten. Auch wenn es natürlich schade war, dass wir den Zeitensteller nicht hatten. Aber vielleicht würde die Sternenuhr trotzdem funktionieren? Vielleicht konnten wir den Rest des Pergamentpapiers finden? Wenn Orestes nur die Sternenuhr zum Leben erwecken konnte, würden wir den Rest vielleicht hinterher auch so herausfinden.

Sanna hatte sich vorgenommen, das Bestmögliche aus der Weihnachtsfeier zu machen. Sie kam vorher zu mir nach Hause, verkleidet als Rentier! Sie hatte sich das Gesicht weiß und braun geschminkt, mit großen dunklen Augen, und natürlich trug sie ein riesiges Rentiergeweih auf dem Kopf! Sie war fast nicht wiederzuerkennen. Für mich hatte sie auch ein Rentiergeweih dabei und sie schminkte mir die Augen, aber nicht so stark wie ihre. Sie machte ein Foto von uns und postete es auf ihrer Seite. *Beste Freundin*, schrieb sie drunter. Und wisst ihr was? Das war es wert! Dann gingen wir rüber und holten Orestes ab.

Die Praktikantin, Liv, machte uns die Tür auf.

»Echt jetzt?«, rief sie, als sie uns sah. »So ist keiner von uns zur Weihnachtsfeier gegangen, als ich noch auf der Rydsberg war! Cool!«

Stellt euch mal vor, dass Liv auch auf unsere Schule gegangen ist! Das war mir noch nie zuvor in den Sinn gekommen.

Orestes weigerte sich natürlich, sich irgendein Rentiergeweih aufzusetzen, obwohl Sanna auch eins für ihn dabeihatte.

Die Weihnachtsfeier der Rydsbergschule war richtig schön, mit Weihnachtsliedern und Chorgesang, und als die Direktoren ihre Reden hielten, hatten sie Weihnachtsmützen auf.

Unsere Klasse saß eine Weile zusammen, um Pfefferkuchen zu essen und sich voneinander und von den Lehrern zu verabschieden. Ich drückte Sanna superlang, denn sie würde mit ihren Eltern nach Deutschland fahren und die ganzen Ferien weg sein. Sie hat da wohl Verwandte. Als ich sie umarmte, merkte ich, wie froh ich war, dass ich jetzt eine echte Freundin hatte.

Ante hielt sich fern von mir. Das war auch gut so, denn ich wusste wirklich nicht, was ich zu ihm hätte sagen sollen. Vor allem aber wusste ich nicht, ob ich sauer auf ihn war oder nicht.

Orestes hingegen wünschte sich nichts mehr, als dass die Weihnachtsfeier endlich zu Ende wäre, damit er sich mit Mesina treffen konnte. Er glaubte fest, sie würde heute am Bahnhof auftauchen. Ich war mir da noch nicht so sicher.

Aber natürlich bin ich trotzdem mit Orestes mitgegangen. Sobald die Weihnachtsfeier vorbei war, machten wir uns auf den Weg zum Bahnhof. Orestes war so nervös, dass er den ganzen Weg über kein einziges Wort sagte. Es war ein klarer, kalter Tag mit Raureif an den Gräsern und vereisten Stellen auf der Straße.

Wir warteten über eine Stunde. Genauso lange, wie drei S-Bahnen von Alnigsås und drei von Göteborg brauchten, um durchzufahren. Wir standen in diesem kleinen Plastikhäuschen neben dem Gleis, denn dort war es zumindest etwas wärmer als draußen. Jedes Mal, wenn ein Zug hielt, ging Orestes raus auf den Bahnsteig und guckte. Jedes Mal kam er noch enttäuschter zurück.

»Sie kommt nicht«, musste ich schließlich feststellen. »Wir müssen nach Hause.«

Orestes zuckte mit den Schultern, folgte mir aber aus dem Wartehäuschen hinaus. Wir machten uns auf den Weg nach Hause zum Almekärrsväg. Erst beim Autobahnübergang sagte er etwas:

»Vielleicht habe ich mich im Tag geirrt.«

Er hatte die Hoffnung noch nicht aufgegeben. Ich fragte mich, warum er so besessen davon war, Mesina zu finden. Vielleicht fühlte sie sich wohl bei den Anhängern des Orakels. Vielleicht gefiel es ihr, wenn jemand anderes darüber bestimmte, was richtig und was falsch war. Vielleicht wollte sie nicht hier sein, in Lerum, im Alltag nahe dem Bahnhof, wo das Spannendste, das passieren konnte, war, ob der Zug pünktlich kam oder nicht.

Aber ich glaube, Orestes wollte sie retten. Orestes, mein Kumpel – ein Held in einer zu kleinen Regenjacke. Ich wollte gern irgendwas sagen, um ihn zu trösten, also sagte ich auch:

»Ja, sicher nur der falsche Tag.« Obwohl ich mir da ganz und gar nicht sicher war.

Und insgeheim dachte ich nur, dass es gut war, dass Mesina nicht aufgetaucht war. Was hätten wir tun sollen, wenn wir sie getroffen hätten? Hätten wir versuchen sollen, sie dazu zu bringen, wieder nach Lerum zurückzukommen, zu ihrer Mutter? Oder hätten wir die Polizei rufen sollen? Oder was?

Als ich heimkam, war ich so durchgefroren, dass ich zitterte. Ich machte mir eine Tasse Tee mit viel Zucker und trank sie langsam in meinem Zimmer aus. Heute Abend war die Mondfinsternis. Eine Mondfinsternis am kürzesten Tag des Jahres. Wir würden die Sternenuhr mit zur Kreuzung zwischen der A- und der I-Linie nehmen und Orestes würde sie hochhalten, wenn der Mond verschwand. Mit oder ohne Zeitensteller, es musste einfach etwas geschehen, wenn Orestes – das Rutenkind, dessen Muttermal genau wie einer der Pfeile auf der Sternenuhr aussah – sie in der Hand hielt. *Sternenuhrs Pfeil weist in deine Hand*, hieß es in Silvias Lied. Ich erschauderte.

Danach, meinte Orestes, mussten wir die Sternenuhr verkaufen, um an Geld zu kommen, damit ich hier nicht wegziehen musste. Er war ja absolut sicher, dass gar nichts passieren würde während der Mondfinsternis.

Er hatte ja recht, dass wir das Geld brauchten. Natürlich mussten wir weiter hier wohnen. Aber trotzdem pochte mein Herz immer ganz wild, wenn ich daran dachte, dass wir dort in der Dunkelheit stehen und den Mond verschwinden sehen würden. Und vielleicht, ganz vielleicht würden wir etwas entdecken, das wichtiger war als Geld. Etwas, das außer uns noch nie ein Mensch auf der Welt zuvor verstanden hatte. Die Kraft von Sternenfeldern und Erdenströmen ...

Ich schaute auf die Uhr.

Die Sekunden krochen voran.

Ich war richtig erleichtert, als ich hörte, wie jemand gegen unsere Haustür hämmerte. Sicher war das Orestes, der genauso ungeduldig war wie ich.

Es *war* Orestes. Noch bevor ich die Tür aufgemacht hatte, fragte er:

»Ist Elektra hier?« Er sah seltsam angespannt aus.

»Was? … Nee …«, antwortete ich, während ich mich umdrehte und nach ihr Ausschau hielt. Ich glaubte nicht wirklich, dass sie bei uns war. Aber bei Elektra konnte man ja nie wissen …

»Elektra!«, rief Orestes aus der Diele. »Bist du hier?« Keine Antwort.

»Sie ist nicht hier«, sagte ich.

»Kannst du nicht mal nachschauen …«, bat Orestes. »Nachschauen, ob sie sich nicht hier irgendwo versteckt hat?«

»Klaro«, erwiderte ich. »Ich checke mal, ob Mama oder Papa sie gesehen haben. Aber wir sehen uns später, oder?«

»Jaja …«, meinte Orestes. »Muss sie nur erst noch finden. Ich komm dann rüber.« Er lächelte mich so schief an, dass es fast wie eine Grimasse aussah. Dann schlug er mir die Tür vor der Nase zu.

Irgendetwas stimmte nicht, aber ich wusste nicht, was. Ein Schauer kroch mir über den Rücken. Zur Sicherheit ging ich runter in den Keller und schaute sowohl in den Computerraum als auch in den Vorratskeller. Natürlich keine Elektra da unten. Mama war wegen ihres Fußes beim Arzt – sie konnte jetzt wieder selbst Auto fahren und war superglücklich – und was Papa machte, wusste ich nicht wirklich. Ich rief ihn trotzdem an, vielleicht war er ja mit Mona und Elektra zusammen. Aber ich hörte sofort, wie es auf der Küchenarbeitsplatte zu brummen anfing, und da lag natürlich Papas Handy. Wo auch immer er hin war, er hatte es nicht mitgenommen.

Ich tigerte zu Hause eine Weile hin und her. Ging in die Küche und ins Wohnzimmer. Die Treppe rauf, die Treppe runter. Schließlich zog ich meine warmen Sachen an und machte mich auf, Orestes abzuholen.

Er kam im selben Augenblick zur Haustür heraus, als ich beim Haus ankam.

»Hast du sie gefunden?«, wollte ich wissen.

»Äh, nee ... Beziehungsweise ja, sie ist bei Mama.«

Orestes wirkte abwesend.

»Und wo?«, fragte ich.

»Unterwegs irgendwo ... in der Innenstadt, glaube ich«, murmelte er.

»Okay«, sagte ich. Es wäre wirklich viel besser, wenn Orestes das Rutenkind wäre anstelle von Elektra. Dann würde Orestes sich nicht mehr so viele Sorgen um sie machen müssen. Wenn sie nur ein gewöhnliches kleines Kind war, würde wohl auch niemand versuchen wollen, an sie heranzukommen!

Ich bekam eine Gänsehaut, weil ich an die Erdenströme und Sternenfelder denken musste. Muster von Kräften, die machten, dass Dinge geschahen, die das Schicksal lenkten ...

Was, wenn es einen Grund dafür gab, dass wir Elektra nicht finden konnten? Was, wenn die Erdenströme wussten, dass Orestes das Rutenkind war, das die Sternenuhr übernehmen sollte? Jetzt, bei der Mondfinsternis, wo alles am dunkelsten war …

»Hast du die Sternenuhr?«, fragte ich heiser. Ich fühlte mich jetzt mindestens genauso steif und seltsam wie Orestes. War er auch bange wegen dem, was passieren würde?

Orestes nickte.

»Gehen wir«, sagte er.

Es war die perfekte Nacht für die Wintersonnenwende. Der Himmel war pechschwarz und übersät von Sternen. Der Mond hing wie eine leuchtende Sichel über dem Aspen, genau wie ein Neumond, obwohl es eigentlich Vollmond war. Die Mondfinsternis hatte bereits begonnen, die Erde hatte ihren Schatten über mehr als die Hälfte des Mondes gelegt, sodass nur noch ein schmaler Rand von ihm zu sehen war. Bald würde er total verdunkelt sein – dann würde der Mond ganz verschwinden. Glitzernder Raureif hatte sich über den Erdboden gelegt, so hart, dass es unter unseren Füßen knirschte, als wir über Gras und Laub in Richtung Schule gingen und weiter zum Wald einbogen. Und so kalt, dass mir die Wangen brannten. Obwohl es eigentlich erst sieben Uhr abends war.

»Guck mal«, wisperte ich Orestes zu.

Mitten in der Dunkelheit leuchtete zwischen den Baumstämmen etwas golden auf. Flammen da draußen, Wärme in der Nacht. Wir gingen näher heran und erkannten Leute, viele, Hunderte Menschen hatten sich versammelt. Jemand sprach laut.

»Das ist ja die Schulabschlussfeier«, flüsterte ich. »Der Fackelzug!«

An unserer alten Grundschule findet die Weihnachtsfeier immer am Abend draußen statt. Die Kinder gehen in einem großen Fackelzug und entzünden damit ein Lagerfeuer. Die Weihnachtsfeier findet dann rings um das Feuer herum statt. Und alle frieren, genau wie bei der Abschlussfeier im Sommer, nur haben jetzt alle dickere Sachen an, versteht sich.

Wir schlugen den Waldweg am Bach entlang ein. Zu Anfang war es noch ganz schön hell, denn der Schein der Fußballplatzbeleuchtung der Schule drang bis ins Dickicht. Aber schon bald, als wir den Weg zur ersten Brücke über den Bach einschlugen, wurde es ganz finster.

Der Weg war spiegelglatt. Ich knipste meine Stirnlampe an, damit ich sehen konnte, wohin ich in der Dunkelheit trat. Es war rutschig durch den Raureif und hier und da gab es richtig vereiste Stellen, deswegen war es schwierig zu laufen.

Wir gingen an der Stelle mit der Brücke vorbei, tasteten uns zwischen den Felsbrocken hindurch. Den normalen, schmalen Trampelpfad verloren wir in der Dunkelheit rasch aus den Augen, aber solange der Bach links von uns war, sollten wir direkt hinkommen. Die Stelle, an der sich die A- und die I-Linie kreuzten, wartete irgendwo da vorne auf uns.

Ich war grade einen kleinen Umweg um die ausladenden Äste eines umgestürzten Baumes gegangen, als ich mich umdrehte, um auf Orestes zu warten. Und da war er nicht mehr da.

Er war nicht mehr da, ich schwör's.

Meine Stirnlampe leuchtete hinaus in die Dunkelheit, aber ich konnte nur nackte Baumstämme und moosige Steine sehen. Kein Orestes weit und breit.

Ich rief. Ich drehte mich im Kreis. Ich machte einen Schritt hierhin, einen Schritt dorthin. Aber er war einfach weg.

Ich hörte auf zu rufen, stand einfach nur ganz still da, mit pochendem Herzen. Ich starrte noch einmal in die Dunkelheit hinter mir, wo Orestes eigentlich sein sollte. Dann spähte ich vorwärts am Bach entlang, hinein in den Wald. Er war nirgends. Ich war fast beim IA-Kreuz angekommen. Ich stolperte weiter, dachte, dass er mich vielleicht irgendwie überholt hatte.

Ich kam zu einer Lichtung bei einem großen Felsen, die ich von der Karte wiedererkannte. Und ich hörte den Bach neben mir rauschen. Aber auch da war kein Orestes.

Hier auf der Lichtung öffnete sich das Dickicht genug, dass ich den Himmel über mir sehen konnte. Der Mond stand hoch am Himmel, eine schmale, c-förmige Sichel. Die Mondfinsternis war fast vollendet. Der Zeitpunkt stimmte. Der Ort stimmte. Aber weder Orestes noch die Sternenuhr waren hier.

Die Erdenströme und Sternenfelder lenken, was geschieht, dachte ich. Hatte es eine Bedeutung, dass ich ganz alleine hier an diesem Ort war? Ausgerechnet jetzt? Ausgerechnet ich? Ich lehnte mich an den großen Fels.

Aber ich sprang sofort wieder auf. Irgendwas pikste in meiner Hosentasche! Irgendetwas Spitzes, das mir wehtat!

Ich grub mit der Hand in der Tasche. Alles, was sich darin befand, war das kaputte Scharnier der Schatulle. Das längste, spitzeste Teil hatte mich gestochen ... Ich hielt es hoch ins Mondlicht. Es war wirklich lang, fast wie eine Nadel. An einem Ende saß ein dicker Klumpen Metall. Gerade als ich anfing, ihn zu betasten, fiel der Klumpen ab! Es war nur eine Hülse, die wie eine Kappe über die Nadel gestülpt war. Darunter schimmerte etwas aus goldenem Metall.

Eine Mondsichel! Eine lange Nadel mit einem Symbol am Ende, das genau wie eine Mondsichel aussah. Das konnte doch nicht ... Aber das musste doch ... Es war der Zeitensteller, den ich in den Händen hielt!

Wie konnte das möglich sein? Während die Mondsichel am Himmel immer schmaler wurde, umklammerte ich den Zeiger mit demselben Symbol fest mit der Hand. Ich spürte, wie es in meinen Fingern kribbelte. Die ganze Hand wurde warm! Ich öffnete sie langsam. Der Zeitensteller drehte sich, nur ganz langsam, aber deutlich, wie eine Magnetnadel.

Ich weiß nicht, warum ich es tat. Aber ich schloss die Hand um den Zeitensteller wieder und rannte blindlings in die Richtung, in die er gezeigt hatte.

Die Bäume standen dicht dort an der Böschung. Umgestürzte Bäume und herabgefallene Äste lagen über den Erdboden verstreut. Ich schlitterte und sprang in die Richtung, in die die Nadel zeigte. Das Einzige, was ich sehen konnte, war der Lichtkegel meiner Stirnlampe vor mir, der hierhin und dorthin sprang, je nachdem, wie ich mich bewegte. Ansonsten war die Dunkelheit undurchdringlich, nach allen Seiten.

Jedes Mal, wenn ich stehen blieb, schaute ich noch mal auf den Zeitensteller. Nahm die Richtung auf und rannte dahin, wohin die Nadel zeigte. Ich näherte mich jetzt wieder dem Bach.

Der Zeitensteller führte mich über die zweite Brücke und die steilen Böschungen dahinter hinauf.

Ich konnte einen schwachen Lichtschein dahinten zwischen den Bäumen erahnen. Eine Lampe ... Da war jemand!

»Orestes!«, rief ich. »Warte! Warte auf mich!«

Das Licht erlosch. Ich rannte zu der Stelle, an der ich es gesehen hatte – aber irgendwas brachte mich zu Fall und ich stürzte kopfüber auf den kalten Boden. Irgendwas Großes, Schweres warf sich auf mich und ich bekam kaum noch Luft.

Ich trat um mich, versuchte mich umzudrehen, aber wer auch immer mich festhielt, war stärker als ich, drückte mir schmerzhaft einen Arm in den Rücken und blockierte meine Beine.

Ich schrie um mein Leben!

»Still!«, zischte eine Stimme hinter meinem Rücken. »Sei still, Malin, ich bin's bloß!«

Orestes. Ich hörte auf, um mich zu treten.

»Was machst du denn?«, zischte ich und versuchte doch, ihn wegzuschieben. Er hielt mich noch fester.

»Warte kurz ... nur kurz ...«, sagte er. »Du darfst nicht ... nicht hinterhergerannt kommen ... und nicht schreien!«

Schließlich ließ er mich los und ich stand auf. Meine Stirnlampe schien ihm direkt in die Augen und er wandte den Blick schnell ab.

»Was machst du denn?«, wollte ich wissen. »Bist du verrückt? Warum bist du vor mir abgehauen?«

»Ich war nur …«, murmelte er. »Ich war gezwungen zu … Sie hat Elektra!«

»Was? Wer?« Ich verstand nur Bahnhof.

»Sie hat Elektra!«, wiederholte Orestes. »Guck, hier. Das hier lag in Elektras Zimmer.«

Er streckte mir einen zerknitterten Zettel entgegen. Er war mit kleinen, runden Buchstaben beschrieben:

»Wenn du deine Schwester wiedersehen willst, gibst du mir die Sternenuhr. Auf der Anhöhe über der Schule, wenn der Mond weg ist. Komm allein. M.«

»Was?«, fragte ich noch mal. »M?«

»Mesina …«, stöhnte Orestes.

»Mesina!«, rief ich. »Aber … die ist doch nicht gekommen!« Ich starrte Orestes an. Er sagte nichts, er schaute mich nur mit völlig verzweifeltem Blick an. Und dann kapierte ich plötzlich, was passiert war. Mesina hatte Orestes reingelegt.

Mesina kannte ja Eigir. Natürlich glaubte sie alles, was er ihr erzählt hatte, bevor er ins Koma gefallen war. Dass Elektra das Rutenkind war und dass sie die geheimnisvolle Sternenuhr benutzen konnte. Sicher wollte sie sich die Uhr schnappen, um das Kraftkreuz zu steuern. Vielleicht glaubte sie, damit Eigir helfen zu können! Mesina hatte Orestes natürlich nur geschrieben, um ihn heute Nachmittag zum Bahnhof zu locken, damit sie in aller Ruhe Elektra entführen konnte.

»Aber … aber …?« Warum hatte er Mesina vertraut? Wie blöd konnte man sein? Er, der mir immer gepredigt hat, nicht immer so leichtgläubig zu sein. »Woher willst du denn überhaupt wissen, dass Elektra bei Mesina ist?«, fragte ich.

Orestes erwiderte nichts, er zuckte einfach nur mit den Schultern.

»Vielleicht legt sie dich wieder rein!«, meinte ich, lauter. »Und jetzt willst du ihr natürlich auch die Sternenuhr geben, ja?«

Orestes zuckte noch mal mit den Schultern. Nicht mal antworten konnte er.

»Warum hast du mir nichts davon gesagt?«, schrie ich, so wütend, dass meine Stimme zitterte. »Wir hätten das hier doch auch zusammen regeln können? Aber du musst es ja immer besser wissen ... Idiot!« Ich war noch nie zuvor so sauer auf Orestes gewesen. Mesina wollte natürlich beides, die Sternenuhr und Elektra, genau wie Eigir. Und jetzt würde Orestes ihr helfen, genau das zu bekommen.

»Glaubst du wirklich, dass sie dir Elektra zurückgibt? Ob sie nun die Sternenuhr bekommt oder nicht? Sie will garantiert beides, genau wie Eigir!«, brüllte ich.

Orestes verzog das Gesicht und er schluchzte:

»Ich weiß nicht. Ich weiß nicht, was ich tun soll.«

Die ganze Wut in mir verrauchte.

Der arme Orestes. Er wusste, dass er in der Falle saß. Er wusste, dass er reingelegt worden war, aber er konnte trotzdem nicht anders handeln! Genauso war es bei mir im Sommer gewesen, als Eigir gedroht hatte, dass er dafür sorgen würde, dass Mama nicht mehr nach Hause kommt ... und ich ihm die Sternenuhr gegeben hatte.

»Okay«, sagte ich schließlich. »Ich komme mit.«

»Aber du darfst mich nicht aufhalten«, meinte Orestes schwach. »Sie ist meine Schwester. Ich bestimme. Und du musst still sein und dich im Hintergrund halten, damit Mesina nicht merkt, dass du dabei bist.«

Ich nickte, kam dann aber drauf, dass man das in der Dunkelheit nicht so gut sehen konnte, deshalb sagte ich noch mal »Okay«.

Zum zweiten Mal an diesem Tag warteten wir auf Mesina. Orestes stand mit der Sternenuhr auf einer Felsenplatte direkt oberhalb der Schule. Dort wollte Mesina, dass er ihr die Sternenuhr gab, damit sie Elektra freiließ.

Ich blieb ein Stück weit zurück im Unterholz, wo ich nicht zu sehen war.

Hier oben auf der Anhöhe brauchte man keine Stirnlampe. Eine Art Dämmerlicht drang nämlich von den entfernten Straßenlaternen Lerums zu uns herauf. Der See hingegen lag in einem tiefschwarzen Bogen da, aber dahinter, Richtung Südwesten, glühte der Himmel, obwohl die Sonne schon längst untergegangen war. Das waren die Lichter über Göteborg, die den Himmel so färbten – in der Stadt wird es nie wirklich dunkel. Das alles konnte ich von meinem Versteck im Unterholz sehen.

»Du, Orestes«, hatte ich gewispert, bevor wir uns trennten. »Ich hab über eine Sache nachgedacht.«

»Was denn?«

»Was, wenn es *nicht* Mesina ist, mit der du geschrieben hast? Was, wenn es jemand ganz anderes war?«

Ich musste immer wieder schlucken, wenn ich daran dachte. Es war eine Sache, sich draußen im Dunkeln auf die Jagd nach einem Mädchen zu machen, das nur etwas älter war als wir. Wie gefährlich konnte sie schon sein? Aber es könnte ja auch wirklich *irgendwer* sein, der da draußen in der Dunkelheit wartete. Oder *irgendwelche*.

Während wir warteten, hörte ich, wie unten auf der Weihnachtsfeier Weihnachtslieder gesungen wurden. Das Warme, Sichere, Wohlbekannte da unten bei der Schule sorgte dafür, dass mir fast die Tränen kamen. Als ob ich wieder klein war und zum ersten Mal Weihnachtsferien haben würde.

Ich umklammerte den Zeitensteller in meiner Hand. Er fühlte sich warm an, also öffnete ich die Hand und ließ ihn frei auf meiner Handfläche liegen. Er blitzte im Mondschein auf, zuckte und drehte sich … bis er genau auf Orestes zeigte – und genau in dem Augenblick wurde es dunkel.

Alle Straßenlaternen gingen aus. Das Wärmegefühl in meiner Hand verschwand.

Was war geschehen?

Die funkelnden Lichter aus Lerum waren weg. Sogar der glühende Himmel über Göteborg war jetzt schwarz … Das einzige Licht, das von unten von der Schule heraufdrang, war das vom Lagerfeuer und den Fackeln.

Es musste ein riesengroßer Stromausfall sein.

Am Himmel hing ein silberner Ring. Das war der Mond! Jetzt hatte er sich ganz verdunkelt, mit einem runden schwarzen Schatten in der Mitte. Das Mondlicht schimmerte aber trotzdem rings um den Schatten herum und wurde zu einem gespenstischen Zirkel am Himmel. Unten auf dem Schulhof war es mucksmäuschenstill geworden. Auf einmal begann ich zu frieren.

Ich weiß nicht, woher sie kam. Plötzlich erhellte ein Lampenstrahl Orestes. Eine dunkle Gestalt huschte auf der Felsenplatte vorbei, wie ein Schatten hinter der Taschenlampe. Man konnte nicht erkennen, wie sie aussah, aber wir hörten ihre Stimme:

»Aha ... Orestes Nilsson!«, sagte sie langsam. »Der Auserwählte! Geboren mit dem Zeichen der Sternenuhr! Angeblich auserwählt, Großes zu vollbringen. Das bezweifle ich.« Der Lampenstrahl fuhr an Orestes auf und ab, irgendwie prüfend.

Er blinzelte, als er den Lampenstrahl in die Augen bekam, und hob die Hand, um seine eigene Stirnlampe wieder anzuknipsen, aber die Stimme rief:

»Nein! Kein Licht!«

Orestes hielt inne. »Wo ist Elektra?«, rief er.

Der Lampenstrahl blieb stehen.

»Sie ist nicht hier ...«, antwortete die Stimme. »Sie ist da unten.« Die Gestalt gestikulierte in Richtung des Schulhofs, wo die Fackeln in einem Kreis um das lodernde Lagerfeuer standen.

Orestes drehte sich hastig um und spähte hinunter. Aber man konnte dort unten in der Dunkelheit natürlich keine einzelnen Menschen erkennen.

»Wenn ich die Sternenuhr habe, gebe ich ein Signal … und dann lassen wir sie frei«, fuhr Mesina fort.

»Wir?«, fragte Orestes scharf.

»Du hast ja wohl nicht geglaubt, dass ich alleine bin?« Mesina lachte, ein trockenes kleines Lachen. »Die arme, kleine Mesina, die Orestes retten muss … Ich armes, kleines, einsames, leichtgläubiges Mädchen …« Sie schnaubte. »Wenn ich die Sternenuhr habe, blinke ich mit der Lampe. Dann kannst du runterlaufen und deine kleine Schwester abholen. Das wirst du wohl schaffen, oder? *Auserwählt,* wie du bist.«

»Ich bin zu *gar nichts* auserwählt«, zischte Orestes wütend.

»Sicher nicht …«, meinte Mesina. »Aber ich will, dass du mir die Sternenuhr gibst. Ich will, dass du sie auf den Boden legst, genau *da*!« Sie leuchtete mit der Taschenlampe auf die Felsplatte, auf halbem Weg zwischen Orestes und ihr selbst.

»Woher weiß ich, dass das wahr ist?«, fragte Orestes. »Woher weiß ich, dass ihr Elektra wirklich freilasst, wenn ihr die Sternenuhr habt?«

Zeig's ihr, Orestes, dachte ich.

»Guck da rüber«, erwiderte Mesina. »Zum Parkplatz.« Sie hob die Taschenlampe wieder an und blinkte damit. Drei kurze Signale.

Sofort waren drei gleiche, kurze Signale vom Parkplatz zu sehen.

»Da ist deine Schwester …«, sagte Mesina ruhig. »Und ich mache mir wirklich nicht das Mindeste aus ihr …«

Das hier war nicht gut. Wie sollten wir wissen, ob Elektra wirklich da unten war? Und woher sollten wir wissen, ob sie wirklich freigelassen wurde, wenn wir sie nicht sehen konnten? Es gab keine Garantie, dass Mesina nicht log. Ich wusste das und Orestes wusste es auch. Aber was tut man, wenn man nur eine Chance hat? Was macht man, wenn man nicht sicher sein kann? Wenn es um die eigene Schwester geht?

Orestes fummelte in seiner Jacke herum. Die Sternenuhr blitzte im Schein der Taschenlampe auf.

»Leg sie auf den Boden«, forderte Mesina. »Leg sie genau dahin. *Jetzt*!«

Auf einmal schien sie es sehr eilig zu haben. Sie drehte sich um. Ich konnte immer noch nicht ihr Gesicht sehen, nur ihren Schatten. Aber ich verstand, dass sie sich dem Himmel zugewandt hatte, dem Mondring, der immer noch ganz war, aber bald zu einer Sichel werden und dann wachsen und wachsen würde, bis der Mond wieder voll war.

»Gleichzeitig gibst du das Signal mit der Lampe«, forderte Orestes.

»Jaja«, meinte Mesina. Sie wandte sich vom Mond ab. Unendlich langsam ging Orestes auf sie zu. Er blieb auf der Felsplatte stehen und legte die Sternenuhr auf die Erde.

»Geh zurück!«, rief sie.

»Blinke!«, schrie Orestes zurück.

Mesina hielt die Lampe mit einer Hand und knipste sie zum Signal an und aus, ein Blinken für jeden Schritt, den Orestes von der Sternenuhr zurückging.

»JETZT!«, rief sie. Dann erlosch die Lampe.

Ich hörte knirschende Schritte neben mir, Mesinas Schritte, die im Wald verschwanden, aber ich kümmerte mich nicht darum. Ich rannte stattdessen auf die Anhöhe, Richtung Böschung, die Orestes bereits hinunterrannte, zur Schule und zu Elektra.

Gerade als ich auf der Anhöhe ankam, sah ich, wie der Mondring aufbrach. Eine schmale Mondsichel kam zum Vorschein. Und genau im selben Augenblick ging der Strom wieder an, die Straßenlaternen leuchteten in Lerum und darüber hinaus. Ich spürte, wie mich etwas in der geschlossenen Hand stach – der Zeitensteller erwachte wieder zum Leben. Er drehte sich stur Richtung Wald.

Ich stopfte ihn in die Tasche und rannte in die andere Richtung, hinter Orestes her.

Die Weihnachtsfeier der Schule war gerade zu Ende. Die Kinder, die die Fackeln getragen hatten, warfen sie ins Lagerfeuer, und Kinder und Lehrer hasteten herum und suchten einander in einem einzigen Gewusel.

Ich konnte Orestes nirgends entdecken. Trotzdem stürzte ich mich in das Gedränge und hielt nach Kleinkindern, die ungefähr Elektras Größe hatten, Ausschau. Aus Versehen rempelte ich jemanden heftig an und sagte automatisch:

»Entschuldigung!«

Aber die Person antwortete:

»Es ist sternenklar heute Nacht.« Ich bin ganz sicher, dass sie genau das gesagt hatte! Aber als ich mich umdrehte, war sie bereits im Getümmel verschwunden, und alles, was ich sah, waren Eltern, die herumirrten und nach ihren Kinder suchten.

Und da – mittendrin – stand meine Mama. Was machte sie hier? Ich gehe doch gar nicht mehr auf die Almekärrschule. Ich drängelte mich durch die Menschenmenge zu ihr, um sie zu fragen.

»Mama!«, rief ich.

»Ach, hey, Malin«, erwiderte sie. Sie streckte einen Arm aus und umarmte mich ungelenk. Sie war nur noch mit einer Krücke unterwegs, bemerkte ich jetzt.

»Was machst du hier?«, wollte ich wissen.

»Ach, ich hab nur zufällig den Fackelzug gesehen«, meinte sie. »Und dann dachte ich, dass das immer so nett war. Dachte, dass ich mir ein paar Weihnachtslieder anhören könnte ... Hast du gesehen, wie klein die Erstklässler sind? Und du kamst mir schon so groß vor, als du eingeschult wurdest ...«

Sie hatte recht, die jüngsten Kinder waren wirklich winzig. Sie standen da in ihren dicken Jacken und Weihnachtsmützen und hatten ihre ersten Weihnachtsferien vor sich. Ein Kind mit dunklen lockigen Haaren unter der Mütze rannte gerade seinem Vater davon.

»Hör mal«, sagte der Vater neben mir, als er das Kind eingefangen hatte. »Du kannst doch nicht einfach so verschwinden!«

»Was würdest du machen, wenn ich verschwunden wäre?«, fragte die helle Stimme des Mädchens.

»Dann würde ich nach dir suchen und suchen, mein ganzes Leben lang, bis du wieder da wärst!«, antwortete der Vater und umarmte seine Tochter.

»Würdest du dann alles machen, was ich wollte? Wenn ich nach Hause kommen würde?«, fragte das Mädchen. Sie nahm ihren Vater an der Hand.

»Na klar«, meinte der Vater. »Alles. Wenn du nur wieder nach Hause kommen würdest, würde ich alles tun, was du willst!«

Alles, was du willst ... Es fühlte sich an, als ob mein Herz stehen blieb.

»Mama, hast du Elektra gesehen?«, fragte ich.

»Elektra? Nee, heute noch nicht«, gab Mama zurück. »Warum frag...?«

»Und hast du Orestes gesehen?«

»Nein, auch nicht«, sagte Mama. »Warum?«

»Bis später!«, fiel ich ihr ins Wort.

Ich ließ Mamas Hand los, kämpfte mich durch die Menschenmenge und suchte mit heftig klopfendem Herzen nach Orestes. Wenn ich doch nur unrecht hatte! Ich hoffte so, dass ich mich täuschte.

Er war fast als Einziger noch auf dem Schulhof. Sobald ich ihn gefunden und seine Augen gesehen hatte, wusste ich, dass Mesina uns reingelegt hatte. Elektra war immer noch verschwunden.

»Alles, was ich gefunden habe, war ein Junge mit einer Taschenlampe«, sagte er. »Ein Junge, der einen Fünfer von einem Mädchen dafür bekommen hat, mit der Lampe zu blinken!«

Jetzt hatte Mesina sowohl Elektra als auch die Sternenuhr. Genau wie Eigir glaubte sie, dass sie mit Elektras Hilfe an die Himmels- und Erdkräfte rankam. Wir hatten uns ganz schön von ihr reinlegen lassen.

»Komm!«, rief ich. »Schnell, komm mit!«

»Wohin?«, fragte Orestes, aber ich erwiderte nichts. Ich hoffte immer noch, dass ich mich irrte.

Ich rannte in Richtung der Reihenhaussiedlung davon, die Treppen hinunter und direkt zwischen den Häusern hindurch zu dem Reiheneckhaus mit dem großen selbst gemachten Adventskranz an der Tür.

Ich drückte auf die Klingel und hörte, wie es innen schrill läutete, weil ich Sturm klingelte, bis sie die Tür öffnete.

Mesina Molins Mutter. Sie sah verwirrt aus.

»Wo ist sie?«, schrie ich.

»Hm?«, machte sie.

»Wo ist sie? Mesina! Ich weiß, dass sie hier ist!« Orestes starrte mich an, aber er kam mir nach, als ich mich an der Mutter vorbei in die Diele drängte. Dann ging ich schnurstracks zu Mesinas früherem Zimmer.

Das Zimmer war ziemlich leer geräumt. Die Schranktüren standen offen, nur ein bunter Rucksack hing noch schief auf einem Bügel. Die Schreibtischschubladen waren alle herausgezogen und leer. Auf der Schreibtischplatte lag etwas – ein kleiner Haufen aus Metallteilen. Ein paar winzig kleine Federn. Ein Zifferblatt ohne Zeiger. Mesina musste die goldene Uhr gestohlen und auseinandergenommen haben. Genau wie ich zuerst geglaubt hatte, dachte sie wohl auch, dass der Zeitensteller darin versteckt sein musste! Vielleicht dachte sie, dass der Stundenzeiger mit dem Mond in Wirklichkeit der Zeitensteller war? Sie hatte das eigentliche Uhrwerk hiergelassen und nur die Zeiger und die Teile aus Gold mitgenommen.

»Was ist denn …«, sagte Mesinas Mutter, die uns natürlich hinterhergekommen war. Sie verstummte, als sie sah, wie es in dem Zimmer aussah. Ihr Blick wanderte zwischen dem Schrank, dem Bett und den rausgezogenen Schreibtischschubladen hin und her. Dann wurde er ganz leer. Sie sank auf das Bett.

»Wo ist sie?, schrie ich. »Hat sie irgendwas gesagt? Haben Sie Elektra gesehen?«

»Sie ist fort«, jammerte ihre Mutter.

»Wohin? Wo ist Elektra?«, rief ich noch mal.

»Mesina ... fort! Sie hat mich wieder verlassen!«, war alles, was die Mutter sagen konnte.

Orestes wirkte total verloren, wie er so dastand mitten in Mesinas Zimmer. Er schaute von dem Haufen Schrott auf dem Schreibtisch zu Mesinas Mutter.

»Aber warum ...?«, fragte er. »Warum ... haben Sie meine Mama gebeten, Mesina zu finden, wenn sie schon wieder bei Ihnen zu Hause war? Das ... das passt doch nicht zusammen.«

Die Mutter erwiderte nichts, sie schluchzte bloß und schlug sich die Hände vors Gesicht.

»Weil Mesina es von ihr verlangt hat«, antwortete ich an ihrer Stelle. »Weil sie wirklich alles getan hat, was Mesina wollte, nur damit sie ihr versprach, zu Hause zu bleiben ... Stimmt doch, oder?«

Mesinas Mutter nickte.

»Und während Mona mit Mesinas Mutter beschäftigt war, konnte Mesina sich reinschleichen und nach der Sternenuhr suchen«, zischte ich. »Und nicht nur einmal! Sie ist hier eindeutig ein paar Wochen herumgeschlichen! Sie hatte Zeit, das alles zu planen!«

Ich war so wütend auf ihre Mutter. So wütend, dass ich fast Funken sprühte, weil sie gelogen und mitgespielt hatte ... Mesina war natürlich schon vor langer Zeit zurückgekommen! Sie war hier ganz in unserer Nähe gewesen! Sie hatte Orestes Nachrichten geschickt und ihn an der Nase herumgeführt! Sie hatte in unseren Häusern herumgeschnüffelt, um an die Sternenuhr zu kommen und Elektra zu entführen! Und Mesinas dumme Mutter hatte einfach nur mitgespielt. Aber trotzdem ... Als ich ihr Gesicht sah, tat sie mir leid. Nun hatte sie alles gemacht, was Mesina wollte, und trotzdem war die wieder abgehauen.

Wir rannten aus Mesinas Zimmer, so schnell wir konnten. Als die Tür hinter uns zufiel, saß Mesinas Mutter immer noch reglos auf dem Bett ihrer Tochter.

»Mama!« Orestes riss die Tür auf und rief ins Haus hinein. »Mama! Elektra!«

Mona kam aus dem Wohnzimmer.

»Hallo, Orestes und Malin«, sagte sie ruhig.

»Mama, wo ist Elektra?«, fragte Orestes.

»Elektra?«, wiederholte sie. »Ich dachte, sie wäre bei dir.«

»Nee«, keuchte Orestes, weil wir den ganzen Weg hierher gerannt waren. »Warum sollte sie bei mir sein?«

»Aber du hast sie doch abgeholt, Malin«, sagte Mona zu mir.

»Hab ich das?«, fragte ich.

»Ja, Liv hat gesagt, du hättest Elektra hier abgeholt. Dass Orestes und du mit ihr zum Spielplatz wolltet.«

»Das hat Liv gesagt?« Mein Herz hämmerte wild. Hing Liv auch mit in der Entführung drin? Kannte sie Mesina? Warum hatte ich daran nicht schon früher gedacht? Liv und Mesina waren ungefähr gleich alt – vielleicht waren sie in dieselbe Klasse gegangen!

»Liiiv!«, rief Mona. Ich erwartete keine Antwort. Ich war ganz sicher, dass Liv auch weg war. Aber dann hörte ich jemanden aus der Küche kommen. Liv hatte die orange Tunika und ein Paar riesige grüne Gummihandschuhe an. Die Gummihandschuhe waren noch nass.

»Was gibt's?«, fragte sie.

»Hast du nicht gesagt, dass du Elektra Malin mitgegeben hast?«, fragte Mona.

»Jaa …« Liv musterte mich eingehend. »Sie war echt nicht so leicht zu erkennen mit dem Rentiergeweih und all der Schminke im Gesicht, aber wer soll es sonst gewesen sein?«

»Ich war es jedenfalls nicht!«, stellte ich fest.

»Vielleicht war es Sanna!«, meinte Orestes. »Sie hatte doch auch ein Rentiergeweih!«

»Sanna ist in Deutschland«, erwiderte ich. »Sie ist mit ihren Eltern gleich nach der Weihnachtsfeier abgereist.« Klar, dass Sanna Elektra nicht abgeholt haben konnte! Aber wer war es dann?

»Wenn ich so drüber nachdenke, warst du es vielleicht doch nicht …«, meinte Liv nachdenklich. »Das Mädchen, das hier war, war vielleicht etwas größer als du … aber sie sah dir superähnlich …«

»Das war Mesina! Sie muss auf Sannas Bildern im Internet

gesehen haben, dass wir Rentierkostüme angehabt hatten! Und dann hat sie dich reingelegt!«

»Oh, oh …«, meinte Liv.

Orestes tigerte nervös zwischen der Diele und Elektras Zimmer hin und her. Er wusste nicht, was er tun sollte.

»Wir müssen sie finden. Wir müssen Elektra finden«, sagte er. »Mesina will wohl, dass Elektra die Sternenuhr benutzt? … Malin, wo bringt sie sie hin? Raus zur Eisenbahnstrecke bei Nääs … zur QH-Kreuzung? … Wo sollen wir anfangen zu suchen? … Hol die Karte raus!«

Ich zog Axels Karte aus der Tasche und breitete sie direkt auf dem Dielenfußboden aus. Um welche Linie konnte es gehen?

»Da stimmt was nicht«, stellte ich fest. »Die Mondfinsternis war ja schon! Und Elektra hätte doch die Sternenuhr während der Mondfinsternis in der Hand halten müssen, damit die Sternenuhr funktioniert, oder? Und …«

»Wo seid ihr denn so plötzlich hin? Ich hab nach euch gesucht!«

Auf einmal stand Mama in der Diele, mit rotem Kopf und Schweiß auf der Stirn, nachdem sie auf ihrer Krücke von der Schule hierher gehumpelt war.

Es sprudelte nur so aus mir hervor, dass Elektra verschwunden war und dass wir eine geheimnisvolle Sternenuhr besessen hatten, die auch weg war, und dass ein geheimer Code vielleicht Aufschluss darüber geben konnte, wo sie waren, und dass die Frage nur die war, wo Mesina jetzt wohl mit Elektra hinwollte …

Mama packte mich sanft bei den Schultern.

»Atmen«, sagte sie. »Eins nach dem anderen.«

Ich fing noch mal von vorne an, etwas langsamer. Ich erklärte, dass wir herausfinden mussten, zu welchem Kraftkreuz Mesina Elektra bringen wollte, und dann ...

»Nee, nee, nee«, unterbrach mich Mama. »Das Wichtigste ist jetzt, dass wir Elektra finden.«

»Aber das meine ich doch!«, bekräftigte ich. »Wir glauben, dass Mesina Elektra dorthin bringen wird, wo wir an Mittsommer waren, draußen bei Nääs! Sie glaubt, dass das ein besonderer Ort ist ... dass nur dort ...«

»Alles gut«, sagte Mama. »Ich weiß, wo Elektra ist.«

Alle starrten sie an.

Sie kramte ihr Handy aus der Tasche. Öffnete die Karten-App. Ein roter Punkt blinkte am äußersten Rand des Bildschirms.

»Da«, meinte Mama. »Sie sind nicht weit weg.« Alle starrten sie an. Hatte sie etwa eine Überwachungskamera für Elektra?

»Ich hab nur einen winzig kleinen Sender in ihren Teddy eingenäht«, erklärte sie. »Zur Sicherheit.«

Ich starrte einen anderen Punkt auf Mamas Karte an. Ein Punkt, der sich genau in Orestes' Haus befand. In diesem Augenblick. Genau da, wo ich war. Als ich genau hinschaute, sah ich, dass der Punkt als *Malins Handy* gekennzeichnet war.

Mama wurde rot.

»Also ... ich hab mir halt ein bisschen Sorgen gemacht, Malin.«

Aber Mama! Jetzt kapierte ich, warum sie mir so plötzlich ein neues Handy geschenkt hatte. Und warum sie die ganze Zeit immer genau da auftauchte, wo ich war! Na ja, zumindest bevor sie sich den Fuß gebrochen hatte.

Ich werde nie, nie wieder etwas benutzen, was sie mir schenkt! Aber ich kam nicht mehr dazu, Mama anzumotzen, denn da rief sie »Nein!« und starrte auf das Display.

»Was ist?«, fragten Orestes und ich wie aus einem Mund.

»Der Härskogsväg!«, rief Mama. »Sie sind in den Härskogsväg eingebogen!«

Das ist eine schmale Straße, die sich in engen Kurven durch den Wald schlängelt und die man nicht entlangfahren kann, ohne dass einem schlecht wird. Aber was dachte sich Mama?

»Der Flughafen«, sagte sie knapp.

Ich hätte nicht gedacht, dass jemand, der so blass ist wie Mona, noch blasser werden könnte, aber das tat sie. Ich war sicher, dass sie gleich in Ohnmacht fallen würde. Orestes nahm ihre Hand und drückte sie.

Mama und Mona sahen einander in die Augen, nur eine Sekunde. Dann rannten wir hinaus und sprangen alle vier in Mamas Wagen. Mama fuhr auf der Straße parallel zur Autobahn stadtauswärts und bog in den schmalen Härskogsväg ein, während wir anderen den Punkt auf der Karte im Auge behielten.

Der Härskogsväg ist der kürzeste Weg, um von hier zum Göteborger Flughafen zu kommen. Man braucht bloß zwanzig Minuten dorthin und kann von dort aus so ziemlich überallhin fliegen, in der ganzen Welt.

Wir mussten sie einholen!

Die Dunkelheit rechts und links vom Weg war undurchdringlich. Ich starrte nach vorne raus, wie ich es immer auf dem Härskogsväg mache, denn wenn ein Elch auftauchen sollte, will ich ihn entdecken, bevor er auf den Weg gerannt kommt und wir alle miteinander sterben müssen. Aber es waren keine Elche zu sehen, nur finstere Schatten, lang und buschig, die sonst was sein konnten. Es war einfach nur unheimlich.

Mama fuhr so schnell sie nur konnte. Mona hielt Mamas Handy umklammert, ohne auch nur ein Wort über irgendwelche schädliche Strahlung zu verlieren. Sie starrte die ganze Zeit auf das Display und berichtete, dass wir uns dem Punkt näherten, der anzeigte, wo Elektra war.

»Schneller«, sagte sie. »Schneller!«

Aber man kann auf dem Härskogsväg nicht sonderlich schnell fahren, ohne zu riskieren, dass man in irgendeiner scharfen Kurve vom Weg abkommt.

Wir kamen trotzdem näher. Und näher … und näher …

»Er steht still!«, rief Mona. Elektras Punkt bewegte sich nicht länger auf der Karte. »Sie haben angehalten.«

»Hoffentlich sind sie nicht vom Weg abgekommen!«, stöhnte Orestes auf dem Rücksitz.

Hinter einer Biegung erleuchteten Mamas Autoscheinwerfer einen weißen Kastenwagen, der dort auf einem winzig kleinen Kiesweg, der in den Wald hineinführte, parkte.

Mama machte eine Vollbremsung.

Orestes sprang als Erster aus dem Auto. Ich wollte lieber vorsichtig sein – was, wenn Mesina nicht alleine mit Elektra war? Was, wenn da noch mehr von Eigirs Leuten in diesem Kastenwagen waren?

Aber Orestes dachte überhaupt nicht, er rannte einfach rüber zu dem Bus und riss die Schiebetür auf.

Es war niemand darin. Er war völlig leer.

Orestes drehte sich langsam zu uns um. Er hatte etwas Wildes im Blick!

Mama humpelte um das Auto herum und schrie auf. Auf dem Boden vor ihr lag Elektras Teddy.

Mama hob ihn auf.

»Aber ... wo ist sie?« Orestes war kurz davor, in Tränen auszubrechen. Ich bekam einen Kloß im Hals.

Mama spähte in den Wald hinein, konnte aber natürlich in der Dunkelheit nichts erkennen.

»Sie können noch nicht weit sein«, sagte sie tröstend. Aber ihr Gesicht sah blass und ernst aus, als sie hinzufügte:

»Ich glaube, wir müssen die Polizei rufen.«

Die Einzige, die nicht besorgt wirkte, war Mona. Sie nahm Mama den Teddy aus der Hand und strich ihm über das Fell. Dann kramte sie ihr Pendel aus der Tasche ihres Kleides. Sie ließ es von ihrem Finger baumeln, während sie leise summte.

Mama und Orestes starrten sie bloß an. Aber sie folgten ihr trotzdem, als sie langsam in den Wald ging.

»Jetzt werden wir uns auch noch verlaufen«, murmelte Orestes.

Wir gingen ihr nach. Was hätten wir sonst tun sollen? Mona schien zumindest ein Ziel zu haben.

Wir liefen zwischen dunklen Tannen hindurch. Es lag zwar kein Schnee, aber der Raureif glitzerte silbrig hell, wo der Mond hindurchschien. Bald schon standen die Bäume dichter und es wurde dunkler. Wir mussten eng nebeneinander hergehen.

Ein kratzendes Geräusch.

Ein Lichtschein.

Da draußen in den Schatten zwischen den Bäumen war irgendwas! Plötzlich sah ich ein grelles Licht zwischen den Zweigen hindurchblitzen.

Dann ging alles ganz schnell. Eine große Taschenlampe, so eine, die hell wie ein Scheinwerfer leuchtet, hing von einem stacheligen Ast. Sie erleuchtete einen Kreis auf der Erde.

Eine dunkle Gestalt tauchte aus den Schatten auf. Sie hob die Arme hoch, bereit, etwas am Boden zu zerschlagen. Dort, auf der frostigen Erde saß ein zusammengekauertes Etwas.

»Elektra!«, rief Mona.

Orestes warf sich vor seine Schwester.

Mama schrie auf.

Die Gestalt hielt inne. Blinzelte in das Licht.

Sie trug einen langen gestrickten Schal.

Papa.

Es war Papa, der da in seiner dicken Winterjacke stand. Die Mütze hatte er weit über die Ohren runtergezogen. Er hatte große Arbeitshandschuhe an und sah unglaublich schuldbewusst aus.

»Entschuldigt!«, rief er. »Ich dachte nicht, dass es so gefährlich wäre!«

Hä? Warum hatte Papa Elektra mit raus in den Wald genommen? Was machte er da?

Papa hob eine kleine Tanne vor sich hoch.

»Aber auf jeden Fall ist sie schön! Elektra hat mir geholfen, sie auszusuchen. Nicht wahr, Elektra?«

Elektra schaute ihn mit gewichtiger Miene an. Dann wackelte sie rüber zu Mona, die sie ganz, ganz fest umarmte.

»Aber wir haben doch schon einen Weihnachtsbaum«, meinte Mama.

»Wie kommt Elektra hierher?«, unterbrach Orestes sie scharf.

Papa schaute ihn erstaunt an.

»Sie ist einfach genau in dem Augenblick bei uns aufgetaucht, als ich in den Wald rausfahren wollte«, erklärte er. »Es war niemand zu Hause, also habe ich Elektra mitgenommen. Ich habe einen Zettel geschrieben und bei euch auf den Küchentisch gelegt. Habt ihr den nicht gefunden?«

Ich hatte mich kaum davon erholt, dass Elektra wohlauf und mein Papa ein Weihnachtsbaumdieb war, als mir Mesina und die Sternenuhr wieder einfielen. Wir mussten sofort nach Nääs. Sie war bestimmt dort! Aber warum hatte sie Elektra nicht mitgenommen?

»Orestes! Wir müssen zu den Bahngleisen! Zum QH-Kreuz, du weißt schon!«

»Ich glaube nicht, dass das Sinn macht«, meinte Orestes langsam. »Sie ist nicht da. Ich bin gerade draufgekommen ... Elektra ist nicht das Rutenkind ... Und ich auch nicht. Es ist Mesina.«

Im Auto erklärte er mir alles, während wir zurück nach Lerum fuhren. Papas Kastenwagen (ich wusste nicht mal, dass er einen *hatte*) fuhr mit Mona und Elektra voraus. Mama, Orestes und ich folgten ihnen in Mamas Auto.

Alle glaubten ja, dass nur ein besonderes Rutenkind die Sternenuhr benutzen konnte. Und Axel hatte den Namen des Rutenkindes von Silvia erfahren. Mit diesem Namen als Schlüsselwort würde der Code USKKMR an dem Baum bei der alten Kate im Wald den einen Ort ergeben, an dem das Rutenkind die Sternenuhr benutzen konnte.

»Ja, so war es beim Mittsommerfest«, meinte ich. »Aber jetzt, zur Wintersonnenwende, müssen wir doch den Namen spiegeln, also umkehren! Doch dann stimmt Elektra nicht – dabei kommt nichts raus. Aber mit deinem Namen funktioniert es! Damit kommt raus, dass der Ort die Kreuzung von I und A ist!«

»Aber«, wandte Orestes ein, »wenn man einen anderen Namen einsetzt, zum Beispiel Mesina ...«

Ich holte rasch meine Codierscheibe aus der Rücksitztasche. Ich werde langsam echt gut im Lösen von Vigenère-Chiffren, ganz ohne Stift und Papier. »USKKMR und ANISEM ... ergibt irgendwas, das mit IOS ...«

»Nee, so nicht«, sagte Orestes. »Wenn man den Code umkehrt statt des Namens – dann lautet der Code nicht USKKMR, sondern RMKKSU. Und wenn man MESINA als Schlüssel benutzt, kommt FISCFU raus. FISC. Und FU. Die Kreuzung zwischen der F- und der U-Linie auf Axels Karte liegt genau oberhalb der Schule. Sie hat dafür gesorgt, dass sie selbst die Sternenuhr in der Hand hatte, als die Mondfinsternis stattfand, und zwar auf der FU-Kreuzung, die beim Code rausgekommen ist ... Sie glaubt jetzt sicher, dass sie selbst die Sternenuhr benutzen kann! Sie glaubt, dass *sie* das Rutenkind ist, und sie hat die Sternenuhr zur rechten Zeit am rechten Ort in der Hand gehalten.«

»Sie hat den Code gespiegelt …«, überlegte ich laut. »Wenn man also den Code rückwärts schreibt und MESINA als Schlüssel nimmt, kommt FISC-FU raus. Und als ich den Code richtig herum genommen und MALIN als Schlüssel eingesetzt hatte, ist auch was mit FISC rausgekommen!«

Schlüssel	M	E	S	I	N	A
Code	R	M	K	K	S	U
Klartext	f	i	s	c	f	u

Mir wurde schwindelig. Ich und Mesina. Mesina und ich.

»Genau«, sagte Orestes leise. »Das sagt doch alles, oder? Das ist nur dummes Zeug mit dem auserwählten Rutenkind! Man kann aus solchen Codes rauslesen, was immer man will. Aber Mesina glaubt bestimmt dran.«

»Worüber redet ihr dahinten eigentlich?«, fragte Mama plötzlich. Und da hielten wir es für besser, schnell den Mund zu halten.

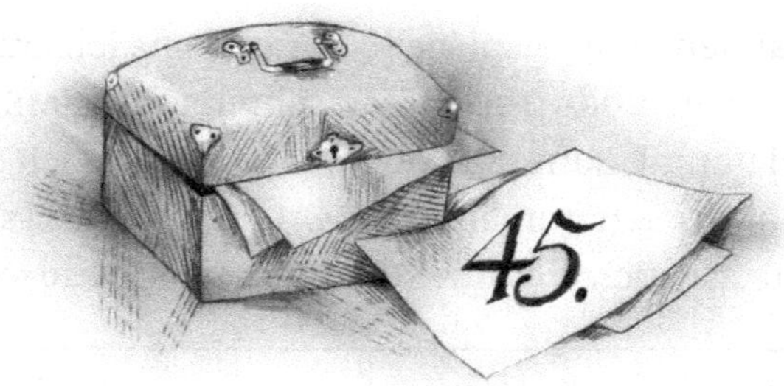

Zum Glück waren wir schon wieder in Lerum, deswegen kam Mama nicht mehr dazu zu fragen, warum wir über Mesina und Codes und FISC redeten. Papa war in den Weg unten am Fluss eingebogen, den ich immer nehme, wenn ich in die Innenstadt will. Er parkte den Kastenwagen auf einem Kiesstreifen und Mama stellte sich daneben. Dann stiegen wir alle aus den Autos aus.

»Wartet hier«, sagte Papa. Er ging auf ein dunkles, niedriges Gebäude gleich neben dem Parkplatz zu. Ich versuchte mich zu orientieren. Eine Tür wurde geöffnet und fiel wieder zu. Und dann, auf einmal, war das ganze Gebäude vor uns erleuchtet.

Kleine Lichterketten schlängelten sich überall rings um das Haus und ich erkannte, dass es sich um das alte Gewächshaus in Åtorp handelte. Das Ganze sah aus wie ein Weihnachtsbaum oder ein Pfefferkuchenhaus. Mama und ich standen nur mit offenem Mund da.

Papa kam zur Tür heraus.

»Kommt gerne rein«, sagte er.

Das Innere war eine große, offene Halle voller Pflanztische.

Tageslichtlampen erleuchteten kleine Pflänzchen und durch das Gewächshaus klang Cellomusik aus einem großen Lautsprecher. Auf einmal bemerkte ich:

»Aber das bin ja ich, die da spielt!«

»Na klar bist du das«, meinte Papa und lächelte. »Es macht dir doch nichts aus, dass ich dich aufgenommen habe, oder?« Ich schüttelte den Kopf. Es war Silvias Lied, das wir hörten – Silvias Lied, gespielt auf Silvias Cello. Und ich weiß nicht, ob das sein kann, aber es fühlte sich so an, als ob die Rhythmen in dem Lied mit denen meines Herzschlags übereinstimmten. Und der Text dazu ging mir immerzu im Kopf herum.

»Ist das nicht schön?«, sagte Papa zu Mama. Sie fand auch, dass es schön war, das sah ich ihr an. Ader da war noch etwas anderes, das sie nach einer Weile hervorbrachte:

»Aber wie hast du all das hier bezahlt?«

»Das habe ich nicht wirklich«, erwiderte Papa, und ich bemerkte sofort, wie sich Mamas Miene vor Sorge verfinsterte. »Entspann dich!«, meinte Papa und legte den Arm um sie. »Das war Mona. Du weißt ja, dass ihre Therapien ziemlich gefragt sind … Also hat sie Geld in unser gemeinsames Unternehmen investiert! Und ich habe mich eben eher um die praktischen Dinge gekümmert … Die Pflanztische aufzustellen und das Geschäft in Gang zu bringen, den Kastenwagen kaufen und so weiter.«

»Aber warum hast du denn nichts gesagt?«, fragte Mama sauer. »Ich hab mich die ganze Zeit halb zu Tode gesorgt und du sagst nichts!«

»Aber du hattest doch so viel zu tun!«, antwortete Papa.

»Du warst doch so schon gestresst genug! Wenn ich was gesagt hätte, hättest du angefangen, alles abzuklopfen und doppelt und dreifach zu kontrollieren und zu analysieren und eine Risikobewertung zu erstellen und …«

Mama starrte ihn an.

»Ich dachte einfach, du hättest schon genug um die Ohren. Und dann hast du dir den Fuß gebrochen und warst nicht bei Laune und ich … ach, ich weiß nicht. Irgendwann dachte ich, es sei besser, es als Überraschung zu betrachten. Als eine Art Weihnachtsgeschenk …«

Mama stand nur mit offenem Mund da. Sie hielt Papas Erklärung vielleicht nicht für die *aller*beste. Das tat ich übrigens auch nicht.

»Ich wollte nur, dass das Projekt schon etwas weiter vorangeschritten war …«, fuhr Papa verschämt fort. »Damit du stolz auf mich sein kannst …«

Mama seufzte.

»Ich bin ja wohl immer auf dich stolz«, sagte sie. »Und dich«, fügte sie hinzu und streckte die Arme nach mir aus. Dann umarmte sie uns beide ganz fest.

»Im Januar werde ich mir wohl schon ein bisschen Lohn auszahlen können«, meinte Papa, und da drückte sie uns noch fester.

Mittlerweile haben wir Weihnachten gefeiert und Silvester, alle zusammen. An Heiligabend waren wir zu Hause, nur Mama, Papa und ich. Aber an Silvester haben wir eine Party unten im Gewächshaus gegeben und es sind jede Menge Leute gekommen. Monas ganze Anhänger waren natürlich da und dann noch Papas Rentnerkumpel, die er draußen im Freilichtmuseum kennengelernt hat, und sogar ein paar von Mamas Kollegen. Sie sind alle im Gewächshaus herumgegangen und haben »Ooh!« und »Aah!« gemacht und an allen Gewächsen und Pflanzen geschnuppert. Papa hatte mich gebeten, drinnen zwischen all den Pflanzen Cello zu spielen, und das habe ich gemacht. Und Mona hat mich gebeten, immer wieder von vorn anzufangen, weil sie glaubte, dass die Musik, insbesondere Silvias Lied, dazu führte, dass die Pflanzen besser gediehen.

Orestes hatte dieses alte Symphonium mitgebracht und so fest reingepustet, dass es quietschte. Auf einmal fiel mir auf, dass er darauf nur zwei Töne spielen konnte – Fis und C. Also FIS-C. Wie in FISC. Aber das habe ich lieber für mich behalten.

Elektra ist zwischen den Pflanztischen herumgerannt und hat gelacht und getanzt, und alle, die ihr dabei zusahen, waren wie immer ganz verliebt in sie. Sie war auch noch wach, als wir rausgingen, um uns das Silvesterfeuerwerk anzuschauen, schlief danach aber sofort erschöpft auf Orestes' Schoß ein.

Mama meint, wir müssen das Haus nicht verkaufen, jedenfalls nicht sofort. Wir können zumindest bis zum Frühjahr warten und schauen, wie es mit Papas und Monas Gemüse läuft.

Jetzt sind die Weihnachtsferien bald zu Ende und vielleicht ist es jetzt morgens schon ein klein wenig heller als zur Wintersonnenwende. Aber die Nachmittage sind immer noch dunkel, also verbringen wir jeden Tag viele Stunden drinnen und machen, was man in den Weihnachtsferien eben so macht, wie viel zu viele Süßigkeiten essen und alte Filme im Fernsehen anschauen.

Mesina ist weg und mit ihr die Sternenuhr. Aber da ich immer noch den Zeitensteller habe, wird sie wohl auch nicht mehr Glück damit haben, sie zu benutzen, als alle anderen vor ihr, auserwählt oder nicht.

Orestes glaubt, dass Mesina davon überzeugt ist, dass sie das Rutenkind ist. Dass sie ganz allein über die Himmels- und Erdkräfte herrschen kann.

RMKKSU und Mesina ergibt FISC FU. FISC wie in FIDES SCIENTIA. Und natürlich glaubt sie, wie ich es auch tat, dass das bedeuten muss, dass die Sternenuhr, auf der *FIdes SCientia* steht, zu ihr gehört. Vielleicht ist sie wirklich das Rutenkind. Vielleicht haben wir uns geirrt, als wir dachten, es sei Elektra.

Aber Orestes meint, das sei genau das Problem mit versteckten Nachrichten – man kann sie immer so hindrehen, dass sie das bedeuten, was man selbst will. Man kann immer die Buchstaben auf irgendeine Weise vertauschen, um an die Lösung zu kommen, die man gerne hätte.

Orestes will natürlich die Sternenuhr zurückbekommen. Er meint, ihm sei es egal, was Mesina damit vorhat, und dass all das mit den auserwählten Menschen bloß ein Märchen ist. Aber er braucht die Sternenuhr, weil sie ihm so viel Geld einbringen soll, dass er mit achtzehn von zu Hause ausziehen kann. In eine eigene Wohnung, ganz ohne Orgoniten und Labyrinthe. Deshalb sucht er überall im Netz nach Spuren von Mesina. Aber sie kann sonst wo sein, meint er. Es wird unmöglich sein, sie jetzt wiederzufinden.

Ante hat mir geschrieben, aber ich habe nicht geantwortet. Ich weiß nicht, was. Ich bin eigentlich nicht sauer auf ihn. Seine Familie hat über die Briefe, die der Großvater seiner Uroma versteckt hat, über hundert Jahre lang gewacht. Gerda behauptet, sie hätten uns alles, was sie über die Sternenuhr wissen, gesagt. Sie haben uns nicht an der Nase herumgeführt, sondern bloß ein Versprechen gehalten, das Gerdas Großvater seinem Freund Axel vor langer Zeit gegeben hat.

Vielleicht gibt es noch mehr Leute, die von der Sternenuhr wissen? Was ist aus Herrn G* geworden, von dem Axel geschrieben hatte? Was ist mit Silvia geschehen?

Jetzt hat Mesina also die Sternenuhr. Aber ich habe den Zeitensteller. Er ist so klein und leicht und er ist wunderschön verziert. Ich stelle mir vor, wie Axel ihn in der Hand gehalten hat und Frau G* und Silvia … Ich nehme den Zeitensteller und hänge ihn vorsichtig an meine Halskette.

Ich breite Axels Karte auf meinem alten Schreibtisch aus. Sehe all die geheimnisvollen Linien über Lerum laufen, über Häuser und Wiesen, Wälder und Seen. Die Kerze in meinem kleinen Windlicht ist angezündet. Der Zeitensteller baumelt an seiner Kette von meinem Finger und ich beobachte, wie sich der Pfeil mit der Mondsichel an der Spitze dreht und dreht. Dann mache ich die Augen zu und wispere:

»Wo ist die Sternenuhr?«

Und jedes Mal, wenn ich die Augen öffne, jedes Mal – egal, wie sehr ich vorher die Hand bewegt habe – sehe ich, dass der Pfeil stehen geblieben ist und Richtung Lerum zeigt. Genau auf die Innenstadt zeigt er, *nirgendwo* anders hin.

Erklär du's mir, Orestes!

ÜBER DIE VIGENÈRE-CHIFFRE

Erfinder: Blaise de Vigenère, in den 1560er-Jahren
Geknackt von: Charles Babbage. Er löste die Chiffre 1854, erzählte aber niemandem davon! Einige Jahre später, 1862, gelang es auch Friedrich Wilhelm Kasiski.

Es dauerte also über 300 Jahre, bis jemand die Chiffre lösen konnte!

Lösungsansatz: Komplizierte Frequenzanalyse der Buchstaben im Text. Lässt sich am besten mit leistungsstarken Computern durchführen!

Eine Vigenère-Chiffre ist eine ähnliche Verschlüsselung wie eine Caesar-Chiffre. Sie geht immer davon aus, dass man zwei Alphabete gegeneinander verschiebt. Es lässt sich einfacher darstellen, wenn man die Buchstaben der beiden Alphabete auf zwei kreisförmige Scheiben schreibt, die sich gegeneinander verschieben lassen.

Den äußeren Ring verwendet man, um den normalen Text oder »Klartext«, wie es in der Codiersprache heißt, zu schreiben. Den Klartext schreibt man in kleinen Buchstaben, denn so wird es einfacher, den Überblick zu behalten.

In den inneren Ring schreibt man den verschlüsselten Text. Den schreibt man in GROSSbuchstaben.

Um sich einen Code auszudenken, braucht man einen »Schlüssel«.

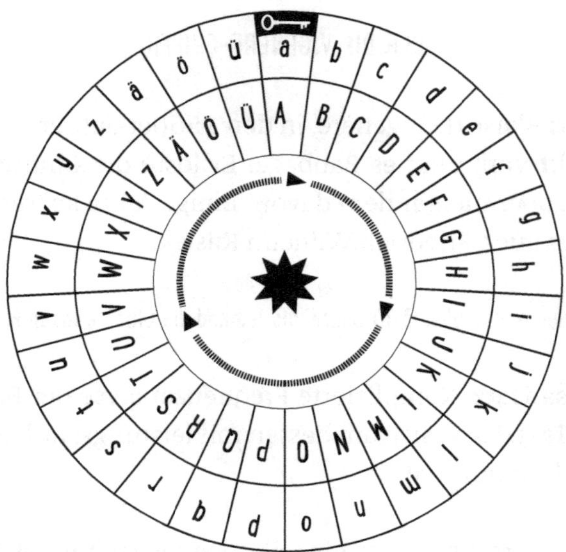

Der Schlüssel legt fest, wie die Buchstaben aus dem Klartext ausgetauscht werden müssen, um den Code zu erhalten.

Bei einer Caesar-Chiffre ist der Schlüssel ein einzelner Buchstabe.

Zum Beispiel:

Wenn wir F als Schlüssel wählen, stellen wir auf der Codierscheibe den Schlüssel auf F ein.

Dafür muss der Buchstabe F auf dem inneren Ring genau unter dem Schlüssel auf dem äußeren Ring stehen (also unter dem Buchstaben a auf dem äußeren Ring).

Jetzt muss man nur noch den Code schreiben. Wir testen das, indem wir das Wort »Geheimnis« verschlüsseln.

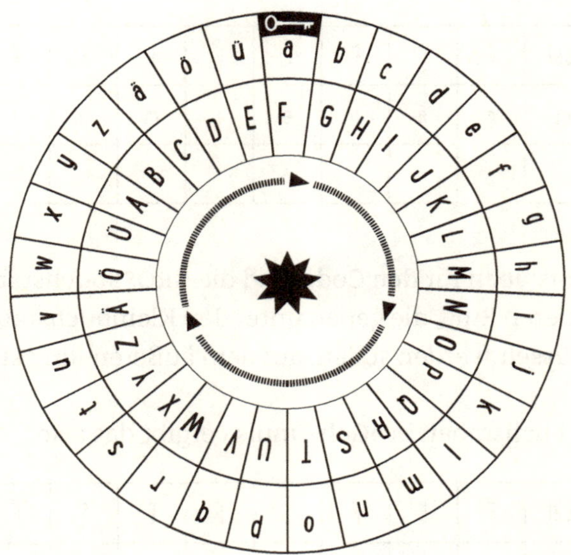

Das Wort, das codiert werden soll, nennt man Klartext. Das wird immer in Kleinbuchstaben geschrieben und gehört mit den Kleinbuchstaben auf dem äußeren Ring der Scheibe zusammen.

Den Code schreibt man immer in GROSSbuchstaben und die bekommt man von den GROSSbuchstaben auf dem inneren Ring.

Wir zeichnen eine Tabelle und schreiben den Schlüssel in die oberste Zeile, darunter den Klartext und lassen darunter Platz, um den Code hinzuschreiben.

Schlüssel	F	F	F	F	F	F	F	F	F
Klartext	g	e	h	e	i	m	n	i	s
Code									

Die Buchstaben für den Code sind die GROSSbuchstaben auf dem inneren Ring, die genau unter den Kleinbuchstaben, die verschlüsselt werden sollen, auf dem äußeren Ring stehen.

Für die Buchstaben in »Geheimnis« ergibt das also:

Schlüssel	F	F	F	F	F	F	F	F	F
Klartext	g	e	h	e	i	m	n	i	s
Code	L	J	M	J	N	R	S	N	X

Fertig!

Jetzt müssen wir nur noch den Code LJMJNRSNX an unsere Geheimfreunde schicken. Die wissen, dass der Schlüssel F ist und sie die Schlüsselmarkierung auf ihrer Codierscheibe auf F stellen müssen, genau wie wir, als wir den Text verschlüsselt haben. Dann tauschen sie die Großbuchstaben im Code vom inneren Ring mit den Kleinbuchstaben vom äußeren Ring, und schon haben sie den Klartext.

Einfach!

Aber leider ist so eine Chiffre auch ganz schön leicht zu knacken. Wenn jemand den Code findet, muss er nur das ganze Alphabet mit der Codierscheibe durchprobieren, bis er den richtigen Schlüssel findet ...

Also müssen wir es etwas schwerer machen.

Eine Vigenère-Chiffre ist komplizierter, denn da ist der Schlüssel nicht nur ein einzelner Buchstabe, sondern ein ganzes Wort.

Nehmen wir als Schlüssel zum Beispiel das Wort: SONNE.

Dann muss man den ersten Buchstaben im Klartext mit dem ersten Buchstaben im Schlüssel codieren, den zweiten Buchstaben im Klartext mit dem zweiten usw.

Wenn wir wieder das Wort »Geheimnis« codieren, sieht das so aus:

Schlüssel	S	O	N	N	E	S	O	N	N
Klartext	g	e	h	e	i	m	n	i	s
Code									

Jetzt verschlüsseln wir!

Der erste Buchstabe im Klartext ist ein g.

Das soll mit dem Buchstaben S als Schlüssel codiert werden. Wir stellen die Codierscheibe so ein, dass der Schlüssel über S steht.

Wir suchen den ersten Buchstaben des Klartexts, das g, auf dem großen Ring. Direkt darunter befindet sich auf dem kleinen Ring der erste Codebuchstabe Y.

Also so:

Schlüssel	S	O	N	N	E	S	O	N	N
Klartext	g	e	h	e	i	m	n	i	s
Code	Y								

Jetzt gehen wir zum zweiten Buchstaben im Klartext, der ist ein e.

Er wird mit dem Schlüsselbuchstaben O codiert.

Wir drehen an der Codierscheibe und stellen sie so ein, dass der Schlüssel auf dem äußeren Ring genau über dem O auf dem inneren Ring steht.

Dann suchen wir den Klartextbuchstaben e auf dem großen Ring.

Der Codebuchstabe befindet sich genau darunter und ist ein S.

Um den dritten Buchstaben im Klartext zu verschlüsseln, stellen wir zuerst den Schlüssel auf den Buchstaben N.

Der Klartextbuchstabe h steht genau über dem Codebuchstaben U.

Schlüssel	S	O	N	N	E	S	O	N	N
Klartext	g	e	h	e	i	m	n	i	s
Code	Y	S	U						

Wenn wir zum vierten Buchstaben im Klartext kommen, e, müssen wir das N noch mal als Schlüssel benutzen.

Für das e auf dem äußeren Ring erhalten wir also als Codebuchstaben auf dem inneren Ring das R.

Schlüssel	S	O	N	N	E	S	O	N	N
Klartext	g	e	h	e	i	m	n	i	s
Code	Y	S	U	R					

Für den fünften Buchstaben im Klartext – i – stellen wir den Schlüssel E ein. Für das i auf dem äußeren Ring erhalten wir so den Codebuchstaben M auf dem inneren Ring.

Für den sechsten Buchstaben im Klartext – m – müssen wir wieder den ersten Buchstaben des Schlüsselworts verwenden, also das S.

Für das m auf dem äußeren Ring erhalten wir so B als Codebuchstaben auf dem inneren Ring.

Für den siebten Buchstaben im Klartext – n – stellen wir den Schlüssel O ein.

Aus dem n auf dem äußeren Ring wird also der Codebuchstabe Ä.

Für den achten Klartextbuchstaben – i – stellen wir den Schlüssel auf N ein.

So wird aus dem i auf dem äußeren Ring der Codebuchstabe V auf dem inneren Ring.

Und für den neunten Buchstaben im Klartext – s – verwenden wir noch einmal das N als Schlüssel.

Das s auf dem äußeren Ring müssen wir also gegen den Codebuchstaben C austauschen.

Schlüssel	S	O	N	N	E	S	O	N	N
Klartext	g	e	h	e	i	m	n	i	s
Code	Y	S	U	R	M	B	Ä	V	C

Fertig!

Jetzt haben wir einen Code, der superschwer zu knacken ist.

Achtung!
Axel hat beim Schreiben seiner Codes nie die Buchstaben Ä, Ö und Ü verwendet, weil es die auf seiner Schreibmaschine nicht gab. Stattdessen nahm er einfach A, O und U. Darum kann man seine Codes nur richtig lösen, wenn man eine Codierscheibe benutzt, die nur die Buchstaben A bis Z enthält.

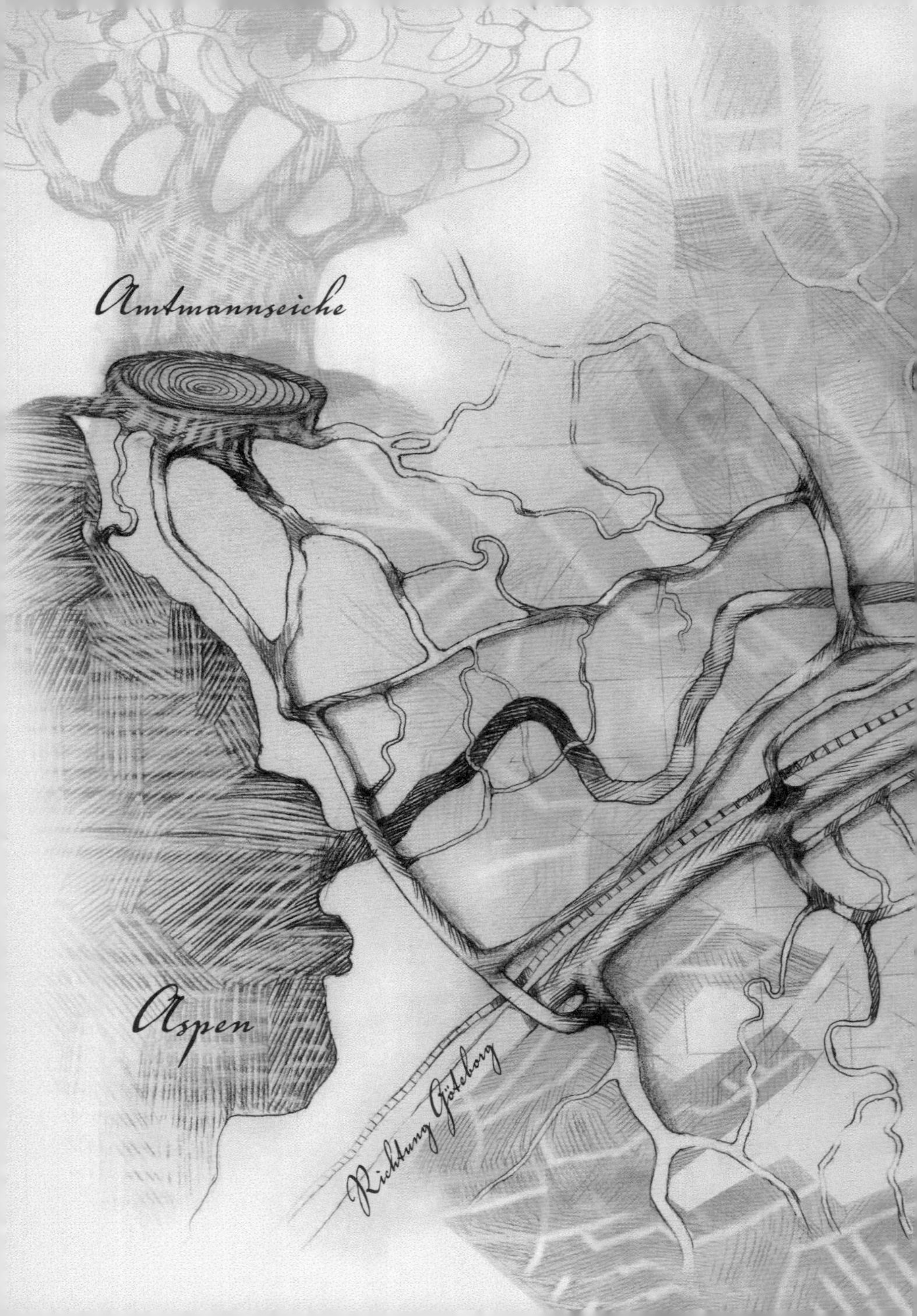
Amtmannseiche
Aspen
Richtung Göteborg